人生いろいろ
面白きかな人生

木澤廉治
Renji Kisaw

文芸社

目次

人生いろいろ　面白きかな人生

一、「人生いろいろ 面白きかな人生」八〇歳で感じること思うこと考えること

ビューティフルエージング協会お話の会講演原稿
二〇一八年四月一七日一〇時～一一時三〇分
星稜会館　東京都千代田区永田町

註、ビューティフルエージング協会　中高年がその経験および能力を生かして有意義な人生を送る（ビューティフルエージング）ことに関する調査・研究、指導・相談、情報収集・提供等を行うことにより、豊かな国民生活の実現と我が国経済の発展に寄与することを目的とした団体です。

本日はビューティフルエージング協会のお話の会にお招きいただき有難うございます。私はビューティフルエージングというのはいい言葉と思いました。

エージングといえばまずアンチエージングが頭に浮かびますが、年を取ることに抗《あらが》うというのに抵抗を感じます。格好よく年を取ろうというスタイリッシュエージング、生涯現役というプロダクティブエージングという言い方もありますがちょっと

背伸びした感じがします。

そそこに元気に楽しくというヘルシイエージング、ウエルエージング、更にスマートエージングという言い方もありますが、これらはエージングを受け入れたうえでヘルシイに、ウエルに、スマートに年を取ろうということで素直な感じがします。しかし、よりウエルに、よりスマートにも含めさらに、美しく年を重ねていこうということでビューティフルルエージングはいいネーミングだと思います。

ところで、私は昭和九年生まれ、昭和ひとケタ生まれの最後でございますが、八三歳になります。八三歳になりますと、さすがにボケも少し始まっておりますので、今日はお話をし始めても系統立って話ができるかどうか心配をいたしまして、最初にお話ししたい項目をお示ししておきたいと思います。

一、演題解説「人生いろいろ　面白きかな人生」

人生いろいろ

百寿者の場合

五木寛之　人生の目的

ひろさちや　諸法実相

利根川進　生物学　多様性

それでは演題解説から始めます。

一、演題「人生いろいろ 面白きかな人生」解説

講演をさせていただくきっかけは、私が平成二五年に『反面教師』という本を出したことです。平成二七年に、『反面教師』の読者の方が、講演会を企画してくださいました。その時、最初は、演題は「著書『反面教師』を語る」と考えました。ところが、私の友達から『反面教師』の本について、二つ辛口の批評をいただいたことを思い出しました。一つは皆さん見ていただきますと分かるように、赤い表紙に白い文字ですね。ところが、これが中国の毛沢東の頃に文化大革命というのがありまして、紅衛兵が『毛沢東語録』(赤い表紙に白い文字)をもって活動したわけです。いろいろなつるし上げをした、そんな悪い本を連想するじゃないかと。

なお、「反面教師」という言葉は古来の中国にはなく、毛沢東が使い始めたものです。自分と考えの合わないものを組織から排除するのではなく、組織内にとどめて悪い見本として叩こうというものです。ちょっと陰湿な感じですね。

ところで私がこの本で先ず自慢したいところは表紙でした。これは私が紅葉の名所を撮っておりますが、この表紙を自慢したかったのですが、辛口の批評は表紙が悪い

と。

二つ目に、『反面教師』の中身が分からんと。そういうことで、これを見ていただきますと分かりますように、インターネットで調べましたら、「反面教師」という題の本が三冊ありました。左上側が私の本ですね。下段の二つ目、三つ目の「反面教師」はそれぞれに副題が付いているんですよね。

下右の本には「人のフリ見て我がフリ直せ」と。これは弁護士さんが自分の扱った事件から実話をもとにして書いていて、非常に面白い。私の本よりも参考になります。それから左の『反面教師』は、「組織の頂点に立つ権力者の盲点」というサブタイトルが付いているわけですね。こういうふうにサブタイトルが付いている方がいいじゃないかということで、私の本にサブタイトルを付けるとすると、どういうことになるかということですが……。

辛口の批評をしてくれた人は、自分ならばこの本の題名はずばり武者小路実篤スタイルで「面白き哉人生」こう付けるよということだったんですね。

この人は歌を贈ってくれました。

「面白き　書をひきつける　面白き　タイトルあれば　なお豊なり」

それから次の歌は、私の名前をぜんぶ折り込んであります。

「キ《キ》ラキラと　才《サ》鏤めた　技《ワ》さえる　煉《レン》熟の書に　し《ジ》ばし魅せられ」

非常に才気溢れる短歌を作ってくれた人なのですが、それで私は演題を「面白き哉人生」としようと思いました。人生という言葉が出てきてすぐ連想したのが、「人生いろいろ」。島倉千代子の「人生いろいろ」という歌を連想しました。それで演題は「人生いろいろ　面白きかな人生」と、こういうことになったわけです。わたくしはこの演題が気に入りましたので、本日の演題も「人生いろいろ　面白きかな人生」とさせていただきました。

ところで、『反面教師』は、二〇年間の間に書き溜めてきたエッセイを纏めたものです。内容も古くもなっておりますし、今の時点では別の考えもありますので、今日は『反面教師』から離れて、八〇歳になって感じること、思うこと、考えることを中心にお話しさせていただきたいと思います。

それでは最初は「人生いろいろ」について。美空ひばりの「愛　燦燦」の中に「人生て不思議なものですね」とありますが、「人生」という言葉を使った歌はたくさんあります。演題としまして、「人生いろいろ」なんて歌の題名か、少し軽すぎるのではないかと思いましたが。元首相の小泉純一郎さんですね、この方はなかなかユニークな話し方をされますが、「人生いろいろ　会社もいろいろ　社員もいろいろ」というふうに「人生いろいろ」ということを国会答弁で真面目に答えておられたんですね。そういうふうに「人生いろいろ」は使われているわけですが、よく考えてみますと、「人生いろいろ」というのは、そう軽い言葉ではないんです。十分裏付けのある言葉でございます。

　まず三点申し上げますが、百寿者八〇〇人の調査、百歳以上の方々に長寿の秘訣を訊こうということで調査したものがあります。どういう信念をおもちですか、健康の秘訣とか、いろいろ訊いたんですね。八〇〇人にも訊けば一つの長寿の秘訣が導かれるのではないかと思いましたら、八〇〇人に共通していたのは、健康で長生きしていたということだけだったんです。他は八〇〇人八〇〇様、百寿者の人生は、人生いろいろなんですね。ということで、「人生いろいろ」という言葉は軽くないことが実証されているわけです。これが第一の根拠です。

　なお、今年の一月に出版されたＮＨＫスペシャル取材班『百寿者の健康の秘密がわかった人生１００年の習慣』（講談社刊）のエピローグに次のような記述があります。

「人生の中で大切にしてきた考えや、生きる指針はありますか」

（百寿者への）インタビューで必ず尋ねることにしていたこの質問に対して、あるセンテナリアンがこう答えました。

「自分が自分のボスであること」

　言い換えれば、自分のことは自分できめる、というごく単純なことなことなのですが、この言葉が妙に私の心を打ったのです。

百寿者の人生がいろいろに通じるものがあると思います。

二つ目の根拠は、五木寛之をご存じの方は多いと思います。昭和平成を代表する作家は、私は司馬遼太郎と五木寛之さんではないかと思います。司馬遼太郎はご存じのように、『この国のかたち』とか歴史物とか、いろいろ堅いものと言いますか、そういう方面を書いておられ、五木さんは『生きるヒント』シリーズとか『他力』とか『大河の一滴』、要するに人生の生き方といったことを中心にエッセイを書かれておられます。

この五木さんが書かれたものに『人生の目的』という本があります。その中でこんなことをおっしゃっておられます。「『人生の目的』はあるのか。ない。万人に共通の目的などというものはない。すべての人間に上からおしつけられるような、一定の目的などない。」人間を一人ひとりまったく違う存在として、五木は考えているよと。「そしてそこにこそ人間の価値があるのではないか。この私は（五木先生は）人類の一員でもあり、また同時に、世の中の誰とも違う個人なのである。人生の目的は『自分の人生の目的を見つけるのが、人生の目的』である。自分だけの『生きる意味』を見出すこと」が人生の目的ではないか。要するに「人生いろいろ」であっていいというようなことを言われているわけです。二つ目の根拠としては、五木先生のこの言葉からも人生はいろいろであっていいということだと思います。

さらに三つ目の根拠と私が考えておりますのは、今度は毛色が変わりまして、仏教哲学、この方はひろさちやさんとおっしゃいますが、坊さんではございません。仏教学者です。東大の印度哲学を出られた方で、大乗仏教の真髄を平易かつユーモア溢れる文章と明晰な論理で語り、数多くのファンをもつ先生でありますが、その先生が書いておられます。

仏教の基本的な考えは、「諸法実相」、「諸」というのはもろもろのという意味ですね。「法」は法律の法ではなくて、存在するものという意味があるらしいのですね。すべての存在が真実であり、それはそのままで最高の価値をもっているという思想。かくあらねばならないという考えとは両立しない。仏教というものは、つまるところ「なんだっていい」「どう生きたっていい」、これが仏教の基本思想、諸法実相だとおっしゃっています。要するに、「人生いろいろ」ということを言っておられるのだろうと思います。こういうようなところから、私は今になって「人生いろいろ」という演題は、いいネーミングだと思っているわけです。

さらに別の角度で生物学者の立場から言うと、ノーベル生理学賞をもらわれた利根川進博士の講演がありまして、「脳とコンピューター」という題名のだいぶ古い講演ですが、その中で利根川先生が言われていることは、人類には多様性が必要であるということを言っておられます。「僕が心配するのは、要するに人類は均一化しているということなのです。コンピューターで世界中の子供が同じ情報を頭に入れて育つと、ますます均一化します。種の均一化というのは非常に危ないわけです。生物にとっては多種多様であればあるほど、環境に大きな変化があった時に生き延びる個体の数の頻度が高いわけです。それが今、人間の脳は均一化の方向へ向かっている。だからそれが理由で人類というのは滅びるのではないかと思うのです」と。無理に解釈しますと、生物多様性、人類多様性が必要だと、人生いろいろあっていいんだということを言っておられるのだと思います。そういう意味で、あえて四番目に付け加えさせていただきました。

堅い話で無理に「人生いろいろ」という演題がいいぞということを申し上げたわけですが、実際の人生でいろいろと実感することがございました。一昨年ベストセラーになった本に篠田桃紅さんが出された『一〇三歳になってわかったこと―人生は一人でも面白い』（幻冬舎刊）、これは二五万部を突破したベストセラーです。

それから、ミヤコ蝶々さんは『女ひとり』（鶴書房）という本を出しておられます。これは五〇年前の本です。

篠田東紅さんは大正二年（一九一三年）生まれで、現在一〇四歳でご健在でいらっしゃいます。生涯独身。ちなみに、ミヤコ蝶々さん（一九二〇年七月六日～二〇〇〇年一〇月一二日）は三回結婚して三回離婚したという方です。篠田さんが独身主義者かと言うと、そうではないんですね。結婚するなら納得できる男性と結婚したいということを考えておられましたけれども、娘盛りの頃は戦時下で相手がいなかったということなんですね。それで結果として生涯独身となったわけですが、一人で生活をする糧として、書道の先生になられた。墨を扱って水墨の色に魅せられて水墨による抽象画の分野を開拓された方です。現在、世界最年長の芸術家として評価されている人です。この方は『人生は一人でも面白い』という本を書かれているわけですが、若い頃の姿をテレビで見たことがありますが、ＮＨＫの書道の講座に出ておられたことがあって、綺麗な先生だなと思いました。篠田桃紅さんの本からピックアップしますと、「人には柔軟性がある。これしかできないと、決めつけない。完璧にできなくたっていい。人生の楽しみは無尽蔵」「幸福になれるかは、この程度でちょうどいい、と思えるかどうかにある。いいことずくめの人はいない、一生もない」と言っておられます。

ミヤコ蝶々は、ご存じの方も多いと思いますが、「夫婦善哉」の司会で人気がありましたですね。旅芸人の娘さんですから、学校にまともに行っていないんですね。それにも関わらず、脚本を書いたり、文章を書いたりしておられるのですが、漫才の相方に「何という字」とよく訊いていた。それで相方の芸名が「南都雄二《ナントユウジ》」になったんですね。南都雄二はミヤコ蝶々さんと別れて再婚をしたんですが、病気になって捨てられてしまった。その後、ミヤコ蝶々さんが南都雄二の最後の面倒を見たという数奇な人生を歩まれた。三回男と巡り合って、三回別れて、最後は捨てられた男の面倒をみた。こういう人生を送っておられます。『女ひとり』の序文に「男でも女でも、人間はみんな一人ぽっちではないでしょうか。生まれるときも、死ぬときも一人です。そして、その短いつかの間の人生の間に、二人になったり、また一人になったり、泣いたり、笑ったり、怒ったりそんな繰り返しの波があるから、そこに生きる強さと喜びを感じるものです」と言っておられます。同じ女性でも、篠田さんと蝶々さんでは、いろいろな人生があるものだと感じたわけです。

お手許に資料として、人生の名言をお付けしておりますけれども、その名言の中から二人の言葉を、ご紹介したいと思います。

シェークスピアの

「世の中には幸も不幸もない。ただ、考え方ひとつだ」

「金は借りてもならず、貸してもならない。貸せば金を失うし、友も失う。借りれば倹約が馬鹿らしくなる」

「愚者は己が賢いと考えるが、賢者は己が愚かなことを知っている。愚かな知恵者になるよりも、利口な馬鹿になりなさい」

この中で私が共感するのが、「貸せば金を失うし、友も失う」。これに私が付け加えるならば、「いのちも失う」と。最近、殺人事件で、貸した相手から殺されるということがありますね。人間関係で金の貸借を巡っての争いがあります。借りる時には貸してくれてよかったということでありますが、そのうち返せなくなると、相手が憎くなる。中には殺してしまう。これが一つや二つではなくて、しょっちゅう事件が起こっています。金を貸せば、友も失うだけでなく、いのちも失う、と私は付け加えて説得力が増したと考えているわけであります。友人関係で金のトラブルが一番嫌ですね。金を貸す時には、友達から一〇万円貸してくれと言われたら、一〇万円をくれてやる。本当は友人関係でも金の貸し借りはしないほうが一番いいのではないかと思います。

二つ目に紹介するのはチャップリンの
「人生は、怖がりさえしなければ素晴らしいものになる。人生に必要なものは、勇気と想像力。それとほんの少しのお金だ。」

これは映画「ライムライト」の中で若い女優で人生に希望を失くしている女性に

チャップリンが言ったわけですね。私はどういう訳か「人生に必要なのは、希望とサムマネー」だと思っていました。サムマネーというのは幾らくらいをいうのかなと。二〇代の時に考えるサムマネーと、四〇代のサムマネー、七〇代ではどれくらいか、八〇代では金額が違うと思いますが、サムマネーが幾らなのかは、私がずっと抱えている宿題でございます。後ほど、老後に備えるという話の中で、サムマネーの話を出すと思います。原語は「A little dough」と書いてあります。私は中学・高校では結構勉強したのですが、「dough」という単語はぜんぜん覚えておりません。これは俗語で銭という意味らしいんですね。そういう言葉が使われていました。これは私の永久の宿題で、サムマネーというのが幾らくらいなのか、お訊きしたいところでありま す。

一番目の演題解説に関連した話が少し長くなりましたが、「人生いろいろ」ということでございました。

それでは次にまいります。

二、八〇歳になって感じること思うこと考えること

1、「生くること　やうやく楽し　老の春」。

八〇歳でこの俳句に出会いまして、これは俺の気持ちだなと思いました。富安風生という方が八〇歳にして詠める句と前書きがあります。

この方は逓信省の役人、昔で言えば官吏というのでしょうか、最後は逓信省の次官まで昇格されたわけですから、位人身を極めたというのでしょうか、社会で成功しておられますが、俳人としても成功しておられます。

五四歳で退官されています。

この方が八〇歳を迎えて、「生くること　やうやく楽し　老の春」という句を詠まれたわけです。この方がどうして八〇歳で「やうやく」なのか私は疑問に思っていました。

私も八〇歳になりまして、ようやく楽しい老いを感じました。現実的な話をしますと、八〇歳になると貯金がいらないというか、お金がどの程度残っていればこれからやっていけるかというようなことが分かります。親の介護もなくなり子供も成長し心配することがなくなります。社会的な名誉などに執着するものもなくなるわけです。

百寿者の調査の結果、百寿者の共通点として「幸福感が強い」が挙げられていました。百寿者へのインタビューで何歳ごろから「幸福感が強くなったか」という問いに八〇歳ごろからでしょうかと答えておられました。八〇歳になるとお金持ちになりたい、偉くなりたいたいという欲望もなくなりストレスもなくなるのでしょう。長寿者の幸福感が増すのを、学問的には老年的超越というそうです。最近学会で注目されてきています。富安風生自体は老年的超越などご存知ではなかったと思いますが、この八〇歳で「生くること　やうやく楽し　老の春」は意外と裏付けがあるのですね。

註　老年的超越仮説

なぜ幸せなのかという理由については老年的超越仮説が提唱されている。高齢になると興味が個人的なこと（偉くなりたい、お金持ちになりたい）から、宇宙的なこと（自分は大きな宇宙のなかにいるので孤独ではない）、超越的なこと（先祖代々つながっておりこれからもつながっていく）に移るためという仮説である。

老年的超越についてはNHKスペシャル取材班『百寿者の健康の秘密がわかった人生100年の習慣』（講談社刊）に分かり易い解説がありますので紹介します。

もともとは、スウェーデンの社会老年学者ラーシュ・トーンスタム博士が提唱し始めた概念で、「年をとるにつれて、目の前の〝現実世界〟から、頭の中の〝精神世界〟に重きを置くようになる変化」のことです。ちょっとイメージしづらいですよね。どんな変化なのか、具体例を挙げてみます。

▽お金や物への欲求が消えていき、そのかわりに人への感謝の気持ちが大きくなる。

▽これまで見栄や外見を人一倍気にしていたのに、自分をよくみせようとする「こだわり」がなくなる。
▽昔はおしゃべりが大好きだったのに、ひとりでいても孤独を感じなくなる。
▽家族を亡くしたり、体が弱ったりといった辛い現実を前にしても、「あるがまま」にポジティブに受け入れられる。
▽昔の出来事を、まるで今、起きているかのように感じられるようになる。
▽先祖とのつながりを強く感じるようになる。死ぬのもこわくなくなる。老年的超越とはこうした考え方、もののとらえ方の変化が、加齢とともに増していくというものです。この変化は、八〇～九〇歳にかけて顕著になっていくといいます。変化する程度には個人差がありますが、だれにも見られる現象だと考えられています。

富安風生の若い時の句に「まさおなる　空よりしだれざくらかな」というような綺麗な句を作っておられる。

私は俳句は分からないのですが、この句はよくできているそうですね。簡潔にして情景が頭に浮かぶということで、「まさおなる　空よりしだれざくらかな」と。こういう句を作っておられたのですが、老境俳句、歳を重ねるとともに、老いのこころを俳句に詠まれているわけです。私は俳句と言えば花鳥風月を詠むものだと思っていた

まさおなる　空よりしだれざくらかな
富安風生

わけですが、俳句で老いの心境まで詠めるものだということにびっくりいたしました。

　富安風生の老境俳句の代表的な俳句をご紹介しますと、

古希で「古希という　春風におる　齢かな」、

喜寿で「喜寿の賀を　素直にうけて　老いの春」

「勝負せずして　七十九年　老いの春」

「いやなこと　いやで通して　老いの春」、

傘寿で「いくること　よふやく楽し　老いの春」

「為し得ること　何かを成す　老いの春」

「死ぬまで　生きねばならぬ　手鞠手に」、
米寿で「藻の花や　わが生き方を　わが生きて」、
鳩寿で「九十一の　一をしっかり　初硯」

「授かりし　壽を懐き　恵方道」

「命あり　また一齢を　授かりぬ」

富安風生は九三歳で亡くなりましたけれど、俳諧の巨匠と言われる高浜虚子から非常に信頼されていた。高浜虚子がこういう俳句を詠んでおります。

「風生と　死の話して　涼しさよ」

高浜虚子は写生ということを非常に大事にしました。俳句とは花鳥風月を詠むものだ、写生を大事にしなさいといった俳人ですが、「風生と　死の話して　涼しさよ」こういう俳句を作っておられます。

老境俳句として、日経俳壇で次のような俳句にも出会いました。
生きていることが生甲斐老いの冬　坂本玄々
日経俳壇一月一三日　黒田杏子選「存在感十分の老年を詠み上げた句で解説不要、見事な境地に至られている」選者評
あくせくしない、何事にもとらわれない（ビューティフルエージングにもとらわれ

ない）老境を羨ましいとも思いました。

この句からは五木寛之さんの「ただ生きていく、それだけで素晴らしい」（PHP刊）という本を思い出しました。そこでは次のように述べられています。

「生きている」。それだけで十分なのではないか。

勿論生きる目的や目標を持ち、何かを達成することは素晴らしいことだと思います。しかし、達成できなくても素晴らしい、そう考えてほしいのです。

私たちは生きているだけで価値のある存在です。生きるというだけですでに様々なことと闘い、懸命に自己を保ち、同時に自然と融和している。悩みのたうちながら、毎日を生き抜いている。そんないのちの健気さを思うと感動を覚えます。

坂本玄々という俳人に興味を持ち調べてみましたら日経俳壇、朝日俳壇、毎日俳壇、月刊誌「俳句」などに次のような俳句もありました。

日向ぼこしてゐるところが現住所

作者が今、日向ぼこをしているところが自分の住んでいるところであり、あの世へ旅立つまでの現住所なのです。「現住所」がハッとする部分。（句解説）

句あれば楽あり玄々日向ぼこ

参考までに次のような俳句もあります。これは坂本玄々さんの句ではありませんが。

年金と俳句が支え老いの春　西東京　高橋秀昭

選者黒田杏子評　年金と俳句が支えと言い切ったところに作者の精神力が感じられてこころに残った一行。

福島県いわき市在住の坂本玄々さんは次のような俳句も詠んでおられます。

放射能に　塗れて生きて　青嵐

選者黒田杏子評　ともかく生ある限り詠み継ぎたいと記されいる。

福島いま地獄の如し彼岸花

福島の空はみずいろ滝桜

選者黒田杏子評　あゝことしもあの三春の滝桜が咲きひろがったと涙ぐましくなります。

とろ箱に大鮟鱇を流し込む

聖しこの夜妻は居眠りしてをりぬ　(この句は平成一〇年六九歳の時の投句)

初夢に昔の妻いて我元気

一切を忘れて滝の音の中

あなどりてならぬ齢の年迎ふ　(平成二八年米寿を迎えられたか)

糸ほどの絆となりし賀状かな
富士を見よ筑波を見よと揚雲雀
生きている悦び歌う揚雲雀
白桃やうら若き地球を愛す
鳥雲につばさ無き身は腕を振り
反戦へ老葱坊主のこころざし

　私は俳句と言えば花鳥風月を詠むものだと思っていたわけですが、俳句で老いの心境から夫婦愛、社会時評まで詠めるものだということに改めてびっくりいたしました。

　俳句が出たついでに、私は俳人でもなく、俳句はよく知らないのですが、私も真似をして作ってみました。

　老いの春という季語を使いまして、正月に詠みました。俳画に仕立てました。

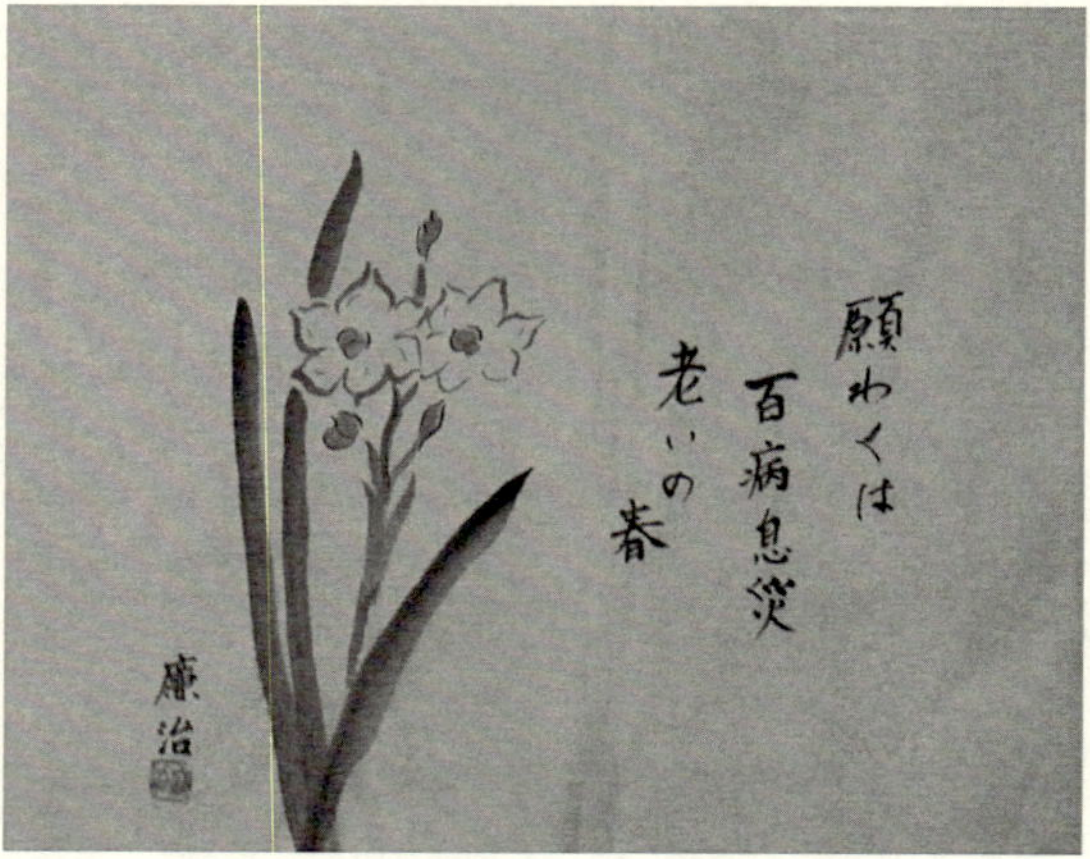

「願わくは　百病息災　老いの春」

水仙の花は早春の花です。無病息災という言葉がありますね。ところが、往々にして無病の人は健康を大事にしないで早死にする。だから、一病気息災がいいんだと。一つくらい病気があるほうが身体を大事にして長生きするんだと。さらに、百病息災、これは松下幸之助が使った言葉でございます。松下幸之助は小学校も満足に出ていない、身体も弱かった。ですが、あれだけの事業を成したのは、自分が学校に行っていないから人から話を聴くのにはどん欲で、恥ずかしくなかったと聞きます。自分の身体が弱いから人に仕事をしてもらわなくてはならないということで、パナソニック、松下電器という大きな会社を創られた。その松下幸之助は百病息災、いくつも病気があるけれども、その病気と仲よくしながら、九六歳まで長生きされたわけです。

私も実はあらゆる病気をしております。かかっていないのは婦人科。小児科にも行っておりません。その他のどの科の病気の話が出ても、それは私も行っています。私もかかりましたということで、私も百病を持っています。松下幸之助にあやかって百病息災で行きたいと思います。

「願わくば　百病息災　老いの春」

このコスモスは私の俳画です。

「学ぶこと　いまだに多し　老いの秋」。

秋の季語で、今の私の気持ちを詠んだ俳句です。不思議なことに八〇歳になりますと、こんなことも知らんかったんやなと、これもまだ勉強して知りたいということが、ぎょうさん出てまいります。若い頃はあまり本も読みませんし、勉強しなかったんですけれど、この歳になって何が一番楽しいかというと、やっぱりいろいろなことを知ることが一番楽しいですね。その気持ちを詠みました。「学ぶこと　いまだに多し　老いの秋」と。

ちょっと戻りまして、

日向ぼこしているところが現住所
苦あれば楽あり玄々日向ぼこ

このような俳句からは「日々是好日」という言葉が頭に浮かんできました。

私は不勉強で「日々是好日」を「日向ぼこ

を楽しめるよい日が続いて幸せ」というように思っていました。

ところが「日々是好日」はもともとは禅の公案からきた言葉なのですね。

相国寺、金閣寺、銀閣寺住職の有馬頼底師が「60歳からヘタれない生き方」（幻冬舎刊）の中で次のように話しておられます。部分抜粋して紹介します。

文字通り解釈すれば「毎日がよい日である」という意味です。
何だか平凡で、ありふれた言葉だと思うかもしれませんが、あの白隠禅師をして「実に容易ならざる一語である」と三嘆させたほど深い意味合いが隠されています。
毎日、がよい日などといいきれる人がはたしてどれだけいるでしょうか。むしろよい日の方がすくないというか、あってもかぞえるほどしかないというのが本当のところではないでしょうか。そもそも、人の一生は「苦」であると、お釈迦さまもおっしゃっています。

ですから「日々是好日」とは、覚悟の問題です。辛い日や苦しい日も、逆境の時やピンチの時も、良い日だと思って暮らせということです。雨が降ったらイヤだとなと思うのではなくそれを自然の情趣ととらえればいいし、定年になったら終わりだなと考えるのではなくそれを新しい人生のスタートだと思えばいい。

つらさや逆境は自分を磨き成長させてくれる経験だととらえる。そう思えば、たとえどんな日であってもそれはよい日なのです。ただおのれの足元を見て「日々是好日」と思いなして、今という瞬間、今日という日常を充実させていけばよい。

かの兼好法師も「吉凶は人によりて、日によらず」といっています。その日が好日であるか、凶日であるかは、日（状況）によって決まるのではなく、その日をどう生きるかというその人の考え方（心）によって決まるということです。

やはり「日々是好日」は奥の深いことばです。

次にまいります。

後期高齢者＝光輝好齢者

最初に後期高齢者健康保険制度ができた時に、姥捨て山が連想され、名前が悪いと評判が悪かったんですね。後期高齢者とは何事だと、嫌な言葉だと。それから、保険料を年金から天引きするとは何事かということで喧々諤々あった。私は当時の民主党に投票したりしたこともあるシンパでもありますから、民主党の悪口を言うつもりはないんですが、民主党は後期高齢者制度の廃止を選挙公約の一つとして、選挙をやって勝ったんです。ところが、政権をとってみたら、後期高齢者健康保険制度は意外と実態に合っていると。七五歳を区切りにしていろいろな運用をやっていくことで、その後、この制度は廃止されずに今、定着しつつあります。

人生の前半生は「するべきこと」に追い立てられて過ごす。二〇代は夢に猪突猛進、三〇代四〇代は仕事・子育てで現実と格闘。人生の後半生は生き方に自由度を増す。五〇代は子育てが終わり、仕事はある程度の地位信頼を得て、少し余裕の出てくる時期、六〇代はさらに余裕が出て、その余裕を実感する。

「老後の生活設計」としては、老後経済的に苦しむことはないか、親の介護は誰がするか、自分の健康は大丈夫か、没頭できる趣味はあるか、気のおけない友人はいるか、ということを考えるわけでしょう。

アメリカの統計調査にこのようなことがあります。人間の脳の神経は年々減る一方であるということは、従来の説ですね。ところが、そうではないんだと。人間の判断能力の最高は六五歳であるという調査がアメリカで出ました。別の調査では、人間の脳は七五歳まで知的能力は維持向上できる。「までは」と書きましたが、七五歳を超えてもなお維持向上できると言われております。七五歳というのはまさに、光り輝く好齢者なのです。

日野原重明先生はお医者さんで二〇一七年一〇五歳でなくなりましたが、七五歳以上を「新老人」と命名された。子供達に「いのち」はどこにありますかと訊くと、多くの子供達は心臓を指すそうですね。それで先生は、『いのち』とは自由に使える時間」のことだよと、「いのちも時間も見えないけれども人間にとっては大事なもの」だと言われているそうです。

自由に使える時間と言えば、七五歳の方の平均余命は平均一二年と言われておりま す。ということは、七五歳以上の方の一〇年近くは仕事に追われている現役の人の時間と比べると、二倍三倍の値打ちが深いというふうに考えられます。まさに七五歳以降の人生は後期高齢ではなくて、光り輝く好齢と言えるのではないかと思います。

今や長寿時代、昔は人生五〇年と言っていましたが、今や八〇年の時代、いやいや人生九〇年の時代、一〇〇歳生きる人が、後から話しますけれども全国で六万八千人いるんですね。人生今や一〇〇年時代と言ってもいいのではないかと思います。もう余生ではありません。七五歳以降は、「第二のもう一つの人生」と言っていいのではないか。後半生は「すべきこと」をする人生から「したいことをする人生」に軸足を移していい時期でございます。

後期高齢者はまだまだ好奇心に富んだ世代でもあります。

後期高齢者＝光輝好齢者＝好奇好齢者とも言えます。

余生は誉生＝誉ある生でもあります。


次にまいります。

2、ノーベル賞受賞者の言葉
ここでクイズを出します。

次の言葉を言った人は？

「他人がやらないことをやりなさい」

「出会いを大事にしなさい」

「人間万事塞翁が馬」という演題で講演「失敗を恐れるな」「トライせよ」

ヒント　ノーベル賞受賞者

「他人がやらないことをやりなさい」
大隅良典　二〇一二年京都賞、二〇一六年ノーベル賞
「出会いを大事にしなさい」
大村智　二〇一五年ノーベル賞
「人間万事塞翁が馬」という演題で講演「失敗を恐れるな」「トライせよ」
山中伸弥　二〇一〇年京都賞、二〇一二年ノーベル賞

「他人がやらないことをやりなさい」について
大隅良典　若い人へのメッセージ
①　人と違うことを恐れず自分らしく生きよう
②　自然に親しみ、小さな発見を大事にしよう
③　生物に学んで、多様性を大事にしよう
④　定法に流されず、自分の目で確かめよう
⑤　自分の抱いた小さな疑問や興味を大事に育てよう
⑥　急いで結果を求めず、基礎力を身につけよう
⑦　自分の可能性を大事にしよう

（学士会報９３０号より）

「出会いを大事にせよ」について
大村智
山梨大学卒
高校教師を務めたのち東京理科大学大学院に学ぶ　東京理科大学理博　東大薬博
経営　北里研究所
金稼ぐ　産学共同研究　メルク社と契約　三年の予定が二〇年
特許料収入二〇〇億円超　メルク社
見つけた放線菌を使って作る全てのものに特許取得
地域社会に貢献　北里研究所メディカルセンター病院
美術館寄付
スキー
ゴルフシングル　三年でシングルになるという計画を立て達成
（大村智「微生物創薬と国際貢献」学士会会報九一二号）
日経新聞「私の履歴書」大村智より
「ノーベル賞を受賞できたのも人との出会いを大切にしたからで、この言葉には特に強い思い入れがある。出会いを感じない人、出会っても生かさない人もいるが、袖振り合う縁も生かすというのが成功のもとだ。」

大村さんの生き方を総括すると
研究した。ノーベル賞受賞
教育した。北里大学教授
経営した。北里研究所長、日本女子美術大学理事長
金を稼いだ．特許料二二〇億円
理想的な妻を娶った。
社会貢献をした。病院　美術館建設
スポーツした。学生時代スキー県代表　ゴルフ四〇代で始めて三年でシングル
美術を楽しんだ。

大村さんの『人をつくる言葉』（毎日新聞出版）にある言葉を紹介します。
「芸術は目から摂取する栄養である
口から入る栄養は身のためにならないことがあるが
目から入る栄養は心身に害になることはない」

「平成の経営の神様」と言われる稲盛和夫さんも「出会い」の大事さを説いておられます。

稲盛和夫
一九五五年鹿児島大学工学部卒業
一九五八年京セラ設立
一九八四年稲盛財団設立　「京都賞」創設
人生は運命的な人との「出会い」によって決定づけられる。
松下幸之助に学ぶ。心を高める努力を怠らない。利己の心を減らし利他の心増やす。
臨済宗妙心寺派円福寺で得度、僧籍を得。
（『稲盛和夫の哲学─人は何のために生きるのか』ＰＨＰ文庫）

稲盛和夫の名言を紹介します。
人生・仕事の結果＝考え方×熱意×能力
「能力」とは、才能や知能といった「先天的な資質」を表し、「熱意」とは、情熱や努力する心といった「後天的な努力」を表す。「考え方」とは、哲学や思想、倫理観といった生きる姿勢、それらをすべて包含した「人格」を表す。最も大事なものが考え方であり、能力と熱意は〇点から一〇〇点までの点数があるのに対し、考え方はマイナス一〇〇点から一〇〇点までが存在する。

動機善なりや、私心なかりしか

ＤＤＩ（第二電電）を設立し、電気通信事業へ参入するにあたって、自身の動機に利己的な心、「私心」がないかと、半年間にわたり自問したときの言葉。動機が善であり、実行過程が善であれば、結果は問う必要はない、必ず成功するという信念を表す。

楽観的に構想し、悲観的に計画し、楽観的に実行する

物事を行うときに取るべき態度を表した言葉。構想を練る段階では、そのアイデアの可能性を引き出せるように楽観的になるのがよい。具体的な計画を立てる段階では、あらゆるリスクを想定し、慎重かつ細心の注意を払って厳密にプランを練るのがよい。実行する段階では、思い切って行動するのがよい。

「着眼大局・着手小局」

ここで参考までに出会いに関連した私が好きな名言の幾つかを紹介します。

小人は縁に出会うて気付かず
中人は縁に出会うて縁を生かさず
大人は袖触れおうた縁をも生かす
（柳生家家訓）

誰でも機会に恵まれない者はない。ただそれを　捕えなかっただけだ。

カーネギー（米国の鉄鋼王）

壁をけとばして棚のボタ餅を落とせ。

偶然は作るものだ。

高橋是清（元大蔵大臣）

出会いは人との出会いだけではありません。出会いには本との出会いもあります。


本にはさまざまな人生が秘められている。

だから、素晴らしい本と出会うことは、さまざまな人間と出会うことに等しい。ときには百年の知己を得ることと同じ効果がある。

そして、ときには、本との出会いは新しい人生を開いてくれることもある。

地球物理学者竹内均の場合
寺田寅彦の随筆「茶碗の湯」

（竹内均著『人生を最高に生きる法』三笠書房　知的いきかた文庫）

国民栄誉賞を受賞した羽生名誉七冠が「どんな人生だったか」という問いかけに答えたのが意外にも「縁と巡り合わせが大きかった」というものでした。「巡り合いに恵まれました。将棋を指す家庭ではなかったですし。たまたま将棋を教えてくれる友達がいて、たまたま住んでいた街に将棋クラブがあって、様々な幸運が積み重なってここまで来ました。縁というか巡り合わせが非常に大きかったと思っています。」（文藝春秋二〇一八年二月号「羽生善治永世七冠に辿り着くまで」より）

先ほどの篠田桃紅さんも、NHKで放送されたものを聴いたのですが、この方も出会いが大事だと言っておられます。人との出会い、男性との出会いという意味だったかも分かりませんね。結果的には出会いがなかったために、生涯独身を貫かれたわけですから。それと同時に、篠田桃紅さんの場合は、自分の作品は出会いであると。墨の色、墨の線、墨のかたち、色と線とかたちが出会った時に作品が出来るということで、出会いが大事だと言っておられました。

「人間万事塞翁が馬」について

山中伸弥
高校時代　柔道二段
大学二年よりラグビー
母親「ラグビーばかりやっていて心配」
高校大学時代　一〇回骨折
整形外科インターン時代　先輩医者より「ジャャマ中」
名医の治せないものがある。基礎医学に転向
二〇一〇年稲盛財団京都賞受賞記念講演「人間万事塞翁が馬」
二〇一二年ノーベル賞受賞

「失敗を恐れるな。一〇回やって九回失敗一回成功できる。」「トライせよ」

人間万事塞翁が馬。この意味は中国の故事にちなんだ言葉でして、「禍福はあざなえる縄のごとし」と。禍福は予測しがたいというような意味でございます。
塞《とりで》の近くに住む老人の馬が逃げてしまい隣人が同情したが、その馬はやがて駿馬を連れて帰って来た。隣人は喜んだ。ところが老人の息子が落馬して骨を折ってしまった。そのため息子は戦争に行かず戦死を免れた、という故事から来た言葉です。

ノーベル賞受賞者の山中伸弥京都大学教授が、「人間万事塞翁が馬」という題名の講演会を高校生相手にしておられました。どういうことを話されたかと言いますと、山中先生は今は研究者で大学の先生ですが、最初は大学を出て整形外科の医者になられた。ところが、今のお顔つきを見たら不器用だったとは思えないのですが、不器用だったらしい。もっともご本人は不器用とは言っておられません。最初の手術では、普通では一五分か二〇分でできる手術に二時間近くかかったそうです。整形外科の大きな手術はチームを組んでするわけです。ひとり不器用な人がいると困るわけですね。山中先生は指導の先輩から、「お前は山中じゃなくてジャマ中」だと言われたそうです。それで山中先生は臨床の医者を辞めて、基礎医学に方向転換されたわけです。なお、基礎医学に転向された理由はほかにもおありだったようです。それは臨床の名医でも治せないものがある。それを治せるのは基礎医学だと考えられたようです。

臨床の医者を辞められた時は挫折を感じられたと思うんですね。ところが、それが転機となってノーベル賞をもらうような大きな業績を挙げられた。いろいろな挫折はあるけれど、大学を落ちて浪人することもあるだろう、人生長い間にいろいろな挫折しても、挫折をバネにして飛躍できるんだよということで、高校生を励まされたのだと思います。そういうような訳で、「人間万事塞翁が馬」という題名で講演会をやっておられます。

山中伸弥先生について勇気づけられることは、大学時代運動部に専念していてもノーベル賞をとれるということです。

私は、高校は兵庫県の伊丹なんですが、山中先生のお母さんが、県立伊丹高校の二学年上の方です。同窓会で、友達に、山中先生はよく勉強されたのでしょうね。心配されるようなことはなかったのでしょうね。と聞かれると、ラグビーばかりやっていてどうなるかと心配していたと答えておられたそうです。それほどラグビーに熱中されていたのですね。山中先生は高校時代は柔道部で二段だった。なぜ、柔道を辞めてラグビーに変わられたのか。私の想像ですが、個人競技の柔道よりチームワークのラグビーに魅力を感じられたのではと思います。

山中先生も「人生を決めるのは出会いである」とも言っておられます。

二人の先生との出会いを挙げておられます。

アメリカで学んだこととして二つのキーワード「VW」と「NAT1」を挙げておられます。

アメリカの留学先の研究所の所長のマーリー先生はVW（フォルクスワーゲン）に乗っておられたそうですが、その先生よりVWをもらわれたそうです。もちろん車をもらわれたわけではなくVWというキーワードをもらわれたのです。

V＝ビジョン　W＝ハードワーク

「研究者として、また人間として成功するためには、この二つを守れば大丈夫だと、私は今から十数年前に教えていただきました。それ以来、私はVとWの二つを常に心がけています。

日本人はハードワークは得意ですが、ビジョンを持つことが若干苦手です。私もそうですが、一生懸命働いているけれども、気がついたら何をやっているかわからないという状態に陥ることがよくあります。ですからビジョンをしっかり持ち、そのビジョンのためにハードワークすることの大切さを、マーリー先生（グラッドストーン研究所プレジデント）から教えていただきました」

参考、「日本人はほとんどそうだろうけど、毎日努力してたらある程度成功する、と思うでしょう。でもね、努力してても努力の方向性が違ったらダメ。成功しないの(笑)。同じところを回っているだけ。人生をかけて何がしたいのが決まらない限り、ビジネスはうまくいかないと気付いた」日経新聞二〇一八年一月一八日夕刊私のリー

ダー論よりファーストリテイリング社長柳井正

「NAT1」は山中先生が初めて発見した遺伝子です。説明は省略します。

山中伸弥名言より

失敗するからこそ疑問が生まれる。その原因を探って再チャレンジすることで新しい扉が開くんです。

失敗しなければ成功は手に入らないと断言してもいい。

挫折や失敗こそ新たな変化へのチャンス。

失敗は決して恥ずかしいことではありません。

恥ずかしいのは失敗ではなく失敗を恐れて何もしないこと。

（『山中先生に、人生とiPS細胞について聞いてみた』講談社刊）

大村智教授は出会いが大事だということを講演会で話されておられますが、ノーベル賞受賞直後の話では、「成功する人間は人の三倍失敗するものだ」と言っておられます。失敗を何度も重ねながら、それを転機に大きな業績発見につながっていったんだと思います。一種の「人間万事塞翁が馬」の例だと思います。

それから、発明王の、エジソンですね。この人は実験場が火事に遭ってしまうんですね。この時に何と言ったかと言いますと、「これで新しい設備の実験場を作ることができる」と。災い転じて福となすということはよくあることで、皆さんの家庭にもあるでしょう。昔の電気冷蔵庫をもっている。今は効率のよいのがあるにも関わらず、昔の電機製品を使っていると高い費用がかかりますね。故障したのを機に新しいものに替えたら、こんなに電気代が安かったのか、こんなに機能がよくなったのかと、びっくりされた経験をおもちだと思います。

ちょっと話が脱線しましたが、松下幸之助、この方もいろいろな名言を残しておられます。大不況になった。不況の間、経営者は困りますね。ところが、松下幸之助はどう言ったかというと、「これで会社の弱点を見直すことができる」と。不況がきたからといってシュンとなるのではなくて、これを機に会社を立て直そうと。儲かっている時は分からないけれど、不況になると、会社のどこが弱いのかということが出てきます。そういうようなことで、「人間万事塞翁が馬」。皆さん方もいろいろ実感された経験をおもちだと思います。

私の会社の大先輩を例に挙げて恐縮ですけれども、三井化学の社長さんで榎本好文さんという方がおられました。大正六年に大阪高等専門学校、現在は大阪大学になっていますが、大阪高等専門学校を出られまして、三井鉱山に入られました。この方の同窓生には、この前NHKの朝ドラで「マッサン」というのをやっていましたね。マッサンは大阪高専の発酵学科を出て、ニッカウイスキーを創業された竹鶴政孝さんがモデルで、「マッサン」というドラマができているわけです。榎本さんはマッサンと同じ頃、大阪高専におられ、大阪高専の同窓生でした。

榎本さんは若い頃、病気になって昇進が遅れてしまったんですね。先輩や同僚がどんどん出世していくわけです。ところが終戦の年に、昇進が早かった先輩同輩は公職追放になってしまった。榎本さんが残って、昭和二二年に三井化学の社長に就任されておられます。それでこの方がある人に言われた言葉が、「君、人間万事塞翁が馬だよ」と。ところが、社長になっていいことばかりではないんですね。経営者として一番厳しいのが人員整理です。榎本さんは機械屋さんで労務を担当というわけではありませんが、社長さんですから社長として三回の人員整理を担当しておられます。昭和二六年には、会社の景気が悪いものですから、三井鉱山から石田健という人が新しく社長にきたんですね。普通だったら、榎本さんはクビになるわけですが、昔なじみの石田さんから、君、残ってくれよといった話だったんでしょう。そこで副社長として降格して残られた。ところが、石炭化学から石油化学の時代になりまして、石田さんは非常に先見の明がある方で、「よし、今後は石油化学に行こう」ということで、ご自身は石油化学の分野に専念される。三井化学は赤字だったものですから、単独では新しい会社を興せないものですから、三井グループに出資を仰いで、別会社として三井石油化学という会社を創って事業を行ったわけです。

註　三井石油化学は後三井東圧化学（三井化学と東洋高圧の合併会社）と合併して現在は三井化学となっています。

「三井化学のほうは、またお前やれよ」ということで、榎本さんは、昭和三一年に社長に復帰されたわけです。昭和三五年に会長に就任されるまで社長・副社長と、トップの座にあること一三年、大変長い間、普通に言えばこんな幸運なことはないということですが、考えによってはこんなに厳しい災いでもあった。というのは後年、会社の後輩からこういうようなことを言われた。「三井化学が住友化学や三菱化成に後れをとったのは、榎本さんの一三年の間のことだ」と。榎本さんが社長を一三年もやっていたものだから、それで新しい分野をやらないものだから住友化学や三菱化成に差をつけられたということで、経営者としての厳しい評価を受けられた。いいことばかりではございませんね。ということで、「人間万事塞翁が馬」の例でお話し申し上げました。

榎本さんは、三井化学の会長を辞められた後、明和海運の会長に迎えられた。榎本さんは晩年「我が生亦涯りあり」という短文を明和通信（昭和四十七年八月号）に寄稿されている。参考までに抜粋紹介すると、

「……大体人間は自分の事は希望的判断をするもので第三者の判断より甘いことが多い。……色々と危ない事にあったが、いつも無事であるので死は縁遠いもので、生きるのがあたりまえぐらいに自負していた。ところが古稀を過ぎると考えが変わった。自分の将来の出来事のうちで最もたしかな事は自分がやがて死ぬということであり、最も不たしかな事はいつ死ぬかということである。このことをはっきりと腹に据えて、現刻下を悔いなき生涯とせねばならない。仕事にせよ、趣味・スポーツにせよ充実した生き方をすることだ。……『吾が生亦た涯りあり、此の身醒め復た酔う』これは杜甫が酒に託して悔いなき生を送れとさとした詩の一節で飲酒を勧めたものでは勿論ない。」

榎本さんの話を長々と話しましたが、実は私がここで「人生いろいろ面白きかな人生」という講演をさせてもらったのもこの榎本さんとの縁なのです。

講演は私が『反面教師』という本を出したからです。「反面教師」は明和海運の社

内誌に書いたエッセイをまとめたものです。私が明和海運に入社したのは、榎本さんとの縁です。明和海運はもとは東京湾内で船舶用の燃料の重油を運んでいた小さな船会社でした。榎本さんを迎え入れたことで、ケミカルタンカーの分野に参入し今ではケミカルタンカーの運用では国内の一番になっています。榎本さんが亡くなったのちも三井化学から役員を受け入れるようになりました。その四人目として私も明和海運の役員になりました。さらに私が三井化学に入社したのは榎本さんの紹介でした。というようなわけで、榎本さんを紹介させていただきました。

ちょっと脇道にそれましたが、次にまいります。

3、人生一〇〇年時代の備え

健康、お金、人生哲学

最初に人生一〇〇年時代といわれる背景の数字などをまとめておきたいと思います。

参考文献

厚生労働省「平成二八年簡易生命表」
秋山弘子「長寿時代におけるセカンドライフの設計」学士会会報929号

NHKスペシャル取材班『百寿者の健康の秘密がわかった人生100年の習慣』（講談社）

広瀬信義「ヒト長寿科学のご紹介・研究」（生活福祉研究92号）など

五木寛之『百歳人生を生きるヒント』日経プレミアムシリーズ

勢古浩爾『定年バカ』SB新書

先ず、一〇〇歳以上生きる人が急増しています。一〇〇歳以上の高齢者は、一九九五年には六〇〇〇人あまりだったのが、二〇一七年には六万七八二四人と、この二九年ほどで一〇倍以上になっています。

男女比では、一対七で圧倒的に女性が多い。

興味深いことには、数では女性が圧倒的に多いが、機能の方は、女性は男性に比較して低い。

一〇〇歳まで生きるとどの程度元気なのか。認知症のない方は三〇～四〇％である。逆に言うと六～七割の方は認知症である。女性の百寿者は認知症があり要介護の方、寝たきりが多いことが分かった。女性は数が多いけれども機能が低いのはなぜか。東大の秋山弘子教授の、全国の六〇歳以上の男女六〇〇〇人を追跡調査されたものがある。

男女とも一～二割の人が、六五歳ごろから機能が急激に低下した。残りの人は、女性では七〇歳頃からゆっくりと機能が下がる。一方、男性では超高齢期まで機能がほとんど低下していない人が一割ほどいた。機能の高い人は長生きなので、男性のこの一割は一〇〇歳生きて機能も高い。女性は緩やかに機能低下する人が多いので、百寿者の大部分で機能が低いということになる。この差は男女でなりやすい病気に差があることが一因である。女性では変形性関節症、骨粗しょう症など致命的ではないが行動に障害が出る病気になりやすい。男性は脳卒中・心筋梗塞など致命的な病気になることが多く、そのために早く亡くなるが、疾患にならなければ機能が保たれているためではないかという説が提唱されている。

（秋山弘子「長寿時代におけるセカンドライフの設計」学士会会報929号）

又、興味深いことには百寿者は無病息災というわけではない。多くの方が病歴を持っておられます。

最も多いのは高血圧、次いで骨折、白内障である。骨折は女性百寿者の半分が経験している。特徴的なことは糖尿病が少ないことである。逆に言うと糖尿病の方で百寿者になる人は少ないということです。

百寿者の性格についての調査結果もご紹介しておきます。

他の年代の方と比較して明らかな特徴があることがわかった。

男女差があり、男性では開放性が高く女性では外向性、開放性、誠実性が高いことが分かった。
「開放性が高い」とは今の状態を受け入れることが出来る。創造的、好奇心旺盛。
「誠実性が高い」とは外国の調査では、誠実性が高いと人生の目標を設定して社会にうまく溶け込み長寿だけではなく健康な人生をおくるという結果だった。
（生活福祉研究所92号慶應大学広瀬信義教授「ヒト長寿科学のご紹介・研究」より）

壽命は遺伝か環境か

実際によく聞かれるのは「長生きできるかどうか、は結局のところ遺伝で決まっているのではないか」という疑問です。

答えは、一〇万組の双子の一生を追跡調査した大プロジェクトで、寿命を決めるのは遺伝要因が約二五パーセント、環境要因が約七五％であることが明らかになりました。生まれ持った遺伝子よりも、どのような生活を送るか、ライフスタイルの方が寿命に大きな影響を与えることが分かったのです。

平均寿命は延びても「最大寿命」は延びていない

人口統計学のデーターからは、平均寿命一〇〇歳という時代が現実に到来する可能性が高まっています。といいながら、世界のどこかで一五〇歳、二〇〇歳まで生きる人が現れるのでしょうか。

答えは「平均寿命」は延びているものの、人間が生きられる限界「最大寿命」そのものは変化していないそうです。過去のデーターでは男女とも大体一一五歳前後のようです。歴代の世界最高齢者を見ていくと一一五歳前後で推移しており、時代と共に最高齢者の年齢が変化している様子は見受けられません。唯一の例外が一二二歳まで生きたフランス女性です。

今を生きる私たちの多くが、ヒトという生物が生きられる限界に向かっていることは確かなことなのでしょう。

平均年齢と健康寿命

厚生労働省「平成二八年簡易生命表の概況」によると

（1）主な年齢の平均余命

〇歳の平均余命を「平均寿命」という。

①男性の平均寿命：八〇・九八年となり、過去最高（二〇一五年：八〇・七五年）を更新した。

②女性の平均寿命：八七・一四年となり、過去最高（二〇一五年：八六・九九年）

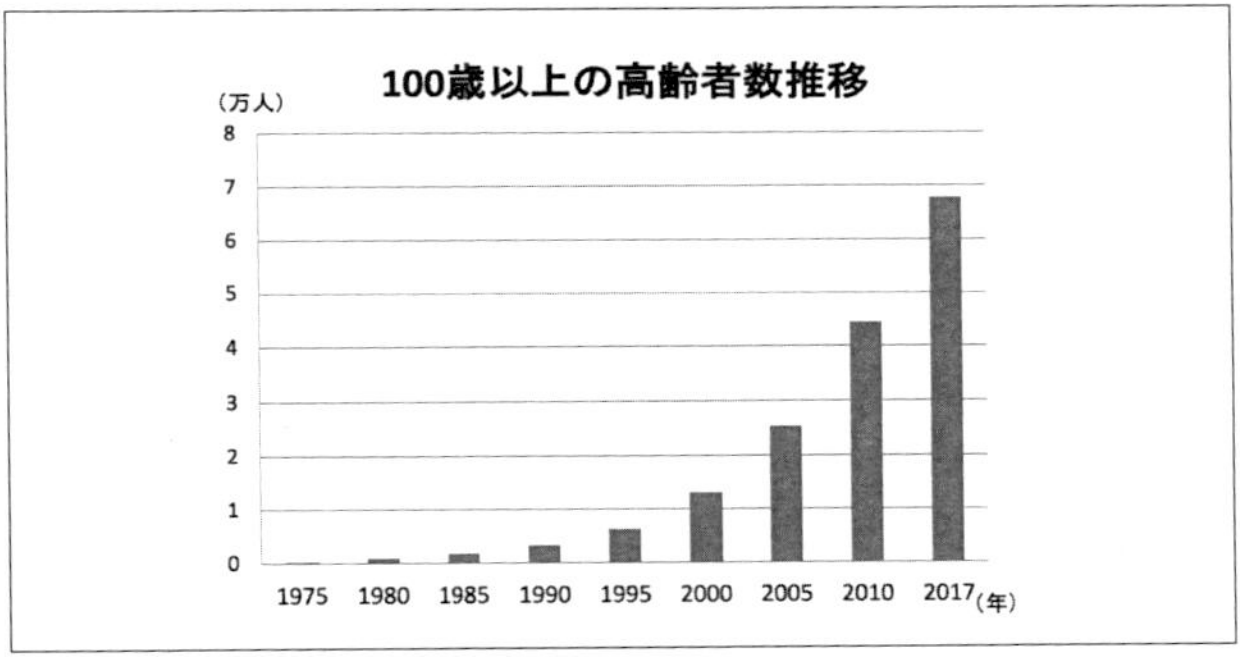

出典）厚生労働省　100歳以上の高齢者調査

を更新した。

③平均寿命の男女差：六・一六年　前年比〇・〇八年減少、二〇〇五年の六・九六年から年々縮小傾向にある。

④男性の六五歳平均余命：一九・五五年

⑤女性の六五歳平均余命：二四・三八年

⑥過去三〇年間で、男女とも平均寿命が五年以上延びた。

（2）寿命中位数等生命表上の生存状況

①六五歳まで生存する者の割合：男性八九・一%　女性九四・三%

②七五歳まで生存する者の割合：男性七五・一%　女性八七・八%

③九〇歳まで生存する者の割合：男性二五・六%　女性四九・九%

男性の四人に一人、女性の二人に一人は九〇歳まで生存することが分かる。

（3）平均寿命の国際比較

①平均寿命を国別にみると、厚生労働省が調査した中では、日本は、男女とも世界のトップクラスである。

②男女ともに平均寿命が八〇年を超えている国を、人口の多い順にみると、イタリア、オーストラリア、スウェーデン、スイスおよびイスラエルである。

（4）死因分析

①死因別死亡確率

生命表上で、ある年齢の者が将来どの死因で死亡するかを計算し、確率の形で表したものが死因別死亡確率である。平成二八年の死因別死亡確率をみると、〇歳では男女とも悪性新生物が最も高く、次いで、心疾患、肺炎および脳血管疾患の順であった。

②特定死因を除去した場合の平均余命の延び「悪性新生物、心疾患及び脳血管疾患」を除去した場合の平均寿命の延びは、〇歳では男6・九五年、女五・七四年、六五歳では男五・六一年、女四・六〇年、七五歳では男四・一八年、女三・七八年、九

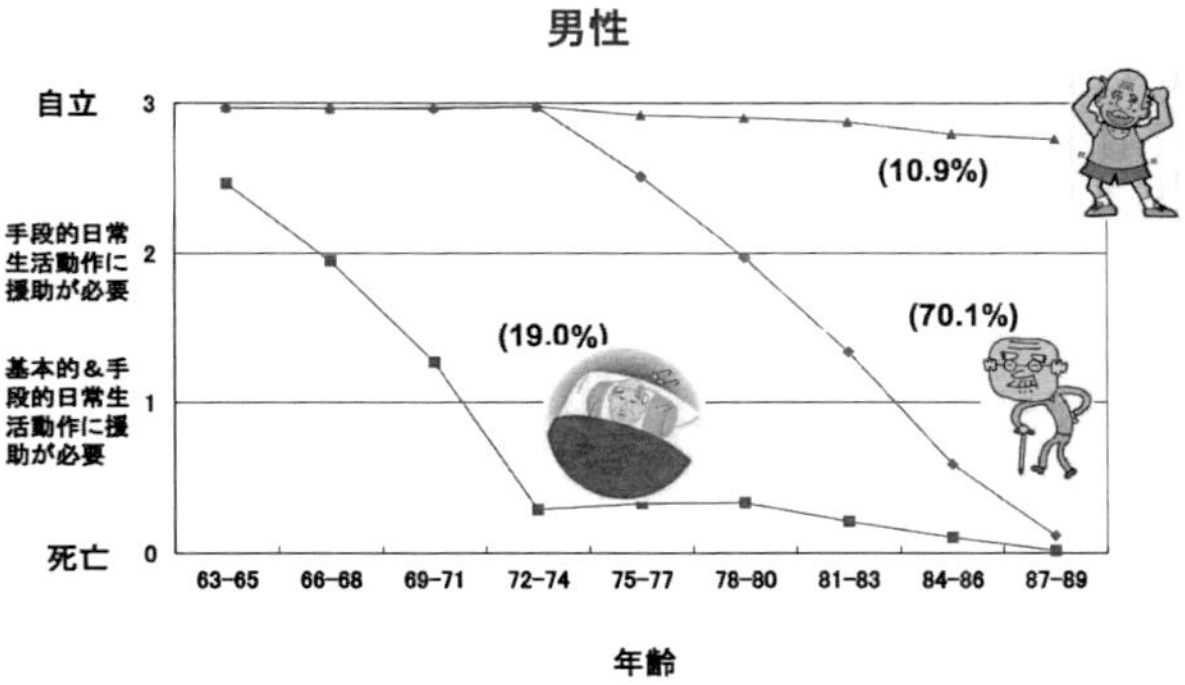

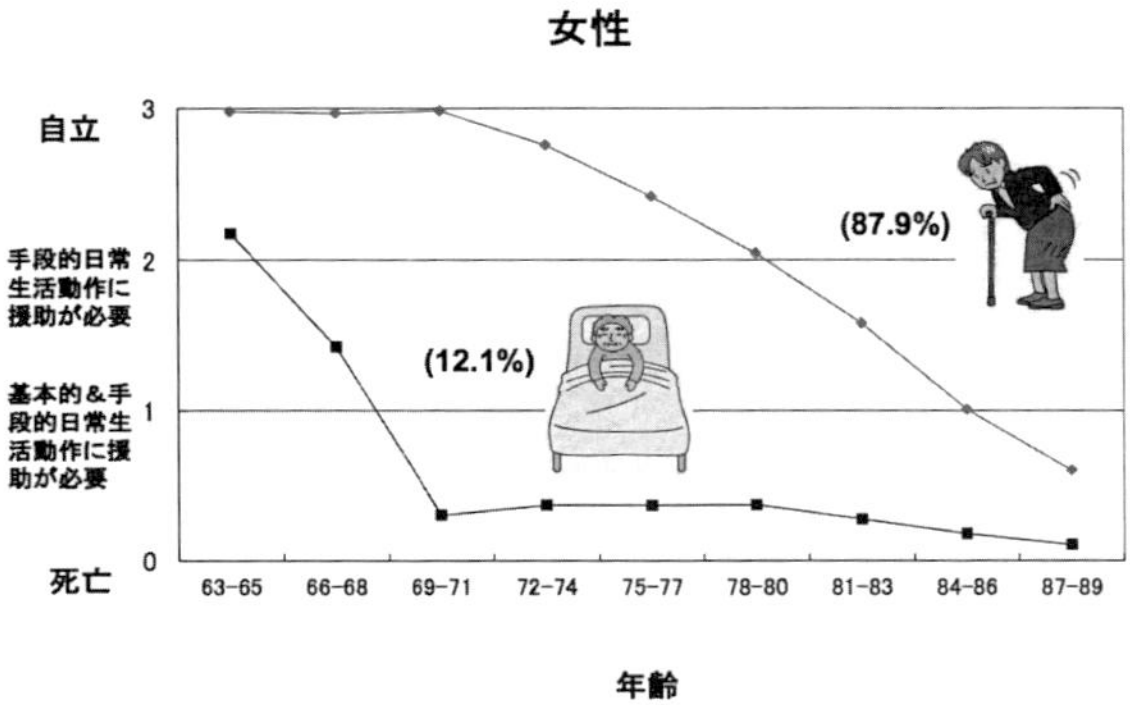

出典）秋山弘子　長寿時代の科学と社会の構想
　　　『科学』岩波書店　2010

〇歳では男一・七六年、女一・九五年であった。

平均寿命と健康寿命

平均寿命は、死亡率が今後も変わらないと仮定し、「その年に生まれた〇歳児が後何年生きられるか」を表します。

健康寿命は「日常的に介護などを必要とせず健康で自立した生活ができる期間」のことを表します。

平成二五年の平均寿命　男性八〇・二一歳　女性八六・六一歳
平成二五年の健康寿命　男性七一・一九歳　女性七四・二一歳
平均寿命と健康寿命の差　男性　九・〇二歳　女性一二・四歳

男性は約九年女性は約一二年ほどなにかしらの病気にかかって通院・入院したり、介護を受けたりする期間があるということになります。

各人がそれぞれ平均寿命と健康寿命の差を縮めることが大切です。

最近、慶應大学の伊藤裕教授は単純な「健康寿命」より幸せを感じる「幸福寿命」が大事と提唱されています。（伊藤裕『幸福寿命』朝日新書）

平均寿命の年次推移

（単位：年）

和暦	男	女
昭和22年	50.06	53.96
25~27	59.57	62.97
30	63.60	67.75
35	65.32	70.19
40	67.74	72.92
45	69.31	74.66
50	71.73	76.89
55	73.35	78.76
60	74.78	80.48
平成2年	75.92	81.90
7	76.38	82.85
12	77.72	84.60
17	78.56	85.52
22	79.55	86.30
27	80.75	86.99
28	80.98	87.14

註、1）平成27年以前は完全生命表による。
　　2）平成28年は簡易生命表による。

主な年齢の平均余命

（単位：年）

年齢	男	女
0 歳	80.98	87.14
20	61.34	67.46
30	51.63	57.61
40	41.96	47.82
50	32.54	38.21
55	28.02	33.53
60	23.67	28.91
65	19.55	24.38
70	15.72	19.98
75	12.14	15.76
80	8.92	11.82
85	6.27	8.39
90	4.28	5.62

出典：平成28年簡易生命表による

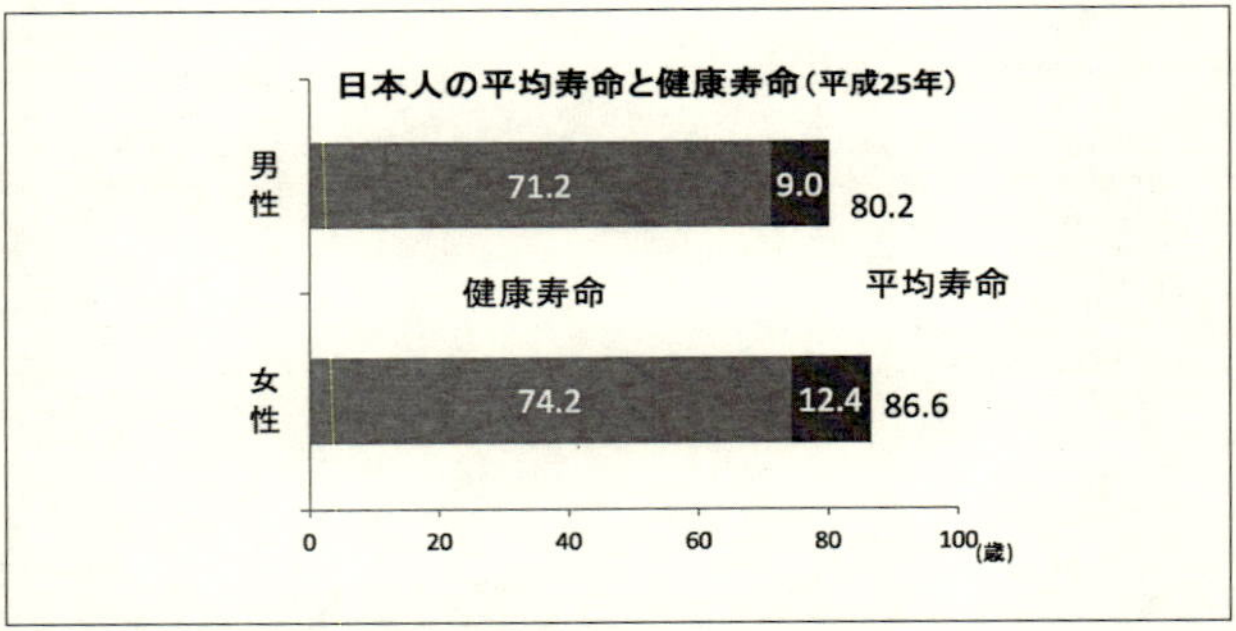

出典）平均寿命は、厚生労働省簡易生命表
健康寿命は、厚生労働科学研究費補助金「健康寿命における将来予測と生活習慣病対策の費用対効果に関する研究」

病気の連鎖を食い止めれば健康寿命は延びる

生活習慣が怖いのは、時間の経過とともに高血圧、耐糖機能障害、脂質異常症などが連鎖的に起こり、命に関わる病気へと発展していくこと。逆に、早い段階で生活習慣を改めるなどの手を打てば、将来寝たきりなどになるリスクを下げられ「健康寿命」を延ばすことができる。

介護になる要因は

高齢者が要介護状態になる要因は何が多いか。年代や性別によっても特徴があります。中高年世代から六五～七四歳の前期高齢者では脳卒中が最も多く、七五～八四歳の後期高齢者、特に女性では、関節痛や骨折などが増加します。八五歳以上の超高齢者になると、フレイルや認知症が多くなります。

フレイルとは皆さん余りご存じないと思いますが、「衰弱」というような意味で、健康と要介護の中間のところをフレイルと言います。

具体的にどういう症状かと言いますと、歩行の障害、関節や身体の痛み、頻尿、失禁、めまい等々、皆さんメタボリックシンドロームという言葉をご存じですね。そういうようなもので日本老年医学会が、今後調査していこうというふうに言っております。

フレイルを判定する質問項目は、体重が減った、歩くのが遅くなった、歩くのは週一回だけ、五分前のことを思い出せない、訳もなく疲れたような感じがするか、というようなことを調べる。フレイルを絵で示していますが、自立と要介護の中間の状態をフレイルと言うんだと。フレイルで啓蒙しているのは、一方通行ではないということです。運動なり、いろいろ気をつければ、フレイルは元に戻りますよということで、病気ではないんですね。心がけで運動したり、栄養をつけたりすれば、元に戻る。だけどそういうことを怠ると要介護に行きますということです。

体力・筋力が低下すると買い物に出るのも億劫になって活動性が低下する。そうすると、人と接する機会も減少して、食生活のバランスも低下し、体力・筋力が落ちる。復習ですが、身体的では、筋力低下、日常生活動作の低下、精神的には、抑うつ、認知機能の低下、社会的には、独居、経済的困窮。ダブりますが、食事・運動に心がければ元に戻ると。

予防するための具体的な方法として、ただ歩いているだけではダメで、筋肉の量を増やすために、筋力を維持するようなレジスタンス運動（負荷のかかるような運動）や転倒防止のためのバランス運動をする、十分なエネルギー量とタンパク質を摂る、八〇歳くらいになったらどんどん食べる、体重が減少しないようにする、高血糖も低血糖もない適切な血糖コントロールをする、糖尿病の合併症を防ぐ、転倒を起こしやすい家の環境要因を改善する等々が注意することです。

「人生一〇〇年時代に備える」を考える前に人生でいかに生活習慣が大事かを示す金言を紹介します。

生活は習慣の織物である　フレデリック・アミエル（スイスの哲学者）

ノーベル賞受賞者の大村智さんが『人をつくる言葉』（毎日新聞出版）で紹介されています。私は「人生は生活習慣の織物である」と読み替えています。

人生一〇〇年時代の備え　健康、お金、人生哲学　私の場合

健康

百病息災

私は現在八三歳ですが、友人たちからは「病気の総合商社」とからかわれています。かかっていないのは産婦人科と小児科だけです。その詳細は『反面教師』の中で「百病息災」という題の小文に書いております。

現在通院しているのは、肺癌と膀胱癌の術後の経過観察と薬は糖尿病と全身掻痒症で服用しています。困っているのは脊柱管狭窄症による足のしびれです。

糖尿病のおかげで食事に注意しますし、運動を心掛けるので他の生活習慣病は発症が防止されているようです。無病息災でなく一病息災むしろ百病息災といったほうがよいかもしれません。肺癌もかかりつけの糖尿病の先生の指示でＣＴ検査を受けたおかげで早期発見できました。市の検診では発見されませんでした。

百寿者の調査で指摘されていることは、百寿者には糖尿病の人は少ないということですが、私の場合は、糖尿病のお陰で健康長寿を保っていると考えております。

囲碁

私には特別な健康法はありませんが、次のようなことをやっています。

囲碁を打つために週三日東京神田の学士会館の囲碁室に通っています。駅の階段を上り下りし、水道橋駅から学士会館まで大股の速歩で往復三〇分歩きます。これがいい運動になっているようです。

囲碁は、認知症防止にもなるようです。

週三日間外出するので、別の効果として、私の妻は「主人在宅症候群」にはならないでしょう。

落語鑑賞

学士会の落語鑑賞会にも入っています。笑いも健康に良いという研究があるそうです。

マージャン

月二回麻雀を楽しんでいます。これも認知症防止にもなるようです。

ゴルフ

毎週一回ラウンドしています。一日二万歩近く歩きます。唯一の運動らしい運動です。

私の主な病歴

西暦年	年齢	体重	血糖値	HbA1（旧基準）	クレアチニン	病気、治療
1997年	62歳		107			
1999年	64歳	66kg	128	6.2		片足のしびれ（電車の中）
2001年	66歳	63kg	184	7.9		丹羽整形外科 変形性脊椎症　根性坐骨神経痛ほか
2003年	68歳	62kg	176	8.4		糖尿病薬服用
2004年	69歳	61kg	234	9.8		
2005年	70歳	58kg	110	6.0	1.13	5月　膀胱癌1回目手術
（手術前インシュリン注射）						
2006年	71歳	56kg	112	6.3	1.07	11月　膀胱癌2回目手術　右腎臓廃用
糖尿病専門医AGEクリニック通院開始						
2008年	73歳	56kg	102	6.4	1.10	高山整形外科脊柱管狭窄症診断　薬服用開始
2010年	75歳	55.2kg	129	6.1	1.00	8月　急性低血圧救急車で搬送される
2012年	77歳	57kg	129	7.5	1.04	8月　全身掻痒症薬治療
2016年	81歳	56.6kg	156	7.8	1.01	7月　胸腹CT 1月　胃カメラ 2月　大腸内視鏡
2017年	82歳	56.5kg	193	7.5	1.03	3月　肺右上中葉部分切除2月大腸ポリープ切除
2020年	85歳	55.5kg	122	7.6	1.00	2月　腰部脊柱管狭窄症拡大開窓術、腰椎すべり症固定術

ゴルフはスコアを気にすると必ずしも精神衛生によいとは限らないそうです。スコアにこだわらず、健康のための運動と割り切っています。

お経読誦

高齢者の死因で最近増えているのが誤嚥性肺炎です。のどの筋肉を鍛えるのにカラオケがいいそうです。わたくしは朝夕般若心経を大声で読誦しています。

禁煙

父親がヘビースモーカーで、戦時中煙草がない時蕗の葉を蒸して乾かし辞書の紙で巻いて吸っていました。

私も子供の頃煙草がどんなにおいしいものかなと吸ってみました。子供には煙いだけでした。私は大人になっても煙草には入門しませんでした。父親が反面教師でした。

ところが、禁煙というか煙草を吸わない私が、煙草が原因といわれる癌にかかりました。一〇年前に膀胱癌、昨年肺癌にかかりました。

私の場合自分は煙草を吸わないのに他人の煙草の煙を吸っていたのです。

所謂受動喫煙というものです。煙もうもうの麻雀屋で人の煙草を吸っていたのです。

煙草　百害あって一利なし

日野原重明先生の『長寿の道しるべ』という本に、「煙草は百害あって一利なし煙草は自分ばかりか家族も不幸にします」と書かれています。喫煙者の高い死亡率、肺がん四・五倍、口腔・咽頭がん三・〇倍、これはこれだけ高くなりますよと。受動喫煙の死亡者数は年間六八〇〇人。受動煙で吸わされている副流煙の方が、主流煙よりも有害物質の含有量が多い。

いかに受動喫煙が怖いかと言いますと、主流煙は喫う時に八〇〇度もの高温になるために有害物質が燃焼されてしまうんですね。それに対して副流煙は低温のため、煙の中に多くの有害物質が残り、それだけ危険性の高い煙だと言えます。煙草の三大有害物質を比較すると、主流煙を一とした場合、副流煙にはニコチンが二・八倍、タールが三・四倍、一酸化炭素が四・七倍多く見られますということで、いかに受動喫煙が悪いかということです。夫が煙草を一本以上吸う人の奥さんは、二・二倍肺腺がんになるリスクがあります。

面白いことに煙草にも一利があるのですね。煙草を吸う人には自殺が少ない。

例外もあります。煙草を吸っても長生きの人もいる。
ギネスの「史上最長寿記録者」は。
ジャンヌ＝ルイーズ・カルマン Jeanne-Louise Calment（一八七五年二月二一日―一九九七年八月四日）は、人類史上（確実な証拠がある中で）最も長生きをした人物である。一二二歳のフランス人女性（一九九七年死去）
彼女は自分が喫煙者であることを隠さず、二〇歳代から喫煙し、タバコに火をつけてくれる介護者のことを気遣って、一一七歳で禁煙したという。

尿瓶を使う

高齢者にはヒートショックがこわい。

温度差が大きいお風呂場での事故が多いですね。私の家は風呂場に温風機をつけています。

ヒートショックとしては夜間の便所が怖い。

私は夜は尿瓶を使っています。これは頻尿による睡眠不足の対策でもあります。夜尿意をもよおしても目をあけず用をたしています。旅行に出かけるときも尿瓶を携行しています。これはおすすめと思います。

尿瓶の話が出たところで、尿瓶を詠みこんだ俳句がありますので紹介します。

筆も墨も溲罎《しびん》も内に秋の蚊帳　正岡子規
秋の暮溲瓶泉のこえをなす　石田波郷

秋の暮に尿瓶で小用をたしたら、泉がわきでるときのような音がした、というもの。小便がガラスの容器に当たるもの寂しいような硬い感じの音が和泉を連想させたのでしょう。ガラスとの関連できよらかさ、ほのかな明るさもでています。小便と泉との意外な結びつき、その的確さが光る句。(楠本憲吉『俳句上手になる本』)

荒川で尿瓶洗えば白鳥来　金子兜太(「俳句」二〇一一年一月号)

参考　真珠王御木本幸吉の長寿の秘訣

東京大学医学部卒の名医勝沼清蔵博士(一八六六年～一九六三年、兵庫県生まれの医学者。専門は血液学、神経病学。名古屋帝国大学医学部教授、第三代目名古屋大学総長)へ御木本幸吉七六歳のお願い「渋沢栄一さんはあなたが主治医で九二歳まで長生きされた。西園寺公もあなたが主治医で八四歳の今日、すこぶるお元気でありま す。わたくしもどうか九二歳まで長生きさせてください。」勝沼博士は長寿の秘訣四ヶ条を与えた。

①生きる意欲を持て

②齢と共に仕事の範囲を狭めよ。
③夜は床の上で尿瓶をつかえ
④小魚海藻類を食べよ。
御木本翁は九七歳の長寿を全うした。

血糖値、血圧、体重の毎日定時測定
生活習慣の見直し意識向上に役に立つ

チョキンが大事
健康のためには貯金ではなく貯筋が大事ということが最近言われています。

従来は筋肉を強化するのは専らロコモティブシンドロームを防ぐためでしたが、筋肉は第二の心臓とか、ある種のホルモンを出すとか、糖分を取り込むとかの働きが分かってきました。筋肉は年齢にかかわらず鍛えることもできるので貯筋が大事といわれるようになったわけです。

言葉の遊びのようですが健康のためのキーワードをいくつかを紹介します。

健康にはチョキン＝貯筋が大事。

健康にはキョウヨウ＝教養＝「今日用がある」とキョウイク＝教育＝「今日行くと

ころがある」が必要。体を動かすこと。人との付き合いが大事。

老人のためのカキクケコ

カ　風邪ひくな

キ　気を使うな

ク　食いすぎるな。腹八分。

ケ　検査を怠るな。

コ　転ぶな

参考　転ぶ危険の場所＝ぬか漬け

　ぬ　濡れている所

　か　階段、段差

　漬け―つけ　片付けていないところ

チョキンの話が出たところで次のお金の話に移りたいと思います。

健康長寿には生活習慣が大切でした。お金も生活習慣が大切になります。

人生一〇〇年時代の備えとしてのお金については、実は私は心配しておりません。

理由は

1、質素な生活を続けてきた。

　私は化学業界で働いてきましたが、化学産業は利益なき繁栄といわれ、給与水準が低かった。そのおかげで質素な生活の習慣がついています。

2、収入に見合う生活を続けてきました。

3、収入は、現在は年金だけです。年金は終身給付です。

　幸いなことに国の年金の他に企業年金を受給しています。二階建ての年金で普通の生活はできます、

　なお、「国の年金制度はいつか潰れてしまうのではないか」という疑問もありますが、公的年金制度の基本的な仕組みは「働いている現役世代が生み出した付加価値を、生産から退いた退職者に配る」ことです。もし現役世代が負担に耐えられず年金が潰れるという時が来るとしたら、その前に日本経済が潰れているはずです。逆にいえば、日本経済が潰れない限り、公的年金はつぶれません。という解説を私を信じています。

4、万一弱ったり困ったときは、自治体に助けを求める。生活保護を恥と思うことはない。こういう時のために、これまで、税金を国や自治体に納めてきたのだから。と割り切っています。

ということで私にはお金についてお話しするような特別なことがありません。

そこで、お金について私が両親より教えられたこと学んだことをお話ししてみたいと思います。

貯金はするな

母親よりは、「貯金は頭の中するものですよ」といわれました。

若い時は、お金を貯めるのではなくお金を生み出せるような能力をつけなさいということです。万一の時たよれるのは、お金ではなく自分の人物力であるということです。

私はこれをいいことに四〇歳までは全く貯金はしませんでした。残念ながら勉強もあんまりしませんでした。この点では母の言葉を生かせませんでした。

生命保険に入るな

父親よりは「生命保険に入るな。生命保険会社に就職するな。」といわれました。

日本の生命保険は本来のリスクのための掛け捨てではなく貯蓄性が強いものになっており掛け金も高くなっています。また、ノルマのため親戚友人に無理に勧誘し迷惑をかけます。私は「生命保険に入るな。生命保険会社に就職するな。」は守りました。

結婚したのち、保険に入らないのは妻への愛情不足と責められました。

しかし、高い保険料による家計への圧迫、長期にわたる契約のためインフレによる保険金の価値減少を考えると「生命保険に入るな」は正解と考えます。

私は、保険は掛け捨て方式であるべきと考えておりますので、掛け捨てのがん保険、ゴルフ保険、自動車保険、住宅火災保険は利用しております。

インフレ対策

父親はコツコツと貯金をしたり債券を買ったりしておりました。ところが戦後のインフレですべて紙くずになりました。私はインフレの怖さを知りました。

同時に、インフレ時の資産学として借金による資産形成もあることを知りました。バブルのはじける前には借金で株投資も試みました。

私の株式投資の成功失敗は『反面教師』のなかの「最高値で売らず、最安値で買わず」という小文に書いております。

結論として、私の場合、幸運にも適当なところで戦線縮小したので大損は免れました。

私は、インフレ対応としては預金より株、デフレの低金利時代は預金より株と考えています。余裕のお金があれば投信ではなく自らの判断で銘柄を選ぶ株式投資を勧めています。

後に触れますが、インフレ対策は個々人が対応できるものではなく国の社会保障を制度として確立するしかないと考えています。

年金のメリット

父親は一時大阪市の研究所に勤めたこともあるので晩年厚生年金の他に大阪市の年金ももらっておりました。

お陰で、私たち子どもに経済的な負担をかけることはありませんでした。子供の頃は、父親がけちだと不満もありましたが、今になると感謝しております。

高齢者の多くは貯金を多く持っていても、生活費として取り崩して貯金が減るのを怖がります。その点、年金は終身貰えるので安心です。

父親は年金をもらいながらもまだ貯金をしていました。父親は貯金を何のために使う気でいたのか私にはわかりません。

父親が貯めたお金を使えないまま死んでいったのを見ていましたので、私は、八〇歳までに貯金は使い切ることを実行しました。主な用途は海外旅行と出版です。海外旅行は七〇歳から八〇歳までに二一回二六か国に出かけました。海外旅行で見たこと知ったこと考えたことは後に述べます。

貯金を使い切る前提としては、のちに述べるように貯蓄の年金化を図りました。具体的には、国の年金の他に企業からの退職金の半額は年金払いを選択しました。更に、国の年金は、六五歳からの年金受給を七〇歳まで繰り下げました。というわけで私の場合恵まれたことに三階建ての年金を設計することが出来ました。この年金は終身、国の年金はインフレにも対応しています。

今後の問題としては、国も七五歳までの繰り下げ受給が可能になるように検討を開始しているようです、人生一〇〇年時代には貯金の年金化をお勧めします。

ちょっときざな私のお金の話をしましたが、ここから一般論としての超高齢時代の老後の備えをお話ししたいと思います。

『反面教師』の中で「高齢化への備えは蓄財から始まるのではなく、まず政治への参加から始まる」と書いています。本日お配りした資料「老後への備え」で書いておりますが、私のキャッチフレーズは、「老後の備えは、一人で備えるのではなく、自助・共助・公助」であるということです。自助の第一歩はお金の貯蓄ではなく健康の貯蓄。健康は個人にとっても国にとっても最大の富であるということでございます。

老後の備えは、自助、共助、互助、公助だと。長寿時代の備えは貯蓄ではなく、公的年金。よく年金制度は何時までもつのか、年金は頼りになるんかいなと尋ねられます。私の結論は百歳まで生きる時代になりましたら、百歳までに個人の方が貯金をして備えるなどということは、到底できません。今から二〇、三〇年経ちますとインフレになります。インフレになりますと、貯蓄が目減りしていきます。老後の備えは一人ひとりが貯蓄でやろうとしたのでは絶対にダメです。やはり公的年金をきちんと作り上げる心構えが必要だと思います。

貯蓄の年金化を私は提案します。年金の繰り下げ給付、これはしておられる方がおられると思います。私は政府の広報マンではないんですが、公的年金はメリットがあるんですね、終身年金です。一番いいのは物価や賃金の上昇に連動する。それから、万が一死んでも遺族年金というのがあります。それに障害年金、こういうのを揃えているのが公的年金のメリットです。

繰り下げ受給というのはどういうことかと言いますと、六五歳でもらう年金を一〇〇%としますと、五年間もらわないでおこうということなんです。その間は働けるまで働こうということです。五歳繰り下げますと年金は一四二%になります。月当たり二〇万円の年金をもらう予定の人がいるとします。五年間月額二〇万円の年金をもらうのを止めて辛抱しますと、七〇歳になりましたら四割増し、二〇万円の年金が二八万円になります。この年金が終身支給されます。ということで、老後の備えは貯蓄の年金化ということを私は提案しております。今はこの繰り下げ年金制度に参加している人は全国で一％しかおりません。逆に繰り上げというのもあるんですね。いつ死ぬか分からんから、早くもらっておこうと六〇歳からもらうと、六五歳からもらう年金を七割に減らしてもらっていることになるんですね。早く死ぬ人はいいですよ。だけど、長く生きるつもりなら、こんな愚かな選択はしてはいけないと思います。

話は飛躍しますが、五木寛之を先ほど紹介しましたが、この方は『嫌老社会を超えて』という本を出しております。「嫌老」から「賢老」へと。どういうことを言っておられるかというと、老人は最早「弱者」ではなくなった。新しい階級闘争が始まる。「搾取する」老人階級対「搾取される」若者階級、勤労階級で新しい戦争が始まると。若者が「老人駆除隊」というのを作って老人を駆除しようとするマンガがあるんですよ。五木先生は笑い事ではなく、本当にそういうことになるよと指摘しておられます。

二つ目に先生が心配しておられますのは、同じ世代内の格差が非常に大きくなっていることです。この問題は、高齢者自体で解決しなければならないのではないかということを言っておられます。かなり大胆な提案をしておられます。「嫌老」から「賢老」へ、高齢者が稼ぐ経済再生プラン、要するに元気な者は働こうやと。それも単に若者の代わりに労働するのではなくて、年寄産業というものを作ればいいではないかという提案なんです。世界最先端の超高齢化社会、老人カルチャーメッカというのを作ろうと。老人は選挙権を返上し、若者には選挙権を一六歳から認める。豊かな人は年金返上しようじゃないかという提案です。少数意見だと思いますが、こういう提案をしておられました。

老後の備えということで、ついでに申し上げますと、アメリカ、中国、日本、インドの老後の不安についての調査があります。この調査結果に基づき、大学教授が指摘していることですが、「老後の不安が大きいと将来に備えて貯蓄を過剰なまでに積み上げてしまい、経済にも悪影響を与える。年金など社会保障制度の果たす役割は非常に重要だ」と指摘しています。私も同意見です。

これもよく言われるんですね。一九六〇年代は働く人が九人で一人の高齢者を抱えていればよかったのが、二〇一二年には三人で一人を抱えなくてはいけない。それが二〇五〇年には一対一になりますよということなんですね。こういうことを打破するためには、分母の働く人を増やさなければいけないということで、子供をどんどん産むようにして育てることをしましょうということで、分母を増やさなければいけない。それから、分子のほうですね。働ける者は何歳でも働こうやということです。それで上を軽くしようということで乗り切ろうということでございます。

私の結論は資料に書いておりますが「多数の現役世代が少数の高齢世代を支えるという前提は崩壊した。一律に六五歳以上を高齢者として支えられる側という考えを変える。」ということです。

1. 六五歳を超えても健康で意欲のある者は支えられる側より支える側へ
2. 六五歳を超えての就労延長
3. 世代間の支え合いより世代内支え合い
4. 能力に応じた負担の拡大。嫌な言葉でしょうけれども、能力のある人は保険料の値上げ。給付費の負担の増加。一割の負担を二割三割にしていこうじゃないかということで切り抜けていこうということです。
5. 意識改革、終末期医療、政治。資料にも付けておりますが、ヨーロッパでは非常に冷たいんですが、嚥下能力、自分で飲み込めなくなったら介護を止めるということになっています。そうなる前に訓練はするけれども、それができなければ見捨てる。日本はまだ、やっていますね。それから、胃ろうというのがあります。ヨーロッパでは胃ろうは止めようということになっています。そういう終末期医療に対する考えを変えなければいけない。胃ろうなんかにつきましても、元気なうちに自分の意志を子供にはっきり伝えなければいけないですね。俺は胃ろうはいらないよと、延命措置はいらないよと、そういうことを言わなければいかんと思います。

高齢化時の、老後への備えとして、健康お金のお話を進めてきましたが次に人生哲学ついてお話ししたいと思います。

『反面教師』の中の「ちょっとキザな話　財テクから高齢化問題まで」に次のようなことを書いています。一〇年前に書いたものですが、今の時点で再点検してみたいと思います。

蓄財より人生哲学を

この頃、「守銭奴になるな」と言った友人の忠告を思い出します。少ないながらも蓄財ができると、いつのまにか蓄財を増やすこと自体が、人生の目的のように錯覚してくるのです。老後のことを考えると、益々お金を使うことが恐ろしくなってきます。お金は本来使ってこそ意味あるものと知りながらも、多くの人々は年をとるにつれて守銭奴に変身していくようです。

日本はこれから、今まで経験しなかった高齢化社会を迎えます。Kさんも高齢化に備えて何が必要か考えてみました。その結論は「蓄財よりも健康が最大の富であるということ、さらに大事なことは人生哲学を持つこと」でした。人生哲学といっても難しいことを言うのではなく、人生観・生きがい・人生計画、簡単に言うと何が楽しいのか、何が喜びなのか、何をやりたいのかということです。

Kさんがやりたいと最近考えていることは、

一、心の安らぎ、悟りを求める。

「吾唯知足」の禅・「知足者富」を説く儒教など先人の教えに学ぶ。悟りについての正岡子規の言葉「悟りという事は如何なる場合にも平気で死ぬる事かと思って居たのは間違いで悟りという事は如何なる場合にも平気で生きて居る事であった」

二、美を求める。

山海川・四季の花・新緑紅葉などの自然の美に触れる。人間の創造した美の絵画・書・彫刻・建造物・詩歌・音楽などを味わう。さらに欲を出して、自らも美の創造に参加する。

三、遊びの名人になる。

蓄財学を説くある経済評論家が若い頃から避けてきたものとして囲碁・麻雀・ゴルフなどを挙げていた。Kさんは「蓄財の名人」といわれるより「遊びの名人」と言われたいと考えている。
四、世の中に役立つ。
社会の富を増やしたり、文化を豊かにすることに寄与できれば、最高の生きがいであろう。

しかし、そんな大げさなことでなく、ささいなことでも世の中に役に立つことができれば嬉しい。例えば、高齢者・障害者福祉にボランティアとして参加する。

Kさんが今までやれたのは車椅子生活者の花見、外出への介助。やれそうなのは遊びのサークルの世話、目の不自由な人のための本の朗読テープ作成など。


一〇年を経過した今の時点でもあまり変える必要もないようです。付け加えるなら宗教・歴史の勉強、俳句入門。

「二、美を求める。」に関連して参考までに大村智先生の『ひとをつくる言葉』の中より参考までにつぎの言葉を加えます。

美しい自然、厚い信仰、奉仕のこころ、有為な人間を育てる必要条件
美しい自然や芸術が人間をまともにすることということは、古代ローマの時代から言われていることです。人間は感動が出来て、喜べるものがあってこそ真の姿となる。

芸術は目から摂取する栄養である。口から入る栄養は身のためにならないことがあ

るが、目から入る栄養は身心に害になることはない。
芸術には、計りしれないパワーがあります。
芸術は人の魂を救い、生きる力を与えるものだ。　ヴィクトール・フランク

八三歳になった現時点で正直に言うなら、人生哲学というような肩ひじを張ったようなことでなく好きなことだけをやって過ごしたいと考えています。
生きていることが生き甲斐老いの冬　坂本玄々
の心境で生きていけたらいいなと思っています。

最後に私の好きな言葉で結びとします。
明日死ぬかのように生きよ
永遠に生きるかのように学べ　ガンジー

ご清聴有難うございました。

補　講演原稿として準備したが、時間の関係で割愛したもの
1、戦争を知らない子供たち　戦争を知らない大人たち

2、政治について　民主主義

3、海外の旅で見たこと知ったこと考えたこと

1、戦争を知らない子供たち　戦争を知らない大人たち

『反面教師』の中で触れていますが、「戦争を知らない子供たち」という歌がありました。それに対して、私たちの世代は戦時下に育ちましたから、「戦争を知っている子供たち」と、私はこの本の中で書きました。「戦争を知っている子供たち」なのだけれど、よくよく考えてみたら、あの戦争がどういう目的で、どういう意味があった戦争なのかと、どうしてああいう戦争を始めたのかということをまったく知りませんですね。そういう意味で、この本の中では、「戦争を知らない大人たち」ということで、私たちのことを言ったんです。

ところが、戦後七〇年をへて、いろいろと考えてみますと、「戦争を知らない大人たち」は私たちではなくて、驚くべきことに当時の軍の上層部、指導層、この方達が意外に戦争を知らなかったのではないかということを知りました。最近、いろいろな本が出ております。そういうものを読んでみると、「えっ、こぎゃんなことがあったのか」という信じられないことがたくさんあります。戦争の終わり方を知らず、軍部が権力をもつことの怖さ、特攻作戦・玉砕作線など、確実に兵士が死ぬ戦術の採用、

戦争をまったく知らないんです。

『三国志』という本が中国にあります。『孫子』がいろいろな兵法を本に残しています。このような立派な教科書があったのに学んでいないのです。孫子の言葉に、「彼を知り己を知れば、百戦して危うからず」という言葉があります。ところが、当時の上層部は戦争する相手のことをまったく知らない。自分の実力も知らない。これは驚くべきことです。しかし、戦争をする前に、アメリカと日本の物量の力の差がどれくらいあるだろうかということを、あらかじめ調べることはさせたんです。そうしたら、下から上がってきた答えが、一〇対一でアメリカの勝ちですと。よくいっても一対五で、やはりアメリカが優れておりますと。そこで東条英機が何と言ったか。日本人には精神力があるからなと。であれば、物量では一対五でも、精神力があるからトータルでは、一対一だということで、戦争に踏み切っているんですね。驚くべきことだと思います。長い話になりますが、たくさんの日本人が亡くなっていますが、餓死した人がたくさんおられるんです。補給が続かないわけです。代表的なのがインパール作戦。それから、フィリピンに向けて船に乗せていかれるんですけれど、武器もない、兵糧もなしで、まず現地に行けと。結果としては、大半の方は途中で船が撃沈され海の藻屑と消えているのです。幸い現地についても多くの方が餓死したわけです。本当に戦争を知らない、驚くべきことです。

註　古川隆久『昭和史』によると、日中戦争勃発から敗戦までの死者は三一〇万人。うち戦死者約二三〇万人、民間人約八〇万人。戦死者のうち、餓死が約六〇万人、移動中の輸送船撃沈による海没死が四〇万人と推定されている。

それから、情報戦にも負けているんですね。山本五十六という元帥が、飛行機を撃墜されていますが、相手には山本五十六が何時飛行場を発って、何処へ行くかということも、ちゃんと掴まれているんですね。ですから、山本五十六は途中で撃墜されて戦死します。

2、政治について　民主主義

「民主主義は最悪の政治といえる。
これまで試みられてきた、民主主義以外の全ての政治体制を除けばだが。
チャーチル」

民主主義の限界ということで、私の問題意識も民主主義の現実と問題点ということです。多数決＝民主主義ということではないんだと。多数決というのは意見集約のやり方の一つなんだと。それから、民主主義ということでいろいろな問題があると。時間がかかる、決められない、死票が多い、多数派が正しいかというと実はそうでもないんだと。国民の多数派は必ずしも議員の多数派ではない。年金制度というのは重要な問題で、政治が決めようと思っても、将来負担する世代はまだまだ子供ですから選挙権がないわけです。重要な問題を決めるのに選挙権がない。老人が多いですから、意見は老人の意見が通ります。（シルバー民主主義）リーダーの選び方が直接か間接かで違います。二院制によっても参議院と衆議院とのねじれ、地方のねじれがあります。今新たな問題となっているのは、多数決＝民主主義ではないということです。多数決は、意見集約の一つである。

それで、意見集約の方法としてどういうのがあるかと言うと、難しいことを言いますと、ボルダルールというのがあります。これは一位は3点、二位は2点、三位は1点など単純多数決ではなく点数制にする。ボルダルールは「フォー・オール」の民主主義と相性がよいといわれています。

決選投票付き多数決をとる。自民党の総裁選は上位二名による決選投票になります。オリンピックの開催国を決める時に、最下位を切っていく決め方があります。何回も投票をして下から切っていくわけですね。そういうことで、決め方には単純多数決ではなくて、いろいろな決め方があるということです。

今の問題は、小選挙区制で二党制を前提にしてやっているんだけど、多数乱立している場合には死票がたくさん出るということなんですね。例えば平成二六年の衆議院議員の選挙で民主党に投票された方の七〇%は死票になっている。公明党の場合は全員当選ですから死票なし。共産党は九九%死票ということで、覚悟して立候補しているというようなことですね。

これは現実の結果で、自民党は四八%の票の獲得率ですが、国会議員としては七六%とっている。平成二九年も自民党は四八%の票の獲得率ですが、国会議員としては七五%とっている。数年前は民主党が逆で四七%で七三%の議席を得た。こういう問題なんですね。

具体的に、選挙は制度と結果がどう違うかでは、選挙の候補者が何人かによって結果がぜんぜん違うということなんです。アメリカの大統領選挙の例ですが、これは数字は仮ですが、選挙前には民主党のゴアが五四%、ブッシュが四六%でしたけれども、実際は選挙直前に無所属で人気のある市民派弁護士が立候補したために、民主党の票を喰って、ゴアが四〇%に下げ、共和党のブッシュが当選した。この際も、選挙制度として三人以上立候補した場合は、上位二人で決選投票をするという制度にしておけば、こういう結果にならなかったんですね。

トランプとクリントンの大統領選挙も得票率だけならクリントンが勝っていたのです。

小選挙区での第一党の得票率と議席獲得率

		得票率（%）	議席占有率（%）
2005年	自民	48	73
2009年	民主	47	73
2012年	自民	43	79
2014年	自民	48	76
2017年	自民	48	75

自民党総裁選挙でも一次投票では石破さんが勝っていたが、国会議員による二次投票で安倍さんが勝ったわけです。

ということで、選挙制度も多数決も、やり方、立候補者の数なり政党がどう分かれるかによって結果が変わってくるということで、多数決の色々な問題がありますよということです。

ナチのヒトラー独裁ですけれども、ヒトラーも最初は選挙で選ばれたんですね。その後も国民が熱狂的に支持、多数派だった。ということで、多数派がいつも正しいとは限らない。現在のドイツはどういう政策をとっているかと言いますと、国民直接投票制はしないと。一番恐ろしいのは国民が熱狂してしまうことだと。それから、言論の自由は原則やっていますが、ナチを礼賛する言論だけは封じるということを、ドイツはやっております。

民主主義に問題があるとしても解決策はあるかと言うと、民主主義は国民の健全な判断力が前提なんだと。国民の意識向上しかないんだと。で、異なった意見が出た場合にも適宜、熟議

一人当たり国民名目GDP　2017年

順位	国名	金額ドル換算	地域
1位	ルクセンブルク	105,803.13	
2位	スイス	80,590.91	
3位	マカオ	77,451.29	
4位	ノルウェー	74,940.62	北欧
5位	アイルランド	70,638.26	
6位	アイスランド	70,332.19	北欧
7位	カタール	60,804.26	
8位	アメリカ	59,501.11	
9位	シンガポール	57,713.34	
10位	デンマーク	56,444.10	北欧
11位	オーストラリア	55,707.28	
12位	スウェーデン	53,217.63	北欧
19位	ドイツ	44,549.69	
25位	日本	38,439.52	

を重ねるしかないと、こういうことを言いたいわけでございます。

どこまでが民主化されているかというと、日本は世界の国々と比べると、一七位です。投票率が低いのと女性の国会議員が少ないというので民主化率は一七位となっています。

社会保障の問題は、詰まるところは高福祉高負担か低福祉低負担かという問題なんです。日本は高福祉低負担なんですね。ノルウェーやフィンランド、スウェーデン、北欧の国は高福祉高負担。デンマークなんか六七・八％で高負担。しかし、国民は納得しているわけです。デンマークの人に「貯金はいくらくらいありますか」と訊くと、「貯金なんかいりません」と。教育も医療も年金もすべてもらえますから、貯金なんか個人が準備する必要はないよと。日本もデンマーク型の高福祉高負担に行くのか、それともアメリカの自己責任型の低福祉低負担でいくのか、決断がせまられているんじゃないかと思います。国民一人当たり名目GDPでも世界のランキングで、社会保障が進んでいる北欧が上位に入っているということも興味あることだと思います。

3、海外の旅で見たこと知ったこと考えたこと

まずクイズをお出しします。

次に該当する国の名は？

国民幸福度NO1
国際競争力NO1
イノベーションNO1
家庭で銃器所持を認める国の一つ

国民の税金・社会保障負担率2014年

デンマーク	70.7%
フィンランド	63.8%
スウェーデン	56.0%
ノルウェー	50.0%
日本	42.2%
アメリカ	32.7%

出典）財務省

国内の公用語が五つ
安楽死　外国人を認める唯一の国
犬の殺処分のない国

これを出せばお分かりと思います。

永世中立
ダボス会議
大統領は選挙ではなく政党間の持ち回りで選出する
そうです。スイスです。スイスと言えば皆さんの見慣れた景色は次のようなものと思います。

スイスと言えば
アルプスを中心とした牧歌的な観光の国と思っていました。
ところが、実際のスイスは科学立国、貿易立国の国なんですね。

終戦直後、マッカーサーは「日本は東洋のスイスになれ」と言いました。
日本が軍事大国として復活するのを恐れていたのかもしれません。日本は永世中立

マッターホルン　4,478m

モンブラン　4,807m

ユングフラウ　4,158m

アイガー　3,970m

アレッチ氷河

ジュネーブ　レマン湖

放牧風景

ルツェルン　カペル橋

のスイスに見習えということだったんでしょう。

いま七二年後の現時点で考えるとマッカーサーの「日本は東洋のスイスになれ」というのは先見の明があったといえます。

いま七二年後「日本はスイスに見習う」ことが多いのです。

国民幸福度

国民一人あたりの実質GDP（国内総生産）、健康寿命、社会的支援、人生選択の自由度、汚職レベルの低さ、寛容度を変数として幸福度を割り出したもの

国連二〇一五年度資料

1位　スイス
2位　アイスランド
3位　デンマーク
4位　ノルウェー
5位　カナダ
6位　フィンランド
7位　オランダ
8位　スウェーデン

9位　ニュージーランド
10位　オーストラリア
　その後発表された二〇一七年度の資料では
1位　ノルウェー
2位　デンマーク
3位　スイス
4位　アイスランド
5位　カナダ

WEF世界競争力ランキング　ダボス会議世界経済フォーラム
　二〇一六〜一七年資料
1位　スイス
2位　シンガポール
3位　アメリカ
4位　オランダ
5位　ドイツ
6位　スウェーデン

7位　イギリス
8位　日本
9位　香港
10位　フィンランド

スイスは八年連続で首位。

トップのスイスはWEFが現行の制度を始めた二〇〇七年以来、最も高いスコアをたたき出した。個別の項目では、労働市場の柔軟性やイノベーションなど四項目でトップとなったほか、全体で三九位だった市場規模の項目を除き、一二項目中一一項目でトップ一〇に入るなど、各分野でバランスよく強さを発揮した。

スイスの国際競争力が強い訳を大前研一『クオリティ国家という戦略』（小学館刊）より引用紹介すると次の通りです。

一、国が企業を支援しない。

スイスには企業に対する補助金が存在しない。強い企業しか生き残れない経済環境が国全体の国際競争力を高める結果にも結びついている。スイスは国内市場規模が小さいので企業が生き残るためには海外で事業展開できるだけの競争力を身につける必要がある。

二、「クラフトマンシップ（職人芸）」に価値を置いている。

スイスの大学進学率は三割以下で米国や日本に比較するとかなり低い。中等教育段階から職能教育を受ける者が多く、二十代半ばにはその専門のエキスパートになっている。社会的地位も高い。スイスには専門職に就く者が多い。

三、「移民」スイス人口の三割が移民である。

移民の活力がスイス経済の発展の重要なファクターとなっている。スイス有力企業のトップにはスイス人よりも外国人が多い。

永世中立についてスイスに学ぶところが多い。永世中立といえば非武装と考えがちですが、スイスは重武装と国民皆兵制の国でもあります。

永世中立を宣言していたベルギー、ルクセンブルクはナチに占領された。
永世中立を守るためには、侵略をあきらめさせる程の重武装が必要。
民主主義で主権在民ということは国民が自らの財産と命を守るということで国民皆兵制がとられている。

職業軍人二〇〇〇人程度

民兵　三八万人　平時は本業
二〇歳初任訓練～四二歳除隊年齢
一五週間　現任訓練年一〇数日　総日数三〇〇日
銃器　家庭に保管義務
参考　世界の軍事力（平成21年）
中国　二、二八五千人
米国　一、五六九
インド　一、三二五
北朝鮮　一、一一九
ロシア　九五六
韓国　六五五

日本の自衛隊

陸上	152千人
海上	46 〃
航空	47 〃
統合幕僚部	3 〃
計	248千人
外に防衛庁、予備、防衛大	90千人

スイスに興味をお持ちの方にお勧めする本は次の通りです。

1、国松孝次（元警察庁長官、元スイス大使）
『スイス探訪　したたかなスイス人のしなやかな生き方』角川書店

2、川口マーン惠美（ドイツ在住音楽家）
『世界一豊かなスイスとそっくりな国ニッポン』講談社＋α新書

3、大前研一『クオリティ国家という戦略』小学館

次にアメリカに移ります。

ワシントン、スミソニアン航空宇宙博物館、これはアメリカ東部への旅というので、訪れました。月面着陸をしたアポロが飾ってあるのが、ワシントンのスミソニアン航空宇宙博物館です。そこに日本のゼロ戦とグラマンが並んで飾ってありました。

アメリカも日本のゼロ戦が優秀なことを十分評価して展示してあるわけです。ゼロ戦に対抗するアメリカの飛行機はグラマンだったんですが、グラマンとゼロ戦が戦う時の、戦闘マニュアルというのがあるんです。その中に、ゼロ戦は小回りがきいてすばしっこいから、一対一の航空戦をやるなと。これは格闘戦と言いますかね。ということが戦争マニュアルに書いてあったんです。私が驚いたのは、グラマンは、機能としてはゼロ戦に劣っても、搭乗席の前後左右を厚い鉄板で囲い、機関銃が当たっても跳ね返すような防弾機能があるのです。ゼロ戦のほうは軽くして機能をよくすればいいということです。相手のアメリカのグラマンのほうは、まず搭乗者のいのちを守らなければいかん。軽くしなければならない飛行機で、操縦席を鉄板で囲いますから重かった。エンジン能力で三倍もあるようなものを開発して、そういうものを搭載して

いたわけです。戦争の最初のころは、アメリカのグラマンは逃げていたんですけれども、戦争の調子がよくなったら逃げるわけにはいかんぞと、一対一の格闘戦をするようになった。そうしたら、セロ戦が撃てども撃てども相手は死なないわけですから、最後の決着を付ける時は搭乗者が残っている飛行機が勝つと、そういうことです。これだけ兵隊のいのちを大事にする国と戦えば負けると思いました。

また、これもびっくりしたことですが、捕虜に対する考えがまったく違うんですね。英米は兵隊さんに、「日本軍と戦って不利な状況になったら降伏しろ」と。対して日本はどう教えていたかというと、「生きて虜囚の辱めを受けず。死ぬまで戦え」と。ぜんぜん違いますね。ところが、シンガポールが陥落する時、イギリス兵が手を挙げて出てくるのを子供の頃に見て、何て弱虫な奴らだと思っていましたが、実は彼らは捕虜になっても国際的な捕虜条約があって、大事にされると教えられているんです。安心して捕虜になれと教えられた。実際は、日本は捕虜条約に調印せずに、戦後、捕虜を虐待したということで多くの方が戦犯の罪に問われ処刑されています。このように日米のいのちに対する考え方が違っていて、私はびっくりいたしました。

「肉弾三勇士」の話。子供の頃、毎年何月か忘れましたが、校庭に集まりまして、先生から「肉弾三勇士」の話を聴きました。これは久留米出身の軍団で、覚悟の自爆という話です。上海事変の時に起こったことです。当時は、これが軍神と崇められて、いのちを捨てることは立派なことだと子供たちに教えていたんですね。

ところが、本当はこの頃は、自爆という考えはなかったんだと。三勇士はもともとは鉄条網に突っ込み素早く帰ってくる作戦だった。しかし、向こうで点火をしていたのでは間に合わないので、走り出す前に火を点けて戻ろうという計画だったというんですね。ところが、走り始めたら先頭の兵士が転倒したため、爆発の時間が迫り、そのまま突っ込んで爆死した。というようなことが、当時の戦友からの話で分かったと報道されていました。

その後日本は特攻作戦というのがあるんですね。私も子供心に、戦争で死ぬのは当たり前だと思っていました。それほど洗脳されていたんですね。特攻作戦・玉砕作戦、ひどい作戦ですよ。本部は危険に曝さずに、前線部隊には玉砕せよとか、特攻に行けということを言っていたわけです。

最近、「日本でいちばん長い日」という映画がありましたが、陸軍は最後まで本土総決戦を主張していたわけです。天皇の聖断がなければ、ポツダム宣言は受諾されなかったわけです。軍の覚悟が決まらないんですね。そこで天皇はポツダム宣言を受諾しようと。陸軍は天皇制を維持できるかどうか、維持できなければ無条件降伏はなら

ゼロ戦（零式艦上戦闘機）

アポロ11号の前で

んと頑張ったわけですが、天皇は「私は信じている、国体も維持できる、戦争は止めるべきだ」ということで、聖断を下された。それでポツダム宣言を受諾された。天皇の聖断がなければ国土総決戦で、沖縄は犠牲が出ましたが日本本土でも同じようなことが起こっていた。いかに当時の軍の上層部が国民のいのちと言いますか、兵士のいのちを軽視していたか。保守穏健派の私でも本当に許しがたいこと、信じられないというようなことがあったわけです。

以上なことをアメリカのスミソニアン航空博物館を見学して考えさせられました。

話は変わりますが、皆さん、京都が原爆投下の第一候補だったことをご存知でしたか。私はＮＨＫの「二一世紀の映像」という番組で知りました。もともと原子爆弾はナチドイツが原爆の研究を進めていたのを知ったユダヤ系の科学者が、ドイツが原爆をつくる前にアメリカでつくるようにアインシュタインを通じて働きかけたのが始まりでした。ドイツが降伏し日本の敗勢も濃厚な一九四五年に原爆の製作に成功しました。原爆プロジェクトの責任者は、予算を承認した議会への報告のために原爆の実験が必要でした。そこで、原爆の効果が最も分かり易い人口密度があり山に囲まれた京都を第一候補と考えたのです。さすがに、当時の陸軍長官は民間出身でもあり、非軍事都市の京都に原爆を落とすのに躊躇しました。大統領のトルーマンも多くの市民を標的にしたナチと同じような残虐なことをアメリカもしたと非難されることを恐れて原爆投下の決断が出来なかったのですね。ポツダム宣言が出され戦争が終結に向かい原爆開発責任者は原爆投下のテストが出来なくなることを恐れました。そこで、京都投下をあきらめ、軍事都市と言える広島、新潟、長崎、小倉を候補とし八月六日に広島、九日に長崎に原爆を投下したわけです。京都は助かったわけですが、広島、長崎の多くの方が犠牲になりました。

原爆の恐ろしさは想定以上のものだったといえます。その後七二年、原爆は実戦で使われていません。広島長崎の犠牲の上に原爆を使えば人類は滅びるということを世界の指導者は知ったといえます。しかし核が拡散しテロの手にわたる危険は大きくなっています。世界の指導者が私心のない立派な人ばかりとは限りません。人類は自らが生み出したもので滅びるという危険性が大きくなってきたように思います。

「海外の旅で考えたこと」については、
　北欧　社会保障　高福祉高負担か　低福祉低負担か
社会保障の問題は、詰まるところは高福祉高負担化という問題なんです。日本は高福祉中負担なんですね。ノルウェーやフィンランド、スウェーデン、北欧の国は高福祉高負担。デンマークなんか六七・八％で高負担。しかし、国民は納得しているわけです。デンマークの人に「貯金はいくらくらいありますか」と訊くと、「貯金なんかいりません」と。教育も医療も年金もすべてもらえますから、貯金なんか個人が準備する必要はないよと。日本もデンマーク型の高福祉高負担に行くのか、それともアメリカの自己責任型の低福祉低負担に行くのか、決断がせまられているんじゃないかと思います。国民一人当たり国民所得で行くと世界のランキングで、北欧が上位に入っておりますということも興味ありだと思います。
　その他「海外の旅で考えたこと」については、
　イスタンブール　キリスト教の教会がイスラム教のモスクに
　ローマ　ギリシャ文明の衰亡
　インドネシア　ボロブドゥール遺跡　仏教遺跡で世界的な石造遺跡のあるインドネシアがイスラム教最大の国になったのは
　インド　タージ・マハルを建設したムガル帝国第五代皇帝シャー・ジャハーンは

息子に追放された

ドイツ　ノイシュバンシュタイン城を立てたルートヴィヒ二世（バイエルン王）謎の死

人口大国中国とインドの未来は

などお話ししたいことが多く残っていますが、時間が来たのでここで終わりとしたいと思います。

二、健康・お金・人生哲学

イ、百病息災

中学の同窓会に出席した。冒頭に司会が今日は孫と健康の話は止めましょうと釘をさした。全員が古稀を過ぎているので健康や病気の話となると種は尽きない。全員が孫自慢を始めると、微笑ましいというより白けてしまう。司会の言葉に同感したものの、ちょっと出鼻をくじかれた。最近色々と身体のリニューアルをしている私としては健康や病気について聞いてもらいたいことが沢山あったのでちょっと残念な気がした。

同窓会の翌日、旧師の池口先生のお寺を有志で訪れた。先生は、浄土宗の古刹西明寺のご住職であったが、戦後の暫く、発足したばかりの新制中学の教壇に立たれたことがある。そのとき国語を担当され、教えていただいたのが新制中学一期生の私達だった。先生は九十二歳の今もかくしゃくとしておられ、主に心象風景を詠まれた俳句を披露していただく。

散る花やかつては男の血をわかせ

というような若々しい句もある。

私も俳句に興味があるので俳画の通信教育を受講しているが、画に賛する俳句がなかなかできないで苦労している。文才がないのだ。そんな私であるが数年前エッセイ集を出版したことがある。

先生にお送りしたところ、わざわざお電話をいただき「中学のときは、あまり目立たなかったが、この本は君の人柄がでており、よく書けておる。」と激励していただいたことがある。今回もお会いしたら、最近書いているかとたずねられた。私は、「書くようになってから、自分の知らない事が多いのに気づき、最近は読む方に専念しています」とお答えした。しかし、先生に激励されたことを思い出し、同窓会で喋りたかったことを文章にまとめてみることにした。キーワードは「赤ワイン」「医者を選べ」「禍転じて福となす」「薬なしで治す」「一病息災」など。

赤ワイン

二〇〇五年の春、信州の高遠の桜を見て帰りのことだった。高速道路のサービスエリアのトイレで用を足している時、白い陶器に赤ワインが映えた。あまりにも綺麗な色なのでその液体が自分の身体から排出されていると思えなかった。暫くして、これは異常なことだと気がついた。もしかして血尿というものかも知れない。医者に見てもらう必要がある。車から空の透明なペットボトルを持ってきて赤ワイン色の液体を採取した。

翌日、そのボトルを持って近所のクリニックに行った。クリニックで改めて尿を採取されたがそのときには、普通の尿に戻っていた。桜を見るために駐車場から五十メートルぐらい高い高遠城址まで急な坂を登ったとその日の状況を報告したので、先生は筋肉が疲れると組織が壊れて血尿が出ることがあると説明してくれた。

そのときは血尿が出ているわけでもなく、痛いところも痒いところもないので、暫く様子を見ましょうということになった。

そのままだったら怖い病気を見過ごすところだった。幸いだったのは先生が商売熱心だったことだ。検査設備にかなり投資していると思われるそのクリニックでは、受診するたびに、検査を薦められていた。そのときも年齢が年齢だから超音波検査をしておいた方がいいのだがと薦められた。今回は私も素直に検査の予約をして帰った。

十日後、超音波検査を受けた。上半身から始めて下腹部に移ったところで先生の顔が真剣になった。「膀胱に異常がある。専門の泌尿器科の診断が必要」ということで、隣の市にある総合病院への紹介状を書いてもらった。事は急ぐと感じたので、その足で総合病院の泌尿器科を受診した。そこでも超音波検査を受けた。膀胱に異常があるのは間違いないということで、直ちに膀胱鏡による検査が行われた。画像を覗くと素人の私にも膀胱の中にむくむくと丸く腫れているものが見えた。後にインターネットで調べるとカリフラワー状と表現されていた。

膀胱がんと診断された。医師は手術の予定表を見て五月二十日入院二三日手術という予定を一方的に決めた。本来なら敏速に決めていただいたことに感謝すべきだったかもしれない。実は私も血尿が出るとどういう病気の可能性があるかインターネットで調べていた。その結果膀胱ガンについてもある程度の知識を持っていた。そこでがんの種類、程度を質問した。医師は「耳年寄りになりなさんな。」と私の質問を封じた。耳年寄りとは聞きなれない言葉である。後で広辞苑で調べると耳年寄りは無かったが、耳年増というのはあった。「他人の話を聞くことで、経験はないが十分な知識を得ていること。多くは性的な知識についていう。」とあった。要するに素人は余計なことは知る必要はない。専門家に任せておけばいいといっているようだ。違和感を感じ改めて医師を観察すると年令は四十歳前後、相撲取りのようによく太っている。悪く言うと体重の自己管理ができていないといった方がいいぐらいの肥満体である。小さな膀胱鏡を使用して繊細な手術をされる姿がイメージとして浮かばない。医療の基本は医者と患者の信頼関係といわれる。不安を感じたがその日は指示通り入院の手続きをして帰った。

膀胱がんを宣告されて動転したが、時間がたつと少しは冷静さを取り戻せた。胃がんを手術した友人、知人は何人かいるが、膀胱ガンを患ったという人の話は聞いたことがない。幸いというか最近前立腺がんの手術をした友人が二人いた。同じ泌尿器科なので参考になるかもしれない。早速電話した。二人に共通していたのは納得できる病院、医師による手術を受けたことであった。

最近のテレビで「医者選びが寿命を決める」という結論の番組があり、良い医者を選ぶポイントを紹介していたが、その一つとして「太っている医者は避ける」というのがあった。私も医者を選ぶことにした。幸い昔勤めていた会社の産業医のI先生と退職後も親しくしていただいていた。先生が主宰されている碁会に私も参加することがあったからである。電話で相談すると、即座に「泌尿器科なら日本で五指に入る名医を紹介する。」といわれ、M記念病院泌尿器科部長のT先生を受診する手はずをつけていただいた。

M記念病院は友人の一人も前立腺がんの手術を受け経過順調と聞いていた。M記念病院は財閥のバックがあり一流大学卒の医者をそろえているが、下町に立地して赤ひげ診療所の伝統も受け継ぐ庶民の病院という評判もあった。通院するにはちょっと遠かったがM記念病院に転院することにした。

五月九日に受診し一六日に入院した。当初は翌日手術の予定だったが、後述する事情により結果的には一〇日ずれて二六日に手術を受けた。

手術は膀胱鏡による経尿道的膀胱腫瘍切除術というもので、手術そのものの所要時間は僅か一三分であった。麻酔の準備もあったので病室を出て帰ってくるまで一時間であった。

術後も順調に経過し六月二日退院した。

膀胱がんは再発の可能性が強いということで退院後も三月毎に定期検査を受けている。一年近く経ったが、今のところ異常なしである。

私の場合、幸運に恵まれ信頼できる病院と医者に出会えた。

しかし一般的には病気になって難しいのは医者選びかもしれない。

「病人ならよき医師にかかれ」

入院中に読んだ『お釈迦様に学ぶ、生きる智慧と力』（高瀬広居著・角川文庫）という本にお釈迦様の言葉があった。

「健康は最上の利益
満足は最上の財産
信頼は最上の縁者
心のやすらぎこそは　最上の幸せなり」

その解説に次の通りありました。ちょっと長くなりますが紹介します。

仏陀とはいえ、人間釈尊は私たちと同じように健康を大事にされていました。「健康は人間にもっとも素晴らしい利益をもたらしてくれる原動力だ」という言葉には、歩きつづけて伝道してこられた釈尊の実感がこめられています。

生命を「ありがたし」とする方ですから、随分とご自分の健康にも留意されています。しかも迷信を否定された人なので、病気になるとジーヴアカという侍医の診察を受け、薬も飲んでいました。この医師は古代ギリシャのヒポクラテスや中国の華陀にも匹敵する名医でした。「病人ならよき医師にかかれ」。これが釈尊の信条です。八〇歳の高齢を保ったという事実がそれを証明しています。

煙草の副流煙が怖い

膀胱がんは、その治療技術こそ膀胱鏡の利用などで飛躍的に進歩したが、意外なことに原因はまだ十分解明されていないという。現在のところ染料原料の有機薬品と煙草が有力な原因とされている。私の場合染料製造会社に勤務したことがあるが事務屋なので有機薬品に直接触れたことがない。煙草も小学校の時にちょっと吸ったことはあるが、その後喫煙の習慣は全くない。ということで膀胱がんの原因に見当がつかない。原因がわからないと再発の予防もできないと不安に思っていた。

ところが思い当たることがあった。私は煙草の喫煙の習慣はなかったが、私のがんの原因は煙草であると確信した。五年ほど前、週に二、三日は麻雀屋に通っていた。新橋の地階にある料金が安い麻雀屋であった。麻雀をやって家に帰ると洋服に煙草の匂いがしみついていてなかなか消えず、匂いに敏感な妻によく苦情を言われていた。私自体は煙草を吸わないのに、煙草の副流煙をたっぷり浴びていたのだ。

煙草の害は副流煙のほうが五倍という調査結果がある。そのことを証明するようなことが実際にあった。私がよく通ったその麻雀屋の綺麗なママさんが煙草を吸わないのに肺がんになったのである。店の名は皮肉にも「寿」であった。あとを息子さんが継いだが間もなく店は閉められた。

身近にも煙草でがんになったひとが二人いた。一人は私より一歳若い従妹である。彼女は若い時はスーザン・ヘイワードに似た美女で、姉妹のいない私にとっては自慢の存在であった。彼女はどんなことがあっても煙草は止めないといっていたほどの愛煙家である。その彼女が上部咽頭がんになった。原因は煙草で間違いないであろう。普通の医者では手術ができない口の最も奥の難しい部位のがんである。息子がインターネットで日本では数少ない専門医を見つけ出した。T医科歯科大学の咽喉科の教授である。

手術は顔の下半分を観音開きにして行うもので十時間以上もかかる難しいもので

あった。彼女の手術を執刀した教授は最近放映されたテレビの医療番組で「医者が薦める専門医」として紹介されていた。

彼女は名医に出会えて難病を克服できた。

「医者選びが寿命を決める」を実感させる典型的な例である。

もう一人は妻の義兄である。こちらも若い頃からのヘビースモーカーで肺がんになった。私と同じころ大学病院に入院した。しかし、手遅れで手術もできない状態だった。結局本人にはがんを告知されないまま亡くなった。


私のがんの原因も煙草の副流煙に間違いない。煙草が悪いといっても、もともと煙草を吸っていないのだから対策として禁煙というわけにもいかない。煙草の副流煙を避けるしかない。私が今心掛けている事は、新幹線に乗るときは必ず禁煙席を指定し、レストランでは禁煙席を選ぶことである。最近は人が多く集まるところでは禁煙の場所が増えてきているのは助かる。

問題の麻雀はボケ対策にもなるというメリットもあるので止められないでいるが回数を減らし、麻雀屋も換気のよい店を利用するようにしている。

禍転じて福となす

M記念病院では膀胱がんの治療をしてもらっただけでなく、他にも幸運なことがあった。治らないと諦めかけていた糖尿病の治療もしてもらったのである。

入院して翌日に手術の予定だったが、担当の若い医師が手術はできないといってきた。理由は入院時の血液検査で血糖値が高いことだった。糖尿病があると麻酔をかけたとき元に戻らなくなる、傷の治りが悪い、感染症にかかり易い、最悪の場合敗血症にもなり命にかかわるなどの危険があるというのだ。私はすでに数年前に糖尿病と診断され、薬による治療を受けていた。血糖値はなかなか改善しなかったが、痛くも痒いところもなく、手術が出来ないほどの大事になるとは思いもよらないことであった。

総合病院だったため内科の糖尿病専門医の診察を受け糖尿病の治療が始められた。食事療法では一日一四〇〇キロカロリーに抑えられた。通常男子の摂取カロリーは二〇〇〇キロカロリーだからこたえた。ひもじい時はミカンやグレープフルーツの皮まで口に入れた。食事療法と併せて毎食前に即効性のあるインシュリンも注射された。効果はすぐには現れなかったが、一週間ほどしてようやく血糖値が下がり手術が出来た。

退院前に妻と一緒に糖尿病講座を受けさせられた。退院後はインシュリンの注射は受けられなくなったが、指示された食事療法は続けた。当初はきつかった一四〇〇カロリーの食事にも慣れた。妻の厳しい監視もあったから継続できた。入院中はできなかった運動も復活させた。原則一万歩の散歩である。

その結果、体重は入院前六二キロ前後だったものが五七キロ前後と五キロ減らせた。身長一五八センチの私にとって五五キロが標準体重だからほぼ許容範囲におさまっている。筋肉を落とさず内臓脂肪を減らせたようだ。糖尿病には内臓脂肪から出るものが悪さをしているといわれる。おかげで血糖値も入院前にはＨｂＡ１Ｃ（ヘモグロビンエーワンシー）で九を超えていたものが六台まで下がった。糖尿病としては六未満が優であるが六台なら良といえる状態である。

がんという怖い病気になったが、その治療を機会に糖尿病も治療できた。がんにならなかったら、糖尿病の治療も効果をあげられず眼の失明、腎不全、足の壊疽などの合併症を引き起こすことになったかもしれない。

「禍転じて福となす」私はがんにも感謝している。

肺がんもどき

ある朝、通っているクリニックから電話がかかってきた。昨秋受けた胸のレントゲンについて先生からお話があるから来院してくれという。レントゲンの結果は既に異常なしと聞いていたはずだが、今更何事かといやな予感がした。早速クリニックに行くと、市の成人健診のレントゲンは別の医者が二次読影をしているが肺の精密検査をするようにと言ってきた。ついては、クリニックにはCT設備がないので設備のある病院で検査を受けてきてくれというのである。

私は既に煙草の副流煙で膀胱がんになっている。煙草の害といえば肺がんの方が普通のはずだ。肺がんは死亡率の高いがんである。私は来るものが来たかと頭の中が真っ白になった。しかし、中学時代の旧師を思い出し肺がんもなおることがあると自分を勇気づけた。旧師は八〇歳を過ぎて肺がんになられたが、手術をされて九二歳の今も元気にしておられる。しかも煙草は今も吸われているのである。

CT検査を受ける為に訪れた病院は、脳神経外科もあるせいか後期高齢者が待合室に溢れていた。超高齢化社会の縮図である。

私もその中の一人になったかとちょっと気がめいった。

CT検査は造影剤を飲む必要もなく簡単に終わった。

検査結果はクリニックに送っておくということであったので、三日後クリニックを訪れた。医師は私の顔を見るなり、すみませんでしたといった。CT検査をした病院からの連絡表には「予想された通りnippleでした。」とあった。nippleとは乳首とのこと。
医師は初めから肺に写っていた丸い影は病巣ではなく乳首と見ていたようだ。しかし市の方から精密検査が必要といってきたので万一ということもあり、二次読影をした医師の顔もたて私にCT検査を受けさせたのだ。頭にも来たが、安心もした。とはいえ、男の私で乳首が問題だったとは笑い話である。

そういえば、かねてから男にも乳首がついているのを不思議に思っていた。ものの本によれば神様は人間を造るとき最初に女性を造られたそうだ。その後女性の身体を一部変えて男性を造られた。乳首は邪魔でもないのでそのまま残されたのだろう。ところで、一部の魚は種族の保存のため同じ個体が雄になったり雌になったりするそうだ。自然界で永遠に生き残る強い生物は両性具有なのかもしれない。アメリカの映画で男性が赤ちゃんを産むというものがあった。
男性も乳がんになる。冗談かと思っていたらこれは本当にあるそうだ。

脊柱管狭窄症
七、八年前のこと、電車の中で立っていたら急に右足だけがしびれてきた。左の脳に梗塞でも起こしたのかと、どきりとした。席が空いたので座ると暫くしてしびれがなくなった。その後も美術館などで立ち止まって絵を見たりしていると右足がしびれるようになった。この話をすると友人から脳病院を紹介された。頭の病気は悪いところが発見されても手術による危険もあるため、検査をするのも良し悪しであると聞いていたので受診は躊躇された。碁も強くなっているので頭の病気ではないと思うことにした。

三年ほど前、散歩をしても右足がしびれるようになったので本格的な治療が必要になったと考えた。幸い大学の柔道部の同期生が大阪で整形外科をやっていた。大阪の有名病院の医長も務め開業後も評判がいいと聞いた。そこで新幹線に乗ってでかけた。時間をかけて丁寧に診察をしてくれた。その結果カルテに書かれたのは、変形性脊柱症・根性坐骨神経痛・頸肩腕症候群・頸椎骨軟骨症。要するに老化現象であった。少しぐらい痛みがあっても筋肉を鍛えて補強するしかないようだ。痛みを我慢ができないときはよく効く薬があると鎮痛薬を処方してくれた。ただ胃腸にはよくないので、できるだけ控えるようにということであった。

その後特に治療もせずにきたが、しびれのでる頻度がふえてきた。テレビの医療番組を見たり、インターネットで腰痛について調べたりした結果、痛みやしびれが間欠的にでるということで私の症状は脊柱管狭窄症によく似ていることが分った。老人の腰痛の六、七割は脊柱管狭窄症ということだ。私のも脊柱管狭窄症に間違いない。痛みが強くなると手術が必要という。そろそろ脊柱管狭窄症の専門医を探さなければならないと考えている。

ところで不思議なことに、散歩のときは十分ほどでしびれが来るのに、ゴルフのときは一日中歩いていてもしびれが出てこない。

楽しいことをしている時は、痛み止めのホルモンがでるという説があるそうだ。私の場合その説がピタリと当てはまる。私はスコアにとらわれず楽しいゴルフをすることにしている。ゴルフ下手の私にはいい言い訳ができた。

白内障

白内障は徐々に進むのでどこまで悪くなっているのか、正常な人に比べてどの程度悪いのかが自分ではよく分らない。しかし車を運転してヒヤリとすることが多くなった。特に暗くなるとよく見えない。

事故を起こしてからでは間に合わない。白内障の手術は飛躍的に進んできたといわれるので、私も手術を受けることにした。

眼の手術は特に医者を選ばなければならない。大学病院や専門病院にいってもいい医者に当たるとは限らない。たまたま最寄りの駅の近くにある眼科医の評判がいいと妻が聞いてきた。妻は二年程前に白内障の手術を受けていた。評判のいい総合病院だったが、当たった眼科医は外れであった。ハンサムなお医者さんで、手術をさせていただきますとか、言葉使いは馬鹿丁寧だったが、手術は旧方式で一週間の入院を要した。術後暫くして眼の中を光が走るような不具合が出てきた。術後によく出る後発性白内障のようだ。病院に行くとその眼科医はいなくなっていた。

東京の有名な眼科専門病院で診てもらったら、治療はできるが更に悪くなる危険性もあると念を押された。再手術をするか迷っていた。ところが最寄りの眼科医に診てもらったら、そんな危険はないと、その場でレーザーによる処置をしてくれた。結果良好であった。そういう妻の実績があったので、私は個人営業の町医者に対する見方を改めた。病院の雇われ医者より自分の技術だけが頼りの個人営業の町医者の方が真剣かもしれない。実績がないと続けられないはずだ。

その眼科医が月に一度やっている白内障手術の説明会に出席して色々質問したが答えは納得できるものだった。そこでその眼科医の手術を受けることを決心した。昨年四月、先ず悪い方の右眼を手術した。

手術は日帰りで、手術自体にかかる時間も二十分弱で、予想した以上に簡単にすんだ。

翌日眼帯をはずした時、鮮やかな世界が戻っていた。これからの人生が光り輝くほど素晴らしいものになると感激した。

六月に左の眼も手術した。意外なことに今度は経過順調とはいえなかった。

一月ほど経った頃左の眼の視力が落ちてきた。飛蚊症で眼の中に蚊が飛ぶようなという表現があるが、その程度ではなく眼のなかに墨を流したような感じだった。

眼科医に飛んでいったところ、網膜裂孔とそれによる網膜剥離があるといわれた。治るかとたずねたら治るという。費用は白内障よりかかるがいいかと念をおされた。お金の問題ではない。当日持ち合わせがなくても支払いは後日でいいというので直ぐに処置してもらうことにした。二・五ミリほどの裂孔の周りをレーザーで凝固するものであった。眼にレーザーを百回以上照射するので気持ちのいいものではなかった。恐ろしいが痛くはなかった。

網膜裂孔・剥離と白内障の手術や糖尿病との因果関係をたずねたが、特に関係はなく老化が原因でよく起こるということであった。

原因はどうあれ、その後眼は視力を取り戻した。

白内障を手術して自分の生き方を含め世界が変わった気がする。七〇歳以上の老人は程度の差はあれほとんどのひとに白内障があるといわれる。まだ手術をされていない人には是非手術を受けられるようお奨めしたい。

参考までに費用は白内障の手術は約十四万円。網膜裂孔剥離の処置は約十六万円だった。健康保険があるから自己負担はその一割または三割である。

高血圧

妻の義兄の四十九日の法要がすんで香典返しを送ってきた。ギフト券で品物は選べるようになっていた。かねてから欲しいと思っていた血圧計にした。

私は若い頃は会社の定期健康診断で低血圧症といわれたぐらいで、高血圧を心配したことがない。がんで入院した時も血圧は正常であった。看護師さんに私が自慢できるのは血圧だけですといっていたほどだ。

ところが、送られてきた血圧計で毎日測るようになったら意外なことに最高血圧が百五十を超すことが多くなった。

糖尿に高血圧がダブると死亡率がグンと高くなるという。

少し勉強すると血圧は一日のなかでもかなり変動するようだ。とくに起床直後は高い。一日の活動の準備をしているらしい。

私は朝起きて血圧を計ることを日課にしていたので高い数字がでるのは当然のことだった。今は起床直後と就床直前の二回定時測定している。

クリニックの医者に相談すると薬を出しましょうかといわれた。高血圧の薬は飲み始めると死ぬまで飲まなければならないと聞いていたので、暫く塩分を控える食事などを心掛けることにして薬は断った。

たまたま、「高血圧は薬で下げるな」（浜六郎著・角川書店）という本を見つけた。その中にアメリカの調査だが、薬で血圧をコントロールしたグループと薬を飲まないグループとを長期追跡した結果が紹介されていた。それによると当然のことながら血圧の状態は薬をのんだグループのほうがよかったが、逆に死亡率は薬を飲まなかったグループの方が低かった。がんも少なかったそうだ。

私はこの本の薦めるところに従って薬を飲まずに血圧をコントロールすることにした。

「糖尿病は薬なしで治せる」

五年ほど前に読売新聞で「薬を使わず、食事と運動だけで糖尿病を治したお医者さん」と紹介された医師が二年ほど前に『糖尿病は薬なしで治せる』（渡辺昌著・角川書店）という本を出版された。

週刊朝日などで紹介され評判になった。私も直ぐに本屋に買いに行った。ところが売り切れで、増刷の予定もないという。薬なしで糖尿病を治すという医学会の通説に反する内容だけでなく薬も売れなくなるということで医師会や製薬会社の圧力があったのかと私は勘繰った。本を手に入れることを諦めていたら、最近新聞広告でその本を見つけ、早速買い求めた。九版というから実際はよく売れていたのだ。

内容も、わが糖尿病体験を語る、食事編・血糖モニター編・運動編、区別が必要な「高血糖症」と「糖尿病」、糖尿病薬の作用と副作用、治療法の選択肢、天寿を全うする知恵など魅力的であった。

私は食事と運動を中心に糖尿病の治療を続けていたが、クリニックで処方してもらった薬も飲み続けていた。しかしこの本を読んで目からうろこが落ちたというのが実感である。

糖尿病の薬にも色々あり私は、最初は糖質の吸収を阻害する薬を処方されていた。本来備わっている機能を阻害するというのは不自然だと違和感を持っていた。低血糖の症状がでたこともあり、薬を替えてもらいその後はインシュリン分泌を促進する薬を飲んでいた。

しかしその薬は弱っているすい臓に更に鞭打つようなことをやっているのだ。ポンコツ車でも大事に乗ると長持ちするのに、ポンコツ車に無理させて壊してしまうようなことをしているといえる。

私は薬を止め、この本の奨める食事と運動によって糖尿病を治すことにした。先ず簡易血糖測定器を買い、常に自分の血糖値の変化を把握することにした。まだはじめて十日ほどだが、薬を飲まなくても血糖値は薬を飲んでいたときより良くなっている。

一病息災

『糖尿病は薬なしで治せる』という本のなかでもっとも共感できたのは次の記述でした。長くなりますが引用して紹介します。

何でも薬で治そうというのは、西洋的な医学観であるような気がします。つまり善悪二元論に立って、病気は何でも悪だから、根こそぎ退治しよう、一〇〇パーセント治してしまおうという考えかたです。それは実際細菌退治などの感染症にたいしては効果を発揮しました。（略）

私たちは西洋医学の力を信じてきたのですが、糖尿病や高血圧など、生活習慣が元となる病については、そのような西洋医学の考えでは、なかなか解決が難しいと思います。

そのような慢性病に関しては、私たち東洋人は「一病息災」の考え方をもっています。……糖尿病を宣告される以前は、一病息災というのは病気を抱えて生きることだと、消極的なイメージを持っていたのですが、実際に高血糖と付き合う生活を送るうちに、この言葉にはもっと積極的な意味があると実感しました。

血糖値をコントロールする生活を送っているうちに、それまであった高血圧や高脂血症といってよい数値が改善されて……しまったからです。

つまり一病息災というのは、……ひとつの病をみつめて自分の体をいたわることで、生活習慣を改善し、より積極的な健康を将来にわたって手に入れるというプラスのイメージで語られている言葉だと思ったのです。そして、「高血糖」を宣言されることは、まさに「一病息災」の東洋的な知恵を手に入れることと同じです。

……それは天が与えた警告でもあります。「今までの生活を見直し、今後のことを考えなさい」と転機を与えてくれているのです。

私も一病息災の人生を送りたいと考えている。もっとも私の場合「百病息災」といった方がふさわしいかもしれない。

「百病息災」というのは、ある先輩に松下幸之助の言葉として教えてもらった。松下幸之助は生来病弱だったので「百病息災」といって、体には大変気をつかっていたという。会社経営も事業部制などで人の力を活用して大きな成功をおさめた。松下幸之助は「百病息災」で九四歳という長寿の人生を全うした。私も、ちょっと欲張りかと思うが「百病息災」にあやかりたいと思っている。
（平成一八年三月三〇日）

追記

糖尿病についてはその後、牧田善二者『糖尿病専門医にまかせなさい』（文藝春秋社刊）という本に出会った。

読み易いだけでなく最新の治療法も紹介されており、「糖尿病は治らないが怖くない」など説得力もあった。

そこで著者の牧田善二先生が銀座に開いておられるAGE内科クリニックに通院することにした。現在は私の糖尿病の管理は著書の題名通り専門医である牧田先生にお任せしている。おかげで糖尿病を怖がらず健康な生活を過ごしている。

ロ、ちょっと匂う話

トイレ論争

三井東圧化学に勤めていた頃、同僚の石和田さんと井上さんが健康保険組合の広報誌上でトイレ論争をしていた。石和田さんは後に「オレンジ色の焔を追って　イラン化石との十年」という本を著した。ロマン派である。その主張はトイレゆったり派、第二書斎論である。

一方、井上さんは、法学部を首席で卒業、『人事と労務の十二ヶ月』というようなビジネス書を数冊出版した実務派。その主張は当然トイレ長居無用論、最小限の広さでいいというものであった。

仮にビジネスマンを対象にしたアンケートをとれば、トイレ長居無用論が多数派と予想される。しかし、トイレ第二書斎論は数としては少数派であろうがそのユニークさで、賛同者の実践例が本や雑誌などで紹介されることがよくある。

ある動物学者は語学の天才で、西欧の言語は全部自由に話せる。それを全部トイレで学んだという。他では一切勉強しない。大便に入ったときだけ語学の本を読む。中学三年の頃からこれをつづけた成果として、二十ヶ国語位をマスターした。

ロケット工学の権威の科学者も幅広い趣味と博識ぶりでも有名であるが、トイレ勉強派の一人である。トイレ専用の本を置いておき、その本をトイレに入るたびに読み、読み終わると次の本に替える。科学者の博識の源はトイレの中の読書にあった。

トイレの活用は読書に限らない。浄土宗の開祖法然上人はトイレの中で念仏を唱えた。念仏を唱えるだけで救われるという他力信仰の教義の特異さもあって、法然は「厠念仏」として批判されたという。

ヨーロッパでも、宗教改革をした聖人ルターが宗教改革に乗り出すキッカケは神の啓示を受けたことにあるが、驚いたことにその啓示を受けた場所は、トイレの中だったといわれる。

トイレタイムも馬鹿にならない。ところでトイレタイムを活用するのは、天才や偉人達だけとは限らない。最近の精神分析学の研究によれば、神経症患者はトイレでの生産活動を好むという。神経症患者は無為に時間が流れることを最も恐れるからである。

健康という観点からはトイレは長居するところではないようだ。日本人に多いといわれる痔核はトイレで長時間キバッてうっ血させるのが最も悪い。トイレはせいぜい二、三分で出る習慣をつけるのがよいといわれる。

家の中で最も寒い場所はトイレである。高血圧の人が脳卒中で倒れる危険が高いところでもある。トイレは長居無用である。

石和田さんと井上さんの論争は、お二人共健筆家なので甲乙つけ難かった。教養論というか文化論の立場からは、石和田さんに、健康論の立場からは井上さんに軍配があがるようだ。

私はその後持家したとき健康を重視してトイレ長居無用論の立場をとったが、トイレは家の品格にも影響する。結果的には折衷案でほどほどの広さにした。

広さは余りこだわらなかったが、数にはこだわった。子どもの頃トイレで苦労した経験があるからである。規則正しい生活習慣をつけていたので、朝食後家族全員が一斉に便意を催した。父親が新聞を持ってトイレに行くので他の家族は苦しんだものだ。持家したとき夫婦二人だけの生活だったが、一階と二階に夫々トイレを設けた。今では当たり前のことだが、当時としてはちょっとした贅沢だった。

痔の予防の為に、売り出されたばかりのウォシュレットも備えた。誤算だったのは、ウォシュレットには便座に暖房がついていて、気持ちがいい。ぼんやりと考え事をしながら長居をするようになった。ウォシュレットの刺激がないと便意を催さなくもなった。おかげで旅に出ると便秘になって帰ってくる。

快便・快尿・快屁

快眠・快食・快便は健康のバロメーターである。高齢化社会では快便に快尿・快屁も加えなければならないように思う。便は二、三日出なくても生命に別条ないが、尿が二、三日出ないとなると大事である。尿毒症で死に至るであろう。屁もたまると気分が悪いだけでなく、毒ガスが腸から吸収されて身体に悪影響をもたらすこともある。

吉田兼好が徒然草で、「友にするのに悪しきもの」として健康な人をあげている。病気の苦しみや病人の気持ちは体験者でないと中々理解できないものだ。快尿に対する私の思いは、若い人には理解してもらえないだろう。

男性の場合、年をとると多くの人が前立腺肥大症に悩まされることになる。前立腺肥大症というのは膀胱と尿道の境目をクリ状に覆う前立腺が肥大するもの。そのために、尿道が圧迫され尿が出にくくなる。肥大した部分が堤防の役割をして膀胱にたまった尿が全部出し切れないので残尿が起きる。膀胱の容量が小さくなって頻尿などの症状が出てくる。前立腺肥大そのものでは痛みがなく徐々に進行するので、気付いたときにはかなり進行している。私の場合もそうだった。トイレで後から来た人が早く出ていく。よく見ると私の尿線は細く勢いがない。終わったと思うのにすっきりしない。残尿感がある。こういうことがあって私は異常に気付いた。更に進行して夜中のトイレの回数が増えた。その結果慢性的な睡眠不足に苦しんだ。心臓や胃腸が丈夫でも睡眠不足で死ぬのではないかと思う程辛かった。

更に追い討ちがかかった。尿が終わったと思ってしまいこむと、またチョロチョロと出てパンツをよく汚すようになったからだ。紺の背広のときは目立たないが、薄い色の場合はズボンにもしみ出ているのがわかる。乾いても、社会の窓口周辺が黄ばんでいる。潔癖症の妻は紙オムツを買ってきて私に着用せよという。私は頭に来た。ズボンが汚れるのと私のプライドとどちらが大事かと叫びたくなる。妻への怒りもこらえていると、イライラが高じて人相が悪くなる。

しかし、幸いなことにその後症状は進まない。私はこの病気と末永くつき合うことを覚悟している。物事は考えようである。この病気のおかげでトイレによく行くので、座りっ放しということもなく運動不足にもならない。腰痛にも悩まされなくなった。

問題なのは他人に迷惑をかけることがあるようなのだ。雀友の一人より次のような小文が送られてきた。

厠にて

麻雀で一番イライラするのは一人のメンバーが途中で席をたってトイレに行き中々戻ってこない時である。とりわけ当方がツキにツキまくっている時はこちらのツキを落とすために、故意にゆっくりしているのではないかと邪推したくもなるのである。

ところが当人にはそのような作為は全くなく、老年になれば男性の半数はかかるといわれる前立腺肥大症のために尿のキレが悪くなって時間がかかるらしいのである。それを知ってからは下司のカングリはやめて、おとなしく待つことにした。

幸いにして当方は目下のところ、ほとばしるような勢いこそないが、麻雀で三人のパートナーを待たせることはなく、まずは順調である。いずれそのような兆候が表れるのであろうか。

厠にて尿圧いまだ衰えず
前立腺肥大しばし先とぞ思う。

ふろく　文学作品の中の匂う話

名作といわれる文学作品の中にも意外と「ちょっと匂う話」がある。私の記憶にあるものを紹介したい。

夏目漱石。『吾輩は猫である』など明治の文豪。

漱石が『坊ちゃん』の中で、坊ちゃんを可愛がる女中清の人物を描いた部分にちょっと匂う話がある。

その三円を蝦蟇口へ入れて、懐へ入れたなり便所へ行ったら、すぽりと後架の中へ落としてしまった。仕方がないから、のそのそ出て来て実はこれこれだと清に話したところが、清は早速竹の棒を捜して来て、取って上げますといった。しばらくすると井戸端でざあざあ音がするから、出て見たら竹の先へ蝦蟇口の紐を引き懸けたのを水で洗っていた。それから口をあけて壱円札を改めたら茶色になって模様が消えかかっていた。清は火鉢で乾かして、これでいいでしょうと出した。ちょっとかいで見て臭いやといったら、それじゃ御出しなさい、取り替えて来て上げますからと、どこでどう胡魔化したか札の代わりに銀貨三円持って来た。


太宰治。『人間失格』など戦後文学の代表的作家。昭和二十三年玉川上水で心中。今でも人気があり命日は桜桃忌として俳句の季語となっている。

太宰は『斜陽』の中で、登場人物の一人「お母さま」がほんとうの貴婦人であることを印象づけるためにおしっこの場面を描いている。ほんものの貴婦人は礼儀作法に反した振る舞いでもその無心さが可愛く絵になることをいいたかったのだろう。


秋のはじめの月のいい夜であったが、私はお母さまと二人でお池の端のあずまやで、お月見をして、狐の嫁入りと鼠の嫁入りとは、お嫁のお支度がどうちがうか、など笑いながら話し合っているうちに、お母さまは、つとお立ちになって、あずまやの傍らの萩のしげみの奥へおはいりになり、それから、萩の白い花のあいだから、もっとあざやかに白いお顔をお出しになって、少し笑って、

「かず子や、お母さまがいま何をなさっているか、あててごらん。」とおっしゃった。

「お花を折っていらっしゃる。」

と申しあげたら、小さい声を挙げてお笑いになり、

「おしっこよっ」

とおっしゃった。

ちっともしゃがんでいらっしゃらないのには驚いたが、けれども私などには真似られない、しんから可愛らしい感じがあった。


芥川龍之介。「羅生門」「河童」など。純文学を対象とする「芥川賞」にその名を残す大正期の小説家。

屁にもならないという言葉がある位だから、屁だけは文学作品に取り上げられないだろうと思っていたが、芥川龍之介は「放屁」なる小文を書いていた。そこで、屁をしなければ成り立たない話を二つ紹介している。


不良少年に口説かれた女が際どい瞬間におならをする、その為に折角醸されたエロチックな空気が消滅する、女は妙につんとしてしまふ、不良少年も手が出せなくなる——大体かう云う小説だった。この小説も巧みに書きこなしてある。

宇治拾遺物語によれば、藤大納言忠家も、「いまだ殿上人におはしける時、びびしき色好みなりける女房ともの云ひて、夜更くるほどに月は昼よりもあかかりけるに」たへ兼ねてひき寄せたら、女は「あなあさまし」と云う拍子に大きいおならを一つした。忠家はこの屁を聞いた時に、「心うきことにも逢ひぬるかな。世にありて何かはせん。出家せん」と思ひ立った。けれどもつらつら考へて見れば、何も女が屁をしたからと言って、坊主にまでなるに当りさうもない。忠家は其処に気がついたから、出家することだけは見合せたが、忽忽その場は逃げ出したさうである。

NHK教育テレビで見た話

NHK教育テレビの人間講座で落語家の桂文珍が紹介していたのは「ちょっと」どころではなく強烈に匂う話であった。

『宇治拾遺物語』にも出てくる平定文の話。とある女性に惚れた好色の定文が、なんとか自分のものにしたいと思うのですが、なんともなりません。これでは自分の人生がダメになる。せめて諦める方法はないかと考えて、惚れた女の排泄物を眺めることに思い至ります。昔の宮人たちは筐の中に排泄をして処理をするという時代、男は下女が筐を運んでいくところを盗むんですね。下女はそんなエライものを盗まれたと泣き叫ぶ。男がその筐を開けてみると、好きな人のものというものはまことに芳しい香りがしまして、見るほどにとてもよい形のものが三つぐらいあって、それをちょいと棒でつついてみたりなんかする。そのうちにペロッとなめてみたり。最後はスープまで飲んでしまう。おいおいそこまでするか、と思うのですが、実はこれは排泄物ではなしに、女は男が盗むであろうということを予測しまして、自然薯《じねんじょ》をすりおろしたものを竹の筒の中に入れて、それを後からぎゅーっと、ところてん式に押し出して形を整え、あとは香木の煮汁などを加えて、いわばスープ仕立ての芋料理を作って運ばせていたんですね。当時のことですから、それは美味しいでしょう。男は「そこまで自分のことを見抜かれている、なんていい女なんだろう」と余計に惚れて、ついには狂い死にしてしまう。

（平成一二年一月）

ハ、ちょっとキザな話　財テクから高齢化社会問題まで

高成長インフレ時代の資産学

バブル景気の頃世の中に億万長者が輩出した。Kさんも億万長者の仲間入りをしました。Kさんの持っていた株式・ゴルフ会員権などが大幅に値上がりしたからです。住宅ローンに苦しむ平凡なサラリーマンだったKさんがあっと言う間に億万長者になったのですからその喜びを自分一人の胸におさめておくことができず親しい友人にもらしてしまいました。友人の一人からは「守銭奴になるな」と忠告されました。一部の友人はKさんを「財テクの名人」と煽てました。もっともKさんは財テクといわれるような積極的な手を打った訳ではないので自らを財テクの名人と自惚れることは

ありませんでした。

振り返ってみると、Kさんは若い頃はむしろ蓄財に背を向けていました。Kさんの父親がケチケチと蓄財に励みながらインフレで財を減らし、自分の楽しみもないままに逝ってしまったのを見ていたからです。

「貯金は頭にするもの」と教えた母親の影響があったかもしれません。五〇歳近くになって、出遅れを取り戻すために借金による投資に走りました。マイホームの取得が借金によるのは止むを得ないとしても、借金による株式投資・ゴルフ会員権の購入は、今から考えると無謀というかよくもそんな勇気があったものと冷や汗がでる思いです。結果的には、借金による先行投資は「高成長資産インフレ時代の資産学」の教える理論に適ったものだったのです。借金でまいた種は大きく成長しました。バブルに乗ってKさんの資産は億を超える含み益を持つに至ったのです。

しかし、バブルの崩壊、低成長・資産デフレの時代への変化に対応するのが遅れ、成熟した果実を収穫しそこなってしまいました。億万長者は一瞬の夢と消えました。しかし、財テクの名人を気取って投機を拡大しておれば破産宣告を受ける身だったかもしれません。Kさんはバブルの恩恵を受け乍らも世の中少しおかしいなと警戒感を持ったことと、ある種のツキに助けられて、少ないながらもプラスの資産を残すことができたのは運が良かった方だと自らを慰めています。

蓄財より人生哲学を

この頃、「守銭奴になるな」と言った友人の忠告を思い出します。少ないながらも蓄財ができると、いつのまにか蓄財を増やすこと自体が、人生の目的のように錯覚してくるのです。老後のことを考えると、益々お金を使うことが恐ろしくなってきます。お金は本来使ってこそ意味あるものと知りながらも、多くの人々は年をとるにつれて守銭奴に変身して行くようです。

日本はこれから、今まで経験しなかった高齢化社会を迎えます。Ｋさんも高齢化に備えて何が必要か考えてみました。その結論は「蓄財よりも健康が最大の富であるということ、さらに大事なことは人生哲学を持つこと」でした。人生哲学と言っても難しいことを言うのではなく、人生観・生きがい・人生計画、簡単に言うと何が楽しいのか、何が喜びなのか、何をやりたいのかということです。

Ｋさんがやりたいと最近考えていることは、

一、心の安らぎ、悟りを求める。

「吾唯知足」の禅・「知足者富」を説く儒教など先人の教えに学ぶ。悟りについての正岡子規の言葉「悟りという事は如何なる場合にも平気で死ぬる事かと思って居たのは間違いで悟りという事は如何なる場合にも平気で生きて居る事であった」

二、美を求める。

山海川・四季の花・新緑紅葉などの自然の美に触れる。人間の創造した美の絵画・書・彫刻・建造物・詩歌・音楽などを味わう。さらに欲を出して、自らも実の創造に参加する。

三、遊びの名人になる。

蓄財学を説くある経済評論家が若い頃から避けてきたものとして囲碁・麻雀・ゴルフなどを挙げていた。Kさんは「蓄財の名人」といわれるより「遊びの名人」と言われたいと考えている。

四、世の中に役立つ。

社会の富を増やしたり、文化を豊かにすることに寄与できれば、最高の生きがいであろう。

しかし、そんな大げさなことでなく、ささいなことでも世の中に役に立つことができれば嬉しい。例えば、高齢者・障害者福祉にボランティアとして参加する。

Kさんが今迄やれたのは車椅子生活者の花見、外出への介助。やれそうなのは遊びのサークルの世話、目の不自由な人のための本の朗読テープ作成など。

高齢化に備えての経済問題

話は前後するが「蓄財より人生哲学」と言っても多くの人々の関心や不安は、高齢化に備えての経済問題と思われる。この点についてKさんは検証してみた。
先ず高齢者の生活にどれ位のお金が必要か。生命保険文化センターの意識調査では、
老後の最低日常生活費　　　月額平均二三万一千円
ゆとりのある老後の生活資金　月額平均三七万八千円
実際にいくらかかっているか。平成五年度の総務庁の家計調査では六〇歳以上の世帯の消費支出は月額平均で二七万三千円となっている。そのうち仕事を持っていない高齢無職世帯の月額平均は二四万一千円。
一方、収入の方の公的年金はサラリーマンの場合厚生省のモデル年金では、六五歳から、月額約二三万一千円がもらえることになっている。
偶然というか当然というか、前述の意識調査の老後の最低日常生活費に丁度見合う数字となっている。年金は加入期間・平均標準報酬月額・生年などにより個人毎に異なるので、社会保険事務所で実際に計算してもらうとKさんの世代の場合は月額約二五万円であった。
生きていくための最低日常生活費を月額二四万円とすると、公的年金だけで何とかやっていけると考えられる。しかも、公的年金にはインフレスライド制度があるので心強い。
ゆとりのある生活のためには、前述の調査によると、公的年金だけでは十数万円不

足する。ゆとりある生活の内容は個々人によって異なっており、そのための資金は夫々の人生計画によって自己責任で準備するしかない。高齢者も健康である限り、月額二〇万円前後の収入を得るために働くことが健康のためにも社会的刺激を受ける意味でもいいのではないか。幸い蓄財があり、働く必要のない人は、現役時代に比べると時間が倍以上に使える訳で、金利生活と言わず、元利の合計を八〇歳位迄に使い切る位の計画をたて、人生を楽しむことが望まれる。お金はあの世に持っていけないと言う意味ではなく、お金を寝かせず消費という形で生かすことによって、経済の活性化に寄与できるからです。

蛇足乍ら八〇歳迄に蓄財を使い切ったはいいが、八〇歳を過ぎてなお元気があり余っていたらどうするのか。心配になるという人には、Kさんは一時払いの終身年金保険を薦めている。一例としてS生命の一五年保証期間付終身年金は、五五歳の時点で一六五〇万円を一括払い込むと六〇歳から月額一〇万円の年金が百歳を過ぎても生きている限り支払われる。

貯蓄動向調査で六〇歳以上世帯の平均貯蓄額は約二五〇〇万円、総額で百兆円に達していると紹介されていた。意外と高い数字だと思われるが高齢者は万が一のことを考えると不安なのである。

それでは万が一の場合の医療費や介護費はどれ位かかるのか。どう備えたらいいのか。

医療費

高齢者の医療に関する公的保障はかなり進んでいる。

七〇歳迄は国民健康保険退職者医療制度によって本人負担は二割（家族は外来三割、入院二割）であるが、七〇歳を超えると老人保険制度の対象となり、外来の場合は一カ月につき一〇〇〇円、入院の場合は一日につき七〇〇円のみの自己負担となる。

具体的ケースで見ると、がんで六〇日入院した場合、診療費は一日平均二万円、総額で約一二〇万円がかかる。その内自己負担は七〇歳超の人では四万二〇〇〇円のみである。

七〇歳未満の人では二割の自己負担で二四万円となる。残りは公費負担という訳である。

ところが実際には公的保障の対象となる診療費の外にも費用がかかる。一つには差額ベッド代。病状によって個室を利用しなければならない場合や、入院当時に大部屋が空いていない場合があり、差額ベッドを利用せざるを得ないときがある。一日の差額ベッド代は平均四四〇〇円だが、実際には一万円位が多いようである。六〇日の入院のうち三〇日を差額ベッドを使用すると約三〇万円の自己負担を覚悟しなければならない。

二つには付添看護費。最近は完全看護の病院が多いが、老人病院では付添婦が必要となることがある。付添婦の一日の料金は平均約八六〇〇円が相場。三〇日付添を必要とした場合約二五万円の自己負担となる。

以上の通り、診療費自体は公的保障に頼れるとしても、差額ベッド代、付添看護費、雑費なども含めて、一回の入院で六〇万円から一〇〇万円は用意しておく必要がある。しかも寿命が長くなれば、一回の入院ですむとは限らない。夫婦二人分となれば、いくら用意しておくべきか。計算もなかなか難しくなる。対策としては、Kさんは貯蓄の形で備えるよりも民間の疾病保険の利用を薦めている。Kさんは四五歳頃からガン保険に加入している。保障は診断給付一時金一〇〇万円、入院給付金一日につき一万五〇〇〇円、通院給付金一日につき五〇〇〇円、在宅療養給付金一退院につき二〇万円など。

保険料は掛け捨て方式で月額四一〇〇円。これは四五歳の時加入したから割安になっているが六〇歳からの加入だと月額七二〇〇円となる。

幸い保障の対象となるような病気にかからず、五〇年近く経過した場合、約二五〇万円の掛け捨てになるが、掛け損として考えるのでなく、自らの健康に感謝すると同時に、他の加入者の役にたったことを喜ぶべきであろう。

介護問題は「自助・共助・公助」

中高年層にとって、寝たきりで介護を必要とするようになることが高齢期における最大の不安要因と言われる。

完全看護付の民営の老人ホームは頭金だけでも億を超え一般には手が届かない。寝たきりになって特殊養護老人ホームなどの公的施設に入るにも空きがない。在宅で民間の介護サービスを受けようとすると費用は月額三〇万円から五〇万円と言われる。寝たきりの年数は平均で八年、長ければ一〇年を超える。最悪の場合は夫婦二人分を用意しなければならない。しかも、長い間にはインフレによる目減りの恐れもある。となると少々の貯蓄では到底対応できない。

ところで実際に寝たきりになるのは、厚生省の推計で多くても一〇人に一人の割合である。

一〇人全員が個々に心配するより、万一のときは寝たきりになった一人を残りの九人が、若い世代の力も借りて、助けると割り切れば何とかなりそうだ。介護問題を解く鍵は「自助・共助・公助」である。

自助の第一歩は、寝たきりになることを防止することである。寝たきりの原因は痴呆、骨粗しょう症、骨折などであるが、痴呆のうち多くは脳卒中の後遺症である。脳卒中は壮年期からの食事、運動、喫煙など生活態度に注意すればある程度は予防できるものである。骨粗しょう症、骨折も予防が可能である。

自助の第一歩はお金の貯蓄ではなく、壮年期からの健康の貯蓄から始まる。健康は個人にとっても社会にとっても最大の富なのである。

年金医療に比べて介護の社会保障は遅れていたが、漸く政府の取り組みも積極的になってきた。介護保険の導入が九七年を目標に検討されている。又在宅介護を中心とする介護体制を充実させるために九四年に新ゴールドプラン（高齢者保健福祉一〇カ年戦略）が策定された。

高福祉高負担

年金・医療に介護を加え高福祉が実現しようとしているが、当然その負担の問題がでてくる。高福祉高負担のありようを決めるのは、最終的には国民である。「国民のための、国民による、国民の政府」というのが民主主義の原点。政府の仕事として最小限何をやらせるのか、そのための費用をどう負担するかを決めるのは国民である。「政治は三流」「官僚政治は悪」「無党派」などと政治を他人事のように言うのでなく、中高年のみでなく若年層も含め国民全体が政治に参加しなければならない。

高齢化への備えは蓄財から始まるのでなく、まず政治への参加から始まると、Kさんは最近考えている。

（平成七年九月）

二、最高値で売らず最安値で買わず

Kさんが M 化学に入社したときの同期の桜は一八人。そのうち一三人が社長となった。といえば超珍しい話になるが、勿論M化学の本物の社長になったのは一人。他は子会社の社長や転職先の会社で社長になったものである。

昭和三〇年代のはじめ就職難の頃に、厳しい選抜を経て入社しただけに、それなりの人物が揃っていた。

特に豪傑、奇人はいなかった。ちょっと変わっているといえばO氏。勉強一筋で来たのか、カマトトと思われる程世間ずれしていなかった。同期の仲間はO氏を尊敬とからかいを込めて「紳士」と呼ぶようになった。

見方によっては紳士はO氏一人だけでなく、同期の全員が紳士と呼ぶにふさわしい人物ばっかりだった。

その後の会社生活でもライバル意識をむき出しにするようなものはいなかった。足を引っ張り合うようなこともなかった。同期の中で役員に昇進したのは、Sさん一人であったが、同期の全員が素直に祝福した。飄々としたSさんの人柄には全員が一目置いていたからである。Sさんが社長に就任したときは同期の誇りと喜び合った。今では、第一線を退き、気楽な生活を送れるようになった仲間たちは、社長として苦労が続くであろうSさんに、心より同情している。四〇年の時が過ぎても同期の桜の紳士ぶりは変わっていなかった。

Sさんは若い頃にも一度だけ同期の仲間より同情されたことがある。Sさんが事務系では、工場を卒業するのが最も遅れたからである。

その頃M化学では、大学卒の新人社員は全員が一旦九州にある主力工場に赴任することになっていた。一年間の現場実習の後、工場の総務、人事、経理、製品といった各課に配属されるが、二、三年のうちには本社に引き上げられた。

Sさんは、製品課に配属されたが、同期や後から入社した後輩達が、早々と本社に転勤していくのに、Sさんだけはそのまま一〇年近く工場に留め置かれた。同期の仲間は、Sさんが貧乏くじを引いたのではないかと同情したものだ。

ところが、真実は貧乏くじどころかSさんは英才教育を受けていたのである。M化学では一社一工場の名残で、工場の製品課は生産現場と本社営業の接点に位置しており、会社全体の仕組みを勉強するには最も適したところだった。さらに重要なことは、上司に恵まれたことである。当時の課長が後年、社長、会長を勤めM化学の中興の祖となられたYさんであった。Sさんはこの Yさんの薫陶を永く受けることができたのである。

同期で社内結婚したのは純情派の三人。Iさんと Kさんのケースは、職場で机を並べていた女性とごく自然に結ばれたものである。

意外だったのは、女性関係でも晩熟と思われた紳士のO氏のケース。O氏は進学、卒論の実験、就職など人生の節目節目の課題に自分の尺度を持ってきちんと取り組んできた。適齢期になると結婚問題にもO氏らしいやり方できちんと取り組んだ。技術屋らしく冷静に複数の候補者について、綿密なリサーチをした上、目標を一つに絞ると積極果敢なアタックを試みた。その結果高嶺の花と思われた所長秘書を陥落させてしまったのである。

後で判ったことだが、O氏夫人の姪が一世を風靡したアイドル歌手のM・S子である。拝見したところ姪のM・S子より叔母に当たるO氏夫人の方が美形である。端正な顔立ちをしたO氏との間には、目もとのパッチリした可愛い子供達が次々と生まれた。O氏はベストな選択をしたのである。

当時の人事係長より聞いた話。その頃、工場で女子社員を採用するときは、世間知らずの純情な大学卒新入社員が、間違って相手に選んでもいいように、それなりの女性を選考するように心掛けていたという。おかげで社内結婚の三人は、銀婚式も無事にすませ幸せに暮らしているようだ。

Kさんのちょっと恥ずかしい話

Kさんが五〇歳を過ぎ役員適齢期になった頃のこと。

M化学では役員改選期が近づいてきた頃に、「自社株を持っているか」「自社株を一万株買っておけ」といわれたらそれは役員昇進の内示であると言い伝えられていた。実際に株主総会の議案書の取締役候補者の持株欄には例外なく一万株と記されていた。

Kさんは事務系の役員は営業、開発経験者がより適わしいと考えていたので、労務、業務畑の自分自身に役員昇進の可能性はないと覚悟していた。しかし、万一ということもある。せめて役員の必要条件の一つである自社株一万株は、事前に用意しておくべきだと考えた。持ち家したばかりで、経済的には苦しい時ではあったが、M化学の株を何回かに分けて買い増していった。まだバブルが膨らみつつある頃で、目標の一万株に達した時の平均購入単価は七〇〇円近くになっていた。発表された役員候補者には、同期よりSさん一人だけが選ばれていた。予想通りであったので、Kさんは特に失望することもなかった。時あたかもバブルの盛り、M化学の株価もこれ迄の最高値の一二〇〇円をつけていた。Kさんは役員昇進こそ逸したが、苦労して買い求めた自社株でかなりの含み益を得ることができた。

「天は自ら助くるものを助く」とKさんは悦にいっていた。ところがバブルがはじけ、株は暴落し、M化学の株価も二〇〇円近くまで下げてしまった。含み益どころか、逆に含み損を抱えることになった。役員昇進への夢は消えた上、株の損に追い討ちをかけられた。こういうのを「泣きっ面に蜂」「踏んだり蹴ったり」というのでしょうか。

自社株購入で損もしたが自社株購入が縁でいいこともあった。

自社株の購入で取り引きの始まった証券会社の営業マンより、電話がかかってきた。

予てより、その営業マンにはKさんは自社株の他に株の売買をする積りがないこと、勤務時間中に会社に電話をかけてきてはいけないことを厳しく言ってあった。本来なら直ぐにガチャンと電話を切るところであったが、営業マンの話が近く東京市場に上場予定の、アメリカの会社の株を、得意先に斡旋しているということだったので電話を切るのに躊躇した。一週間前に、経済講演会で聴いたNという国際経済評論家の話を思い出したからである。

N氏はその頃の大勢が「アメリカの企業の没落、日本企業の優位と円高・ドル安の進行」を主張しているときに、これとは逆に「アメリカ企業の復活とドル高・円安への反転」を大胆に予言したのである。説明に使われたデータの切り口も鋭く、説得力があった。Kさんにはピンとくるものがあった。アメリカの株を今買っておけば、アメリカ企業の復活とドル高・円安で、円換算のアメリカ株は一飜、二飜（飜とは麻雀用語で点数が倍になること）で、上昇するはずだと直感した。

しかし、Kさんはアメリカの株の買い方を知らなかったので、実際にアメリカの株を手に入れられるとは考えてもいなかった。

そういうときの、タイミングのいい営業マンからの電話だった。話に興味を持ったが、現実問題としてお金の余裕もない。勤務時間中でもあったので詳しい話も聞かずに電話を切った。実際には、その話に未練を持っていたせいか、Kさんの営業マンに対する返事はYESともNOともはっきりしない曖昧なものだったようだ。

二日後に営業マンより得意気に電話がかかってきた。「Kさんのために二〇〇株確保できました。ついては、今日の午後三時迄に一二〇万円払い込んでください」というのだ。Kさんは、営業マンの恩着せがましい一方的な喋り方に腹も立ったが、同時に先日あいまいな態度をとった自分自身にも腹を立てていた。「そんな急な話、お金があるはずがない」と言いかけて、あるものを思いだした。

二年程前、ある会社の事務部長をしていた頃、取引先の銀行より、半ば強制的に、個人の立場での当座預金の口座を開設させられていた。当座預金には、当座貸越という契約がついていたので、預金の残高がなくても小切手を振り出すことができるので便利なものであった。金利が普通のローンに比べて、高いこともあってKさんはそれまで利用したことはなかった。その小切手による払い込みを思いついたのである。Kさんは生まれて初めて小切手にサインして、アメリカの会社の株を手に入れた。

名前も確かめずに手にした株のアメリカの会社の名前はモトローラだった。Kさんは不勉強で知らなかったが、移動通信・半導体で有名なハイテクの優良株であった。

アメリカの株の買い方と小切手の利用を覚えたKさんは、引き続きGE・ダウケミカル・アンハイザーブッシュというアメリカの株を夫々最小の取り引き単位の百株ずつだったが買い求めた。正直なところKさんはアメリカの株ならどこでもいいと考えていたが、今度は特に関心のある会社にした。GEは電機会社ながら、化学の分野でもエンジニアリング樹脂が世界最強の会社。ダウケミカルは、電解技術に強い化学会社。アンハイザーブッシュは、S軽金属で輸出入を担当しているSさんに紹介されたアルミ缶まで一貫生産するビール会社。

昭和六三年頃のことである。

それから一〇年たった現在、国際経済評論家N氏の大胆な予言はドル、円の為替相場の方は当たったとはいえないが、アメリカ企業の復活は見事に的中した。それに伴いアメリカのダウ平均も、一〇年前二千ドル前後だったものが、平成一〇年三月には、これ迄の最高値の八九〇〇ドルに上昇している。

Kさんの持っているアメリカの会社の株も総額で五倍近く上昇した。中でもGEは株式の分割も含め七倍近くになっている。

Kさんは自社株では損をしたが、自社株購入が縁で手に入れたアメリカの株でその損を上廻る含み益をあげることができた。こういうのを「ケガの功名」というのでしょうか。


Kさんは、今がアメリカの株の売り時だと考えている。しかし、中々手放すことができないでいる。理由は二つ。

一つは、Kさんの性格である。株にしろ、女性にしろ一旦縁を結ぶとその縁を切ることができないのである。

二つには、株はインフレに比較的強いと考えられるからである。選挙を前提にする民主主義体制の国家は、国民に甘い事をいいがちなので、常に国家財政は赤字に陥り易い。国債を発行してやりくりをする。それが行き詰まると、国債負担の軽減をはかるためにインフレ政策をとることになる。日本でも戦時に大量発行した国債は終戦のドサクサのインフレでタダ同然となった。為政者は、インフレの誘惑に勝てないものだ。日本経済は今こそデフレ気味であるが、世界的長期的にみればインフレがいやでも進むとKさんは見ている。現役を退いた高齢者にはインフレに対抗できる資産防衛策はない。究極的には物の価値に連なっている株は、金融資産の中ではインフレに強い方であろうとKさんは考えている。

Kさんは自社株の購入を通じて、株のことを少しは勉強した。その中で、素晴らしい株の格言を知った。

「最高値で売らず、最安値で買わず」

これは、安く買って高く売り、売買差益を得るという株の常識と全く逆のことを言っているが、株の売買で最も難しいのが売買のタイミングであることを喝破しているのである。

同じような格言に「まだはもうなり、もうはまだなり」というのがある。まだ上がるだろうと欲を出せば売り時を逸する。もう買おうとあせると高いものをつかんでしまうという教訓である。

ところが「最高値で売らず、最安値で買わず」という格言は、単に売買のタイミングのことをいっているのではなく、もっと基本的な心構えを説いていたのだ。

大正から昭和にかけて活躍し、財閥をなしたある経済人が、商売の基本的な心構えとして「最高値で売らず、最安値で買わず」を説いておられたのである。物を売るときは得意先にも利益が出るような値段で売りなさい。物を買うときは仕入先にも利益が残るような値段で買いなさい。

商売を大きくするためには、得意先、仕入先との「共存共栄」を心掛けなさい。と説いているのである。今風にいえば一人勝ちはいけませんよということである。「共存共栄」が大事なのは商売の世界だけではない。「共存共栄」は広く人の世に通用する最高の哲理なのである。

Kさんの机の上には「共存共栄」と書かれた額皿が置かれている。Kさんが学んだ大学の柔道部長だったT先生が、叙勲を受けられたとき、自ら揮毫され、教え子達に配られたものである。

（平成一〇年三月）

ホ、ちょっと考えさせられた話　葬式

若い頃の会社の上司だったSさんのお葬式に出かけた。Sさんは副社長まで勤めた人だったので、お葬式は新宿の大きなお寺で行われた。交通の便がよく、いずれの宗派でも受け入れるということで、有名人の葬儀がよくおこなわれるお寺である。門をくぐると読経の声が聞こえてきた。遅刻しないように早めに来たつもりだったのにと、訝りながら受付に急いだ。会葬者の列に並んで読経に耳を澄ませてみると聞き覚

えのある声である。なんとSさん自身の声だった。お経と思ったのも良く聞いてみるとお経ではない。謡であった。そういえばSさんのご出身の九州の筑後地方では謡が盛んでSさんも若い時から稽古をしておられた。

後で分かったことであるがSさんのお葬式は無宗教で行われた。

喪主の奥さんが熱心なキリスト教徒で、Sさんも奥さんの信仰に理解があったということで奥さんはキリスト教式の葬儀を希望された。しかしSさんは田舎に菩提寺もあり檀家代表もつとめられたほどの旧家のご長男なのでSさんの親族の方々は仏式にこだわられた。そこで話し合われた結果、キリスト教にも仏教にもよらず無宗教で行われることになったとのこと。

無宗教の葬式はいいとしても、読経も讃美歌も祝詞も無いとなるとちょっと淋しい。世話方が困っていると知恵を出す人がいた。Sさんが謡を稽古されていたときの録音があるはずだ。Sさんの謡を会葬者に聞いてもらったらどうかとなった。たしかに音楽葬というのがある。またある新聞社の元社長が生前に録音しておいたお別れの言葉を告別式で流されたというような例もある。

ということで故人の生前の声が葬儀場で流された。それも謡というのはおそらく本邦初であったろうと思われる。

焼香のかわりには会葬者による供花がおこなわれた。

読経がないので弔辞に充てる時間が十分に取れた。

Sさんと旧制中学の同窓生でもあった元社長のYさん、同期入社で慶応の同窓生でもあったTさん、労使の代表という立場でSさんとやりあった元労組委員長のTさん、紅一点でSさんが課長時代の部下のMさんなどから色々とエピソードをまじえ心のこもった弔辞があった。弔辞をお聞きしていると、改めて体は小さいが肝っ玉が大きく、人情味があっかったSさんのお人柄が懐かしく思い出された。

意味のあまり分からないお経や形式的な弔辞を聞かされる普通のお葬式と比べて、いいお葬式であった。

Sさんは今故郷のS家の墓に、ご先祖と一緒に眠っておられる。


くすしくもSさんが課長の時、課長代理だったKさんのお葬式も無宗教で行われた。こちらは文字通り故人もご遺族も特別に帰依される宗派がなかったようだ。

Kさんはお仕事でもビジネスライクでクールな判断をされる人であった。生前特に宗教に関心を示されたことはないようだ。

Kさんの奥様もお父上は国立大学の学長を務められていた時に街のパチンコ店に通われたと話題になるユニークな科学者であった。奥様も特に宗教にこだわられることはなかった。Kさんご夫婦には子供さんがお一人でお嬢さんだった。Kさんのお葬式を演出されたのはお嬢さんだったようだ。このお嬢さんがお祖父さんお父さんの血を引いておられるのにちがいない。意味のよく分からないお経などでKさんのお葬式を俗っぽく抹香くさいものにしたくないと考えられたのであろう。

Kさんのお葬式は音楽葬というほど大袈裟なものではないが式場にはクラシックの音楽が流されていた。

当然読経はなく式の主な柱は旧制高校の先輩や同期の二人の友人からのお別れの言葉であった。先輩は会社の元社長のYさん。友人の一人は中学四年修了で高校に入学し、Kさんも一目おいていた秀才のTさん。あと一人は見事な低空飛行で高校を卒業したとKさんから冷やかされていたAさん。KさんTさんAさんの三人は旧制高校は同窓だが大学は夫々別々で会社に入ったら偶然に再びご一緒になられたという関係である。Kさんは学生時代テニスをやっておられ、会社に入った後も、お酒はほどほどに健康的な生活を送っておられた。性格的にもストレスを受けにくいタイプの人であった。ご自分が真っ先に友人たちから弔辞を読んでもらうことになるとは想像もしておられなかっただろう。

珍しい趣向として式場の入り口の廊下にはKさんの生涯がわかる写真が展示されていた。「会社の同僚と」いう説明のついた部分にKさんとご一緒している私が写った写真もあり恐縮した。

世間常識的なものにとらわれず、父親への思いを表したいというお嬢さんの気持ちが感じられるお葬式であった。

無宗教というよりお葬式自体がないケースにも出会った。私が再就職した会社の同僚だったT君の場合である。

T君は営業の切り込み隊長と称されるほど仕事好きな男だった。はっきりものをいうがお得意さんに憎まれず、よく勉強もしていたので信用もされていた。もともとあまり飲めなかったお酒も、お客さんに鍛えられて酒豪の仲間入りをした。このお酒のせいかどうかわからないが、T君は五〇歳を超えたばかりで胃がんに侵され逝った。

T君自体は無信仰に近かったが、奥さんがキリスト教系の新興宗教の熱心な信者だった。子供二人も高校卒業後すぐに伝道師を目指すほどであった。

T君は奥さんや子供たちの信じる宗教を認めるというよりむしろ反対だったようだ。奥さんは献身的にT君の看病をしておられ、自分の信じる宗教では輸血は厳しく禁止されていたがT君の手術には輸血を受け入れる覚悟もされていたようだ。

しかし夫に万一の場合、神を唯一信じるキリスト教徒が喪主として仏式で葬儀を主宰することはどうしてもできないことだった。T君は癌が再発し二度目の入院をする際、万一の場合の事についても冷静に奥さんと相談をしたようだ。

結論はキリスト教による葬式は拒否する。T家は仏教系の宗派に属しているが、自分自身は熱心な仏教徒でもないので仏式の葬儀に拘らない。葬式も不要。というものだった。

火葬に付される前にお別れにいったが、拝んだT君の顔は安らかなという表現には遠く、さすがに無念の思いにあふれているように見えた。

日を置いて、会社発展の功労者であり後輩たちの面倒見もよかったT君を偲び、会社の主催でお別れの会がひらかれた。私たちはこれでT君が成仏してくれることを祈った。

夫婦が別々の宗教を信仰していることはキリスト教徒やイスラム教徒などではないだろうが日本では珍しい事ではない。こういうご夫婦の場合は元気なうちにご自身の葬式やお墓のことを夫婦でよく話しておくことが必要なのだと思う。

仲の良いご夫婦の場合で、先に逝った夫がお寺の墓地に埋葬され、後でクリスチャンの奥さんはキリスト教でお葬式があったとき、お墓はどうなるのか関心があった。

知り合いのNさんより興味ある事をきいた。Nさんのお父上のお墓は鎌倉の禅宗系の有名なお寺にあった。お母上は熱心なクリスチャンで当然洗礼名もお持ちである。

Nさんがご両親を一緒の墓に入れてあげたいとお寺に相談したら案ずるより生むは易し。禅宗のお寺は包容力があった。さすがに戒名だけは必要という事でお母上の洗礼名の一文字を取って戒名を作り、お寺のお父上のお墓に一緒に埋葬してくれたとのこと。

親戚のお葬式でこんなことがあった。お坊さんが読経を始める前に故人の戒名について特に説明をされた。故人の戒名はご本人が生前に作っておられたので、故人の意思を尊重してそのまま使っていますとのこと。浄土真宗ではもともと戒律が無いので戒名といわず法名というそうだが、法名はすべて「釈〇〇」と二文字に決められている。故人が作った法名は「〇〇院釈〇〇居士」となっていた。浄土真宗のお坊さんとしてはルール違反の法名を認めるわけにはいかなかっただろう。さらに言えば法名を勝手に作っていいという前例に歯止めをかける必要があったと思われる。

九五歳の長寿を全うして逝った故人は生前は円満を絵に描いたような人で世俗的な欲にも超越しておられるように見えたが、最後にちょっと贅沢な戒名にこだわられたかと思うと、むしろ微笑ましく感じた。

しかし本来戒名は、仏門に入った者につけられる名前である。仏門に入るとき師から受戒をする。そのときに、同時に僧としての名前を師から授かるので戒名というのである。したがって戒名は師からさずかる名前である。自分でつければ、それはペンネームでしかない。（ひろさちや『冠婚葬祭礼―生活の知恵』）

私は戒名について苦い経験がある。

二〇年前に父親の葬式を行った時、初めてのことでもあり全て葬儀社におまかせした。式場は近所の洒落たお寺を借りたので結構経費はかかった。当時私は戒名は値段によって差があることを知らなかった。父親につけられていた戒名は「春覚歓照信士」というものであった。そのときはなにか艶っぽい戒名だと思った。調べてみると戒名には死亡時期と俗名のうちから一文字を入れるのがルールのようである。父親の場合も四月に死んだので「春」名前の歓伍から「歓」が入っている。

母親の貞子は夏に死んだ。戒名は「夏月貞照信女」。

その後、戒名に位があることを知った。恥ずかしながら両親につけられている「信士、信女」は一番下の位であった。最高は「〇〇院〇〇殿〇〇居士」普通は「〇〇居士」が多いようである。私は自分の無知で取り返しのきかない悪い事をしたと後悔させられた。

しかし父親は生前全く仏教に関心がなかった。しかも世間の義理を欠くほどの吝嗇家でもあった。帰依したこともないお寺さんに高い戒名料を払って位の高い戒名をつけてもらって父親が喜ぶとは限らないと考えることにした。私自体は宗教全般に関心があり特に仏教に興味を持っている。仏教の研究を今後のライフワークにしたいぐらいである。しかし戒名をいただくとしても両親と同じ信士にとどめたいと思っている。

最近新聞の死亡記事を見ていると故人の意思により葬儀は近親者のみで行い、告別式はやらないという例が多くなった。私も告別式はやらなくていいよと妻によくいう。妻は人から恨まれるのはいやだから遺書にはっきり書いておいてくれという。直木賞作家の藤沢周平も遺族を煩わさないために、遺書に告別式は不要と書き残していた。しかし結果的には遺言は守られず告別式は行われた。世話をした出版社の人たちが、告別式をやった方が遺族が助かると強行されたらしい。

たしかに著名人の場合告別式をやらないと故人を偲ぶ多くの人々が個々ばらばらに弔問に訪れ遺族はその応接に大変である。告別式であれば言葉をいちいち交わさず頭を下げるだけですむものを、自宅に迎えた場合故人の最後の状況など繰り返し話さなければならないことになる。遺族を煩わさない為には著名人の場合は告別式はやらなければならない。

著名人ではないが私も考えを変えた。

元気なうちに適当な時期に、感謝お礼の気持ちを伝えたい人々をお招きし生前葬的なものを行う。告別式は隣近所のかたがたを対象に最小限のものとする。というのが現在の私の考えである。

お墓についても考えているがまだ結論がでない。

私の友人のNさん夫妻には子供がいない。夫婦でよく旅行をしておられ、あるときお墓は富士山のよく見える場所にしようと話し合われた。ところが夫婦二人が死んだのち誰が墓を守るかなどを考えて中止されたとのこと。その後不幸にも若い方の奥さんが先立たれた。奥さんのお墓は夫を煩わさないようにというご遺言で実家のお寺の境内の一角に建てられている。

私たち夫婦にも子どもがおらず養女も他家に嫁入った。骨自体は自然葬で山か海に撒いてもらえればと考えているが、お墓をふくめまだ結論が出ていない。

いまのところ葬式などについての遺言をまとめると次のようになるかと思う。

一、戒名

檀家として付き合いのある寺がないので戒名がもらえなければなくてもいい。付ける場合は信士どまり。

二、葬儀、告別式

葬儀は仏式により自宅で近親者（妻、兄弟、子供）のみでおこなう。

告別式は隣近所の方を対象に最小限のものを行う。

友人知人にとくに通知不要。一月後に生前に準備しておいたお別れ、感謝の手紙を発送する。

三、遺骨

遺骨は自然葬に準じ信州の山と房総の海に撒いてほしい。

四、墓

お墓は建てない。位牌は預かってくれるお寺に預ける。例えば成田山新勝寺の霊宝塔。

（平成一四年八月）

へ、反面教師

模範として学ぶべきでないもの。

悪い手本・見本。（広辞苑）

ある朝、鏡を見てドキッとした。父の顔が映っていたからである。父は一〇数年前に死んでいるのだからそんなはずはない。私の顔が年をとるにつれ父に似てきたのだった。

顔だけでなく性格まで似てきたと妻は嫌味を言う。吝嗇家だった父は息子の嫁達に好かれていなかった。吝嗇とは義理を欠く程のケチなこと。こんなことがあって私にとって父親はどんな存在だったのかと考えるようになった。私にも男親に対する反抗期があり、そのまま成人、親許を早く離れたので私は父の影響は殆ど受けていないと思っていた。しかし、実際には父の影響が大きかったことに気がついた。私にとって父は反面教師だったのである。趣味・嗜好・健康・財産形成など広い範囲に亘って多くのことを私に教えてくれていたのである。

趣味

趣味については、父はひと頃パチンコにこっていたが、他に特に趣味といったものもなく、晩年は金を貯めることと、長生きがあたかも人生の目的と考えているような生活を送っていた。私はそんな父を見ていたので、碁・麻雀・ゴルフから書画・美術鑑賞に至るまで幅広い趣味を持つように心掛けてきた。

ピエール・カルダンの「私の履歴書」に「人生の成功の目的は美しいものを手に入れることだと言えないだろうか」という言葉があった。私には美術品のコレクションなどできないが、「人生の最大の楽しみは美しいものに触れること」と考え始めている。これからは趣味も遊びより美を求める方に重点を移していきたい。

酒

嗜好については戦時中酒が配給制だった頃、化学技術者だった父は工業用アルコールを手に入れてきて自分で精製して飲んでいた。戦後酒が自由に飲めるようになるとよく酔っぱらって管をまいた。今の私なら許せる程度のものであったが子供にとって父親の酔態を見るのは辛いものだった。

私もつき合いでは結構酒を飲むが、しんから酔うことができない。酒を飲む程に真面目になる「真面目上戸」と自称している。内心では、酔える人が羨ましく思う時もある。

煙草

戦時中煙草が手に入り難い頃、父は蕗の葉を蒸し、乾燥、刻んで英語の辞書の薄い紙に巻いて喫っていた。戦後ピースの販売が始まると煙草屋の列に私も並ばされた。大人達がこんなに欲しがる煙草とはどんなにおいしいものかと、小学校五年の時私も煙草を喫ってみた。一〇歳の子供には煙いだけで、味が分るはずがない。高校から大学にかけて友達の多くが煙草を喫い始めても、私は喫う気にならなかった。煙草は健康にとって百害あって一利なしと言われる。私には禁煙の苦しみは無縁である。しかし喫煙家を羨ましく思うこともある。大きく吸い込みゆっくりと煙をはき出す姿にはいかにも悠然とした落ち着きが感じられ、慌て者の私にはたまらない魅力である。

健康

健康については父は笑い話ですまされないような苦い経験をしている。足の先にできた水虫の治療に通っていて、病院の前で車にはねられ足を骨折した。その時には大した事もなく治ったが、晩年その後遺症で歩行が困難になった。歩行困難から来る運動不足は糖尿病を発症させ、更に白内障、高血圧などの余病を併発した。

最晩年、音楽と無縁だった父が、ラジオのクラシックを聴き出した。眼の白内障が進んでテレビが見えにくくなっていたのである。亡くなる一年前に手術を受け視力を回復した。この時母は父の涙を初めて見たと言う。

高血圧の治療のためには薬嫌いだった父も、真面目に薬を飲んでいた。しかし歩行困難のために病院に通うのは母で、代わりに薬をもらってきていた。結果的には医師の管理を外れて薬を飲んでいたことになる。父は七五歳のある日倒れた。緊急入院した病院の医師の診立てでは心臓が弱って血圧が異常に下がっており危篤だと言う。幸い命が助かっても、足の先に血が回っておらず壊疽のため足を切断することになるという。処が、大手術に備え予備検査などで、二、三日待機している間に嘘のように父は回復した。私の推測では、降圧剤により血圧が下がり過ぎたのが原因で足の末端迄血が回らなかったと思われる。それが、入院して降圧剤を飲まなかったために血圧が正常に戻り血の回りがよくなったのだ。父はそれから五年後に亡くなった。父は強じんな心臓と胃腸を持ちながら、足を悪くしたばかりに糖尿病を克服できなかったのである。

私も五二歳の時、定期検診で境界型糖尿病と診断された。私自身ではこれという自覚症状もなかったが糖尿病のこわさは父の例で見ていたので、直ちに医師の指示に従い糖尿病対策をとることにした。対策は食事療法と運動による肥満防止である。七〇キロを超えていた体重を、その後六五キロ前後に保っている。おかげで糖尿病は進行していないようである。私がやっていることは毎日の一万歩のウォーキングと、夕食の御飯は茶碗一杯、一〇時以降は口に物を入れないというだけの簡単なものである。

財産形成

財産形成については父は年金を受給するようになっても、その一部を貯金に回す程の倹約家だったが結果的には報われなかった。

金運に恵まれなかった訳ではない。むしろ普通の人に比べれば大きな金運を持っていたのである。父は三五歳の時、宝くじつきの債券で一等に当たった。昭和一〇年当時の金で参千円、家の二軒も買える程だった。今の金に換算すると五千万円から一億円という大金である。しかし父はその大金で家も買わず遊びにも使わず全額を債券に再投資したのである。処が戦後の大インフレでその債券は紙くず同然となってしまった。父は一九二九年に始まる世界的恐慌でデフレの怖さは身をもって知っていたが、インフレの怖さは知らなかったのである。

財産形成・維持の鉄則に財産三分法というのがある。財産を安全性の高い預金とハイリスク・ハイリターンの株と換金性は悪いが長期的には値上がりが期待できる不動産の三つに分割して運用せよというものである。父がこの鉄則を守っていればと悔やまれる。父の父親は、高松の栗林公園の太鼓橋を作った棟梁で事業を手広く営んでいたが、知人の連帯保証をしたばっかりに倒産し、一家離散に追いこまれた。父は幼い頃から経済的に苦労したので、金銭に対する特別の執着があったものと想像される。

戦後ゼロから再出発したものの、父は、一生自分の家を持てなかった。一度は借金をして家を買おうとした。当時は今のような保証協会もなかったので、友人に連帯保証を依頼したが、断られた。父自身連帯保証の怖さを知っていたので友人を恨むこともなかった。その後父は二度と借金をしようとはしなかった。所得倍増が唱えられた昭和三五年以降の高成長・インフレの時代には借金による資産の先行取得が財産形成の早道であった。借金のできない父は時流に乗り遅れ、自分の家を持てないで終わった。

私の兄は商社に勤めるサラリーマンであったが、三〇代で大阪に持ち家し、その後転勤した東京でもマンションを購入した。兄も父を反面教師としていたようである。

職場

最近よくよく考えてみて、父を単に反面教師としてのみ評価するのは誤りだと気がついた。私の場合は生活のベースとなる「職場」と「家」は、父より与えられたものだった。昭和三二年、私が大学を卒業した頃は、まだ就職難の時代であった。公務員上級試験に合格したが、これは単に資格があるだけで採用を保証するものではなかった。面接の通知が来た某省に出頭したが、聞かれたのは「公務員の安い給料でやっていけますか」というだけで、言葉は丁寧だが採用はお断りと言うことだった。因みに当時の公務員の初任給は一万一〇〇〇円で民間の平均一万五〇〇〇円に比して相当安かったのは事実であった。

民間会社への就職活動が遅れていた私に、父は三井化学を薦めた。三井化学は七回の転職経験のある父が四回目に勤めた会社で、自分自身は戦後の人員整理で首になったが、次のような理由で薦めるに価する会社と思ったようである。

一つは、三井化学は人事管理がしっかりした会社であると信じていた。中途採用の父は直接の上司とは折り合いが悪かったが、数件の技術特許を取得した実績が認められ、入社後五年で三〇〇人程度の工場の責任者に抜擢されたからである。

二つには、三井化学が石油化学の企業化を日本で最初に手掛けていたことを父は高く評価していた。父は戦前からフエノール樹脂の開発などを通じて、日本の化学工業の課題は原料問題にあると考え、その旨の論文を業界紙に投稿したこともあっただけに、原料革命をもたらす石油化学に大いに期待していた。

当時の三井化学は採用人員も少ないことから、公開採用をしていなかった。父は社長宛に手紙を書き、入社試験を受けられるようにしてくれた。そのおかげで競争率一〇倍以上の難関ではあったが、私は三井化学に入社することができた。

三井化学はその後東洋高圧と合併し、三井東圧化学となったが、私はそこに三〇年以上勤めた。その後第二の職場として明和海運に入社したが、ここも三井東圧化学の縁によるものだった。私は父の縁で二つの職場を得たことになる。

家

家については私はバブルの直前に持ち家した。当時の年収に不相応の多額の借金をしたので、お定まりのローン地獄の苦しみを味わった。しかし二、三年後に地獄を脱け出すことができた。父のおかげである。父は家を持てないままに一生を終わったが、コツコツと死ぬ迄お金を貯めていた。その一部で大阪ガスなどの公共株を買っていた。リスクも小さい代わり妙味も乏しかったが、それでも無償増資などで一〇万株近くなっていた。

父の死後、私はその半分を譲り受けた。ところが、バブルの頃大阪ガスの株価が九倍近く値上がりしたのである。それ迄は父の形見と思って売らずに持っていたが、大幅な値上がりだったので売却することにした。幸いバブルのはじける直前だった。おかげで私はローンの大半を返済することができた。私は自力で持ち家したと思っていたが、実質は父から与えられたものだったのである。

両面教師

いつの日からか私は朝夕仏壇の前に座り、「両面教師」として私を導いてくれた父に対し、感謝の気持ちを込めて手を合わせるようになっていた。

（平成八年七月）

ト、礼は往来を尚《とうと》ぶ

もともと文章は苦手だった。字が下手なせいで文章を書こうとしない。文章が苦手となると書かないので字もうまくならない。下手な字と文章苦手が悪循環していた。

それでも中学、高校まではなんとかなった。試験が○×式や選択肢方式だったからだ。大学に入ると困った。専攻したのが法学ということもあって試験は論文式になった。試験のとき、配られたB４型の答案用紙を私が埋められるのは精々四分の一程度。周りを見ると殆どの学生が紙一杯に書いている。追加の紙を貰っているものもいる位なので私のような短い答案で単位が貰えるのか心配だった。

ところがそんな私の答案でも多くの教授は合格点をつけてくれた。中には優をつけてくれた教授も何人かはいた。長々と書いてはあるが独創性は余り期待できない学生の答案を読み飽きた先生方には、私のような短い答案は救いだったかもしれない。あるいは、意外と私の答案は簡にして要を得ていたというのは自惚れか。

ゼミの担当教授も優をくださった一人であったが、就職の推薦状を渡されるとき教授は私に「他人に読んで貰えるような字を書きなさい」と注意された。大学教授に学問上の事ならともかく字について個別指導を受けたのでは、自慢にもならないが珍しい事ではあろう。

会社に入って稟議書などを書くようになったが、会社の文書は、結論・理由・所要経費・効果・実施期日など一定の書式に従って、箇条書きに書けばよかったので助かった。

しかし折角の教授の注意にも拘らず私の字は改善を見ていなかった。ところが下手な字で苦しんでいたのは当の本人の私でなく、上司のS部長であった。大正ロマンの気概を持ち、自らは達筆で美麗な文章を書かれるS部長は私の書く稟議書に自らを発議責任者として印を押すのに常々抵抗を感じておられたようだ。あるときS部長は私に「君には秘書をつけてやるか」と言われた。管理職に昇進直後であった私はちょっとこそばゆい気持ちもしたが、課長程度で秘書がつくはずがない。S部長の言わんとしていたのは、稟議書は女性に清書をさせろと言うことだった。勘の悪い私でも流石にピンと来た。私はたまたま配属されて来た新入社員のK嬢に清書をさせることにした。きれいな字で清書された稟議書は中身までよくなったように見えた。

この話には後日談があった。

ある日会議室より女性の泣き声がもれてきた。私の部下のM嬢が隣の課のF青年に泣きながら何か訴えている。F青年は独身。頼りがいのありそうな偉丈夫で而も理性的な顔立ちをした慶応ボーイ。M嬢は短大は出ていたが、下町育ちのおきゃんな江戸娘であった。

二人の組み合わせにはちょっと違和感もあったが男女の仲は分からないものだ。密室の中で若い男女が面対し女性が涙を流しているのはただ事ではない。私が勤めていたのは伝統のある財閥系会社でもあり、社内の男女交際はそれなりに節度が守られていた。私は将来性あるF青年のために心配した。

ところがその後F青年から聞かされたのは、この出来事の責任は課長の私にあると言うのだ。M嬢がF青年に訴えていたのは、「課長は先輩の自分をさしおいて新人のK嬢に稟議書づくりという大事な仕事をやらせている。課長はK嬢を依怙贔屓《えこひいき》している」と言うものだった。

新人時代に先輩社員にしごかれ補助の補助という役割を演じさせられたM嬢は先輩が退職し、今度は自分が主役と張り切っていた矢先に彼女にとっては最も大事な仕事と思われる稟議書づくりを、実際には単なる清書に過ぎなかったが、後輩のK嬢に回されて口惜涙《くやしなみだ》を流していたと言うのだ。

たしかに下町育ちの賑やかなM嬢と対照的にK嬢は山手育ちのお嬢さん風で年の割に妙に落ち着いた物静かな魅力的な女性であった。

こんなことがあって間もなく私は大阪の工場に転勤になった。勿論F青年とM嬢の間には何もなかった。風の便りで、その後間もなくM嬢も会社を退め親の勧める婿をとって家業を継ぎ立派な下町のお内儀振りであると聞いた。

私が一〇数年後、再び本社に戻った頃はワープロが普及していて字の巧拙は問題にならなくなっていた。しかし同じワープロを使っても編集の仕方や文章の巧拙によって文書の出来ばえは却って差が目立つように思えた。私は部長の立場になると自分の文章が苦手なことは棚に上げて部下の考課に当たっては文章の巧拙に重点を置いた。文章の巧拙といっても美辞麗句を書くかどうかでなく、読み易い文書をつくるかどうかである。

会社の文書は読んで貰いたい相手の経営幹部が大方は多忙の上、老眼で目が疲れているものだから読み易いことが先ず必要不可欠である。

読み易い文章をつくる人間は物事をよく整理して理解しており、而も気配りができるタイプが多かったので、仕事の進め方も要領よく的確であった。

文章を苦手としない人間はタイミングよく報告書を提出してくるので、仕事も安心して任しておけた。

文章を苦手としない人間は手紙を書くことも億劫がらないので、社会人としての礼を失することもなかった。

最近『名言の内側』（木村尚三郎他著ベネッセ発行）という本で「礼は往来を尚《とうと》ぶ」という言葉を知った。著者の一人が若い頃先輩より贈られた三つの教訓の一つとして紹介されていた。参考迄に他の二つの教訓は第一は「待てば海路の日和あり」、第二は「負けるケンカはするな」。

「礼は往来を尚ぶ」の出典は中国の古典の『礼記』。礼には「施」と「報」、すなわち

「往と来」が大切である。施《ほどこ》されたらお返しをする。日常の小事について言えば「手紙にはかならず返事を書く」という社交の基本マナーもここに由来していると言う。

私は文章を苦手としたため手紙の類を書くことが殆どなかった。そのため社会的な礼を失することも多くあり人間としての信用を少なからず損なっていたのではないかと会社生活を終わる頃になって漸く気付いた。


余談になるが手紙にまつわる私の反省話を二つ。

私が大学に入って下宿生活を始めた頃、高校の同窓の女性より一枚の葉書をもらった。彼女とは特につき合いがあった訳でもない。しかし高校の入学式で隣り合わせになったことがあり、そのとき日本人にしては珍しく横顔のきれいな人だという印象を持ったことを思い出した。葉書であるからラブレターという感じはないが、「柔道の練習で顔にすり傷をつけた貴方を夢に見ました」というようなことが書いてあるので満更ラブレターととれないこともない。私はそれまでラブレターを出したことも貰ったこともなかったので、彼女に対し応える術を知らなかった。あの時返事を書いていれば、私の青春ももっと彩豊かなものになっていたかもしれない。

四〇数年たった今でも残念な思いをしている。同時に彼女に対し、礼を失すること大であったと反省している。先年同窓会で彼女に再会したが、私は改めて非礼を詫びることはしなかった。今度は、昔のことに触れないのがむしろ礼儀と思ったからである。

会社に入って地方の工場に勤務していた頃、机を並べていた女性より葉書を貰った。女性より貰ったものとしては二回目である。

墨痕あざやかに流麗に書かれていたので私は感動した。中身は単なる年賀状にすぎなかったのだが私はラブレターと勘違いをした。東京に転勤が決まった機会にこの女性と婚約をした。その後一年近く九州と東京に別れ別れとなったので、この間熱烈な恋文が往き来したかというとそうはならなかった。私が書いたのは必要なことを箇条書きにした葉書が一回だけ。彼女も本当は文章は苦手だったのである。

「結婚は錯覚に始まる」という名言があるが私達の場合も正にそれであった。結果の良し悪しは別として。

私が文章を書くようになったのは、長く勤めた総合化学会社を退めて内航の海運会社に入社してからである。この会社のオーナー社長が俳句をよくする文人タイプであったせいか、社内で文芸誌を定期的に発行していた。社員の文章能力の向上を期待する面もあったのか原稿は社員が順番に書くことになっていた。平常、文章を書く機会の少ない社員の中には、それをかなり苦痛と感じているものもいた。総務から原稿を依頼されると役員の私も逃げる訳にはいかない。苦労しながら文章を書くようになった。軽い読みもののエッセイのつもりが引用の多い論文という酷評を受けたこともある。

良い文章を書けるようにと文章読本の類を読んでみた。たしかに良い文章にはコツというようなものもある。例えば、冒頭の一文を大事にせよ。比喩とユーモアをうまく使え。センテンスはできるだけ短く。起承転結を流れるようになどである。

しかし、色々な文章読本が共通して指摘していたことは、結局は昔から「文は人なり」と言われる如く文章にはそれを書く人の人柄、人格が出るということであった。

最近読んだ『試行錯誤の文章教室』（井上一馬著新潮選書）の一節は共感できるものなので紹介したい。

「良い文章を書くための究極の方法は『自分を磨くこと』ということなのだと思います。すなわち、つまるところは書くことは生きることなのであり、よく書くことはよく生きることなのです。

『考える人』で知られる彫刻家のロダンもこういってます。

『大事なのは、感動し、愛し、望み、心を震わせ生きることだ。芸術家である前に人間であることだ』と。」

私もこれからよく生きることを心掛けたい。その結果として良い文章を書ければこの上もない幸せだろうと思う。

私がこれまで「明和通信」に書いてきたものが、いつのまにか二十数篇になった。テーマは趣味の碁・麻雀・ゴルフ・ビジネス訓・会社雑感・両親の思い出・思春期の思い出など雑多であるが、苦労して書いたものだけに夫々に愛着がある。そこで一冊の本にまとめてみることにした。本文はその序文として書いたものである。

（追記）

「頭のいい奴は往々にして字は下手だ」という俗説がある。この俗説を証明するようなお二方のエピソードを書いてみたが、本文に入れると冗長になるので、カットした。頁に余白ができたので末尾に再録した。

私が総合化学会社の本社人事部に勤務していた頃、一年後輩にN氏がいた。N氏も相当な悪筆で、体は大きいくせにみみずのはったような小さな字を書いていた。私とN氏とはおたがいに自分自身の悪筆は認めながらおたがいに「あいつ程はひどくない」と目クソが鼻クソを笑うようなことを言い合って自分を慰めていた。本当はN氏は字のまずいことなど気にするような気の弱い男ではなかった。係員としての事務能力には疑問はあったが、管理職に昇進するとその度胸のよさと頭の回転の速さでめきめきと頭角を現し今では管理部門を総括する役員をつとめている。

おなじく人事部時代、私の上司であったY氏は兵学校・東大卒の如何にも秀才然とした人であったが、字は古代メソポタミアの楔形文字を連想させた。Y氏は兵学校時代が人生の全てであったというような元軍人で文学とは無縁の人と思われた。ところがY氏は五〇歳の頃、子孫に残すものとして文学の香り高い随想集を出版された。六〇歳代では短歌を詠まれるようになり、昨年は日経歌壇に特選になること十数回にのぼる程の歌詠みになられた。

字の巧拙と文学センスは必ずしも関係ない。短歌は特にどのように人生を生きたか、生きようとしているかが反映するようだ。

（平成九年三月）

三、ペットとゴルフ・碁・麻雀

イ、ユーとシーとマロ

ユーは我が家で初めて飼った犬の名前である。最初に我が家にもぐり込んできた時に、妻が「ユーゲッタアウエイ」と叱りつけたのがそのまま名前となったのである。柴犬系の雑種のメス犬。首輪をしていたのでもともとはどこかの飼い犬だったらしい。鎖につながれた窮屈な生活から脱出して自由を謳歌していたのだろう。ところが往きずりの恋で妊娠してしまい、子供を生み育てることのできる安全な場所が必要となった。そこで目をつけたのが我が家だったわけだ。そのころ私たちが住んでいたのは社宅だったが敷地が百坪もあり広々としていた。

ユーを私たちはすぐに我が家の飼い犬として認めたわけではない。ユーはなかなか賢い犬であった。ユーは我が家の飼い犬として認めてもらうための作戦をたてた。

まず妻に取り入ろうとした。当時妻は編物教室に通っていた。ユーは家から二キロも離れた教室まで妻の後をついて来て、教室が終わるまで、忠犬ハチ公のように二時間以上もじっと座って待っていた。それまでペットを飼ったことのない妻はそれだけのことでユーにころりと参ってしまった。

次に私が狙われた。当時私は地方の工場に勤務していた。朝私が会社に出かけるとき三キロほどの距離を私に一〇メートルほど遅れてついて来るようになった。ある朝私が会社に着いて二階の席に座ると一階の方で女子社員の悲鳴が聞こえた。犬が侵入したと叫んでいる。ユーはメス犬のくせに女子更衣室に潜り込んだようだ。しばらくすると守衛に追い出されて行くユーの姿が二階の窓から見えた。

こんなことがあっていつのまにかユーは我が家の床下に住みつき妻から餌をもらうようになっていた。

しばらくしたらユーのお腹が大きくなってきた。臨月が近くなったらしいので家の中に入れ毛布を敷いて産室を作ってやった。子供のいない私たち夫婦は初めて新しい命の誕生をまぢかに見て感動した。

ユーは四匹の仔犬を生んだ。過去に出産の経験があったのか、生物の本能によるものか手際よく、正確にいえば舌際よく生まれたばかりの仔犬たちを包んでいたぬるぬるしたものなどをきれいに舐めつくした。堂々とした母親ぶりであった。小柄なユーが一回り大きくなったように思えた。

生まれた仔犬を全て我が家で飼えるわけでもないので、名前は付けなかった。便宜上器量の順にA、B、C、Dと符号をつけた。

私たちが住んでいた九州のO市では月に一回日曜日に犬の朝市のようなものが開か

れていた。犬を飼いたい人と犬を飼えなくなった人が集まって来て集団見合いをするのである。

私たちも四匹の仔犬を朝市に連れて行った。その結果は意外にも器量が一番悪いと思っていたDのみに新しい飼い主が見つかった。残りのA、B、Cを残して帰ると、一週間のうちに新たに飼い主が現れない場合、市の手で天国に送られることになっていた。さすがに私たちはA、B、Cの三匹の仔犬を市役所の役人に預けて帰ることはできなかった。我が家に戻ってきた三匹の仔犬たちは日毎に可愛くなっていった。

たまたま我が家に仔犬が生まれたことを聞いた同期のTさんが一匹もらってくれることになった。そこで一番器量がいいAを妻がTさん宅にとどけたが、妻は涙を流しながら帰ってきた。

Tさんの家には男の子が二人いたので、Aは三郎、略してサブと名付けられた。

半年ほどたってTさんに会ったら、「折角犬を飼うのなら血統書つきのものを飼った方がいいぞ。」と忠告された。Tさん宅のAに会いに行ったら、驚いたことにあの器量よしだったAが実に奇妙な犬に変身していた。胴体は足が短いブルドッグ、顔だけが柴犬だった。

Tさんの忠告の意味がよくわかった。Tさんは子供のいない夫婦が飼っている犬なら当然血統書つきの由緒正しい犬と思っておられたにちがいない。いまさら「実は迷い犬だった」と白状するわけにもいかず、私は恐縮しておいとました。

顔形は珍奇でもTさん夫婦はサブと名付けられたAをそのまま引き続き可愛がってくれた。雑種の犬は賢いとよく言われる。サブもその点ではTさんを感心させた。サブは散歩の時間になると自分でひもをくわえてきてTさんのお出ましを待っていたそうだ。

サブはその後Tさんの転勤に伴って東京の犬になった。東京のマンションは犬を飼うことが禁止されていたのでTさん夫婦は随分苦労されたらしい。昼間は部屋に閉じ込め、真夜中に奥さんがこっそりとサブを抱きかかえて外に出し散歩をさせられたとのこと。サブはTさん夫婦の愛情を十分に受けて一八歳の長寿を全うした。

Bも幸せなことにTさんの部下のFさんに貰われていった。皮肉にもBも大きくなるとAと同じ体形の犬になった。Bも東京の犬になって一生を終えた。

我が家に残ったCはメス犬だった。SHE彼女の意味も込めてそのままシーと名付けて、我が家で飼うことにした。シーだけはA、B、Dと異なり白色の毛をした犬だった。母親のユーではなく、たぶん父親の犬に似たのだろう。体形もスマートで半年もすると母親より大きくなった。小さいときはシーを可愛がっていたユーもシーを敵対視するようになった。テレビで北狐の子育てのドキュメントを見たことがあるが、北狐の親は子供が餌を自分でとれるようになると子供たちを自分の巣より追い出してしまう。犬も狐と同じ習性があるのだろう。シーの方は今まで通り母親にあまえようとしても、ユーはシーを邪険に扱うようになった。シーは不幸にも一歳にもならずに死んでしまった。ヒラリヤだった。犬を飼ったことのない私たちは予防注射を忘れていたのだった。

　ユーもシーを追いかけるように逝った。


　ペットを飼うことの楽しみを知った妻は我が家の塀の上をよく歩いていた猫に目をつけた。飼い猫か野良かはっきりしなかったが白と黒の斑のオス猫であった。用心深い猫で私たちがいるときは塀から下の庭には下りてはこなかった。

　時間はかかったが妻が餌付けに成功した。妻はその猫にマロと名前をつけた。ちなみに「麿」（マロ）は平安朝時代に貴族が使った自称代名詞。

　マロは妻にはなついたが、私が家にいるときはタンスの後ろに隠れて姿を見せなかった。

　マロは小心であまり強そうではなかったが、それでも恋の季節が来ると妙な唸り声あげるようになり、オス猫としての闘争に加わっているようだった。

　俳句に「猫の恋」という季語がある。歳時記の説明では「猫の交尾期は年に四回で春が著しく早春には夜昼となく食事もとらずに彷徨する。争いあい、恋情を訴え数日後に傷つき汚れて帰ってくる。」とある。

マロも耳がちぎれるほどの傷を負って朝帰りすることがあった。あまりの傷つきように妻は吃驚してマロを動物病院につれていき、ついでに去勢手術を受けさした。さすがに、玉を取られてマロは夜歩きをしなくなった。

後で考えてみるとマロにはかわいそうなことをしたものだ。マロは傷つきながらもオス猫としての幸福な時をもっていたのではないか。

マロは我が家の飼い猫になったばっかりに色々な災難に遭った。

猫は人につかず家につくものだといわれる。ところがマロは私たちの転勤に伴い住み慣れた九州のO市より、はるばると東京に移り住むことになった。引越しのときは檻に入れられ放しで二日間の車の旅を経験した。その旅も厳しかったが、東京に着いたらさらに苛酷な運命が待っていた。

新たに住むことになった東京の練馬は先住の猫どもの支配地であった。練馬の社宅の庭はマロより一回り大きなトラ猫のテリトリーであった。見るからに強そうな猫だった。

マロは最初からファイトを失っていた。びくびくして小さくなっているマロがかわいそうなので妻は一計を案じた。我が家の庭に檻を置き、その中に猫の好きそうな煮干を入れておいた。そうして檻の扉に長いひもをつけて家の中から監視を続けた。狙い通り、テリトリーを見回りに来たトラ猫が煮干を見つけてご馳走を食べようと檻にはいった瞬間ひもを引き扉を閉じてトラ猫を捕獲した。

捕獲したトラ猫を四キロ以上も離れた公園に運んで行き捨ててきた。これでマロも安心できると思っていたところ、二日後に再びあのトラ猫が我が家の庭に現れた。犬が遠くからも帰ってくる話はよくきくが、猫にも同じような方向感覚はあるらしい。

マロには他にも苦手な存在があった。我が家の隣に一匹のメス猫を中心にその子供たち五、六匹の集団が住んでいた。どういう訳か母親の猫のみが隣家の飼い猫として遇されていたが、子猫たちは屋外に放置されていた。その子猫たちは大きくなってマロにとって脅威の存在となった、マロは仲間はずれにされ一緒に遊んでもらえなかった。何匹かいたメス猫からも無視されていた。

ところがある日その中の一匹のメス猫とマロがじゃれていた。その猫は少し発育が遅れており兄弟、姉妹から仲間はずれにされていたようだった。突然マロがそのメス猫の背中に乗っかかった。昔の記憶が残っていたらしい。しかし、去勢手術をうけたマロは新しい恋人の背中で悲しげな泣き声をだすだけだった。哀れな姿であった。

マロにとって東京の練馬での日々は地獄だったであろう。二年ほどして私たちは持家して千葉県の船橋に移り住んだ。そこは雑木林を切り開いた造成地で裏には林も残っていた。幸いそこには先住の猫もいなかったので、マロも元気を取り戻し、のびのびと遊び回った。近所の家庭菜園を荒らしてクレームをつけられるようなことはあったが、ここではマロも平穏な日々を送れるようになった。

ところがここでも新しい敵に出会った。自動車であった。九州のO市でも東京の練馬でも、我が家は車の通る道路より引っ込んでいたのでマロは車を警戒することを知らなかった。

マロがある日夜遅くなってても帰ってこなかった。心配した妻が捜し回ったら裏の林でマロがうずくまっていた。外傷はなかったが車にはねられたらしい。動物病院に連れて行くと顎の骨が砕かれているとの診たてであった。手術をしてもらったがその後自力で餌を食べることができず、点滴のみで生き延びていたが一週間ほどして全身衰弱で死んでしまった。

九州の野良であったマロは、今東京下町の回向院というお寺の墓地で眠っている。回向院は義賊鼠小僧次郎吉の墓のあることで有名であるが、現在ではペットの葬式もやっている。そのことを新聞で知った私たちはマロにたいする贖罪の気持ちもあり回向院で丁重に葬ってもらった。

（平成一三年三月）

ロ、優勝スピーチ

幻の優勝スピーチなるものを社内誌に寄稿したところその直後の社内のゴルフコンペで優勝した。ここのところ優勝から縁遠くなっているのでげんをかついで今度は優勝スピーチ予定稿を準備してみた。

最高のスピーチは「サンキュー」の一言。スピーチは短ければ短い程いいといわれる。しかし、人生でおしゃべり程楽しいものはない。

折角の機会なので紙面の許す限りおしゃべりを楽しませていただくことにした。

本日は天候、コース、パートナーに恵まれ優勝できましたことを感謝します。本来なら「計らずも優勝」と申し上げるべきところですが、今日はもしやと予感がしておりました。というのは、私のゴルフが長いトンネルを抜けたように最近著しく改善してきたからです。改善のきっかけは何なのか、皆さんのお役にもたてばと考え、古今の名言も借りながら、紹介してみたいと存じます。

練習は上達を妨げる

私はホーム・コースで初対面のメンバーの方とプレーすることがよくあります。あるとき、「おたくはよく練習しておられますな」と声をかけられました。練習熱心を自負している私は「貴方は努力家ですね」とほめられたように思いました。しかし、相手の言いたかったのは逆で「貴方のスイングは相当変わってますね。そのような変則スイングでは普通の人ならボールが当たらないはずですが、貴方はよく当てることができますね。そのためには相当の練習をやっておられるんでしょうね。」と私のスイングが理に合わないことを教えようとしていたのでした。

たしかに私のスイングは所謂二段モーションというもので、バックスイングのトップでとまり、一呼吸を置いて更に肩をひねりはずみをつけて打つものでした。トップで静止したままの私のクラブにトンボがとまると仲間内では冷やかされたものでした。本来のなめらかな連続した動きを中断してしまうのですから、タイミングを合わせるのが難しく当たる確率は低くなります。しかし、ためができるという利点もあるため、たまに当たるとロングドライブが出ます。その快感が忘れられず、私はこの変則スイングを変えずにきました。

私がこの変則スイングを改めなければならないと思い知らされたのは、平均年齢が七〇歳を超えたグループのコンペに参加したときでした。若いときに基本をしっかり身につけ正統なスイングをされる最長老のKさんが年をとってもそれなりのゴルフをやられるのに対し、壮年期は独特の変則スイングで力強いゴルフを見せておられたMさんが、見るも気の毒なほどの無残なゴルフに落ちておられたのでした。そのとき私は自分の変則スイングと訣別することを決心しました。同時に三十数年前上司のSさんに「ゴルフをやるのなら最初にプロについて基本を身につけてから始めた方がいいぞ」とアドバイスされたことを思い出しました。私はプロにつく授業料を倹約したばっかりに遠い回り道をしてしまったのです。

「ゴルファーのスタイルは、よかれあしかれゴルフを始めた最初の一週間につくられるものである」　ハード・バードン

財界人のYさんの「ゴルフのハンディは各人生まれつき決まっている」という運命論は御本人の明治の大砲スタイルと共に有名ですが、ハンディはゴルフを始めた最初の一週間で決まってしまうと読みかえればそれなりの根拠があるようです。

トレーニング科学の立場で書かれた「田中式ゴルフの奇跡」で練習の害を知りました。田中教授は練習場で当たらなくなったらすぐに切り上げろと言われます。人間の脳はその運動動作の良し悪しは判断しないで記憶するものだそうです。従って、原因がわからないままで練習を続けていると脳に悪いスイングのイメージが深く刻み込まれるのです。学習には悪い学習もあるというのです。私の場合、自己流の変則スイングでゴルフを始めた上に、練習熱心が災いして悪いくせを固めてしまった典型的な見本だったのです。練習が上達を妨げたのでした。

「信念ある自己流は信念なき正統に勝る」　アーノルド・パーマー
勝負事には信念が大切なことを言ったものですが、基本ができていないゴルファーには有害な言葉です。「信念ある自己流は、上達の最大の敵」というべきでしょう。

勝負を決めるのは最善手ではなく悪手

碁や将棋などの勝負は最善手で決まるものと思い込んでおりました。しかし必ずしもそうではないのです。将棋の米長前名人が「人間における勝負の研究」で次のように言っています。

「最善手を見つけることも大切ですが、それよりももっと大切なのが悪手を指さないことです。悪手を指した後の処置と心がけが肝要。形勢を悪くするのは往々にして悪手が原因となりますが、しかし悪手を一手指したからといって、それが致命傷に直結するという場合は少ない。悪手を連続するから墓穴を掘る。」

悪手の連続を、ゴルフで林に打ち込んだケースにたとえて、上手は先ずフェアウェイに安全に戻すのに対し、下手は前方の木の間を狙って、更に林の奥へ入ってしまうと。

「我々は人間である以上全てのミスを非難してはならない。しかし自分の力をわきまえずに冒険をおかしたり、ちょっとした注意力さえあれば防げるミスを性こりもなく何度もくり返してそのあげく自分のミスにくさってプレーを投げるようなプレーヤーを私は軽べつせずにはおれない」　ボビー・ジョーンズ

かつての私のことを言われているようで、私には耳の痛い言葉です。

「私はワンラウンドに三つか四つのミスをするものとあらかじめ覚悟している。それ故ミスしてもくさらないのだ」　ウォルター・ヘーゲン

これがゴルフ競技における最高の教訓と推奨されているそうです。ゴルファーにとって恐ろしいのはミスそのものではなくそれによってうけるショックと狼狽だからです。

私は自分のゴルフで意外な事実に気づきました。第一打が二〇〇ヤードを超えるようなロングドライブが出たときと、一八〇ヤード位のほどほどの当たりのときのスコアを平均で比べて見ると後者の方がいいということです。その訳は第一打がロングドライブのときは第二打で直接ピンを狙っていくために、パーをとれることもあるが多くの場合は手前のバンカーにつかまり大叩きするかグリーンをオーバーし、行ったり

来たりしてスコアを崩してしまいます。一方、第一打がほどほどのときは第二打でピンを狙えず危険をさけて花道にボールを運ぶことになり、そこから寄せワンのパー悪くてもボギーで上がれるからです。

最善手を打てなくても勝てる。悪手を連続しなければ勝てると悟ると勝率もスコアもぐっと改善しました。

「弘法は筆を選ばず」か

弘法は筆を選ばずということわざは、名人・上手は道具や材料に文句を言わずにうまくやりこなすという意味です。名人・上手は言い訳をしないものだととれば心構え論としてゴルフにも通用します。しかし、筆触の芸術と言われる書の名人が筆を選ばないはずがありません。筆を選ばず、道具を選ばずは科学的な話ではなくゴルフには通用しないと考えるべきです。

「職人の腕はその道具でわかる。ゴルファーはそのクラブでわかる」

エドワード・レイ

高価なクラブがいいとは限りません。クラブのバランス、軽重、シャフトの長短、硬軟、ヘッドの重心位置など自分の年齢、体格、体質などにピッタリ適合したものが最もよいクラブといえます。

七〇歳を過ぎてもシングルを維持しているAさんは、なんと奥様のクラブを愛用しておられます。ボールも婦人用の軟らかいものです。

私は還暦を機にクラブを選び変えました。ウッドはビッグパーサーというメタルです。

このウッドはアメリカのシニアプロの使用率が五〇％以上ということで有名です。もっとも私が使っているのは日本人向けに改良された日本ダンロップ製のものです。このウッドを使うようになって平均二〇ヤード飛距離が伸びたように思います。スイートスポットが広いので当たる確率が高くなるからのようです。

アイアンは、美津濃のノータス・スーパー59です。「ビギナーでも易しく打てる」が宣伝文句ですが、一般的に見栄の強いゴルファーにはビギナーでもという文句が逆効果であまり売れないとみえ、私は定価の五〇％引きで手に入れました。軽く軟らかく、重心が低く易しく打てるのが特徴です。

ゴルフの理論では飛距離は力でなくスピードだそうです。若い人でも軽いクラブが本当はいいのではないでしょうか。

ホームラン王のベーブ・ルースはゴルフも相当の腕だったようですが「ゴルフでもあまり強く打とうとするからいけない。野球も力いっぱい打とうとするとホームランは打てない」とアドバイスしたそうです。

飛距離は力でなくスピード。重いクラブより軽いクラブの方がスピードが出るようです。

ゴルフの淋しさ

チームメイトを信頼し、協力し合うことを前提とする団体競技の野球などには人間社会の原点があります。マッカーサーがデモクラシーの普及のために、終戦後の日本に野球を奨励したという話も分かるような気がします。

一方、自分との戦いであるという個人競技のゴルフでは、上達するには自分しか頼るものがないということを徹底して教えられます。しかし、人と人の係わりの中で生きている人間にとっては自分しか頼るものがないというのは淋しいものです。

「一〇〇シューターはゴルフをおろそかにし、九〇シューターは家庭をおろそかに、八〇シューターはビジネスをおろそかに、七〇シューターは全てをおろそかにする」

英国の諺

全てをおろそかにする＝neglectを「全てを失う」と訳したものがありましたがこの「全て」には人間性の喪失も含まれるような気がします。

テレビで北大路魯山人の芸術と人生を紹介した番組がありました。魯山人は料理を芸術に迄高め、陶芸家、書家としてもユニークな優れた作品を残しましたが、その人生は自分しか頼ることができなかった人間の淋しさを物語っていました。五回結婚し、別れた妻たちから「自分のことしか考えない悪い奴でした」と言われているのです。生まれてすぐ母親に見捨てられ、子供の頃から苦労した前半生の暗いかげを一生引きずっていたのです。因みに「魯」は「愚か」、「山人」は「世捨人」の意味があるとのこと。

数少ない知性派の政治家の宮沢元首相が、総裁争いの渦中に、新聞インタビューで語った言葉は興味があり、今でも覚えています。

「私は確かに人に借りを作るのは好きでない人間です。でも人に借りを作った方がいいという言葉はなかなか至言ですね。しょせん世の中、自分の力で生きていると思うのは一種の錯覚だ。いろんな人の厄介になったりして生きているんですよ、きっと」

最後は話がだいぶずれてきました。どうもゴルフはそんなに上達しなくてもいいんだという私の言い訳が始まったような気がします。

私には家庭やビジネスをおろそかにする勇気も、全てを失うことを心配しなければならない程の素質もありません。

一〇〇を切るか切らないかで一喜一憂しているのが現実ですから、本稿は永久に日の目を見ず、文字通り予定稿のままで終わりそうです。

註　名言の引用は摂津茂和『不滅のゴルフ名言集』（ベースボールマガジン社）によるる

（平成七年三月）

八、球品牌品

球品

現役を引退して困ることの一つは、遊び相手が少なくなることである。私の場合もお酒、カラオケや麻雀の回数がめっきり減った。幸いゴルフだけはプレーの回数がむしろ増えた。会員制のクラブに入っていたので一人でゴルフ場に行くとフロントでその日のプレーの相手を作ってくれる。

最初は初対面の人とプレーすることでかなり緊張した。そのうちに慣れてくると色々な人との出会いを楽しむことができるようになった。ゴルフ場では社会的地位や職業には触れないのがエチケットである。ラウンドした日は、家に帰ってクラブで発行した会員名簿でその日にご一緒した人がどういう職業の人か調べることが私の習慣になった。

こんなこともあった。スタートの一番ホールに行くとスマートな女性が待っていた。白人である。英語で挨拶しなければならないかと、一瞬緊張した。ところがその女性のほうから流暢な日本語で声をかけられほっとした。バッグの名札を見ると姓は日本名、名前の方はナターシャと書かれていた。日本に帰化された人と推察した。一般的に女性のゴルファーは、プロに習ってゴルフを始めるのできれいなスイングをする人が多い。この女性はスタイルも良いので特に美しい姿と形をしておられた。その日はいつもより楽しくラウンドすることができた。

家に帰って会員名簿を見るとその女性の職業欄にはビューティアンドダンディ代表取締役とあった。美容と健康のコンサルタントのようだ。彼女の美しい顔、姿をみるとお客も納得するだろうと思った。

偶然は重なるものだ。その日の新聞を見ていたら、なんとあの女性の顔写真が載っていた。文化学芸欄の「新刊人と本」というコラムに「ロシアから来たエース」の著者として紹介されていた。彼女は元巨人の投手で白系ロシア人のスタルヒンの娘さんであった。

出会いが楽しい人ばかりとは限らない。

七〇歳台の上品な老人と一緒になった。スタートの前の短い時間の間に、その老人が帝大出の元内務官僚でいわゆる特殊法人の役員を務めた後、今は週二回ゴルフに来ておられることを聞かされた。そのときは素直に、その老人を悠悠自適な老後を送っておられる幸せな人だと思った。

数か月後その老人とまた一緒になった。老人の方は私を忘れておられたのであろう。再び「帝大出の元内務官僚で……」云々のセリフを聞かされた。となるとこの老人は週二回ゴルフ場にきては初対面の相手に同じセリフを言い続けておられるのだろう。ゴルフ場に来てまで帝大出の元内務官僚という過去を自慢しておられるのは滑稽である。本当はこの老人はいまだに過去の学歴、職歴のみを支えに生きている淋しいひとではないかと思えた。

たまたま谷沢永一著『人間通』という本を読んでいたら自己紹介という章に、「初対面の二人が真っ先に知りたいのは相手の出身校であって、その認識に到達するまでは応対の具合を調節できない。だから顔を合わせてから十分以内にまず若い方が心すべきは、じぶんの出身校をそれとなく告げる心遣いである。この気働きのない鈍感はかならず先輩に嫌われる。」とあった。この説に従うと、あの老人は意外と人間通で、心遣いをしてくれていたことになるのだが。

こんな老人とも会った。小柄で七〇歳台。ラウンドを始めて一時間もたたない間に老人が医者で、有名私大の医学部を出、大物の政治家も入院するような大病院の院長を務めた後、現在は都心部でクリニックを開いていること。患者には財界人が多いことなどがわかった。となると立派なゴルフ仲間に恵まれておられるだろうに、お一人でゴルフに来られているのが不思議に思われた。

ところがしばらくするとその訳が分かった。この老人のゴルフマナーに問題があったのである。

極端なすくい打ちなので、ティーアップができないフェアウェイではボールを当てるのが難しい。と見ているとこの老人ボールの傍に寄ったと思ったらボールの後の芝生をウッドクラブのヘッドでトントンと叩いて窪みをつくられる。いわゆるライの改善をやられるのである。ゴルフの原点は play as it lies あるがままの状態でプレイすることにある。ライの改善はゴルフでは最も避けるべきことである。

グリーン上でも問題があった。グリーンにのせたボールには横から近づきボールの横にマークのコインを置かれる。再びボールを置かれるときはコインのかなり前に置かれる。最初のボールの位置より一〇センチほどピンに近づいていた。

グリーンにたどり着く前にもバンカーではすくい打ちでは簡単には出ず、多叩きをされる。ところがホールアウトして申告されるストローク数は常に二つか三つは少ない。

ゴルフは自分が審判のスポーツである。過少申告は最も軽蔑される。この老人はゴルフ仲間から去られたのに違いない。

この老人から得たものもあった。

そのころ私は成人健診でとった心電図に不整脈があるといわれて落ち込んでいた。医者という老人に不整脈について聞いてみた。すると老人は「なーに心配することはありませんよ。心臓は人間の臓器のうちで最も強い臓器です。大学病院に心臓が悪いと言って来る患者の九〇パーセント以上は何ともない。心臓には気にするのが一番よくない。多くの場合普通の不整脈は本人に告げないほう方がいいんだ。」と明快に答えてくれた。私も不整脈を気にしないことにした。おかげで、その後の健診では異常はなかった。老人はゴルフの球品には問題があったが、意外と本当の名医かもしれない。

ゴルフのマナーや癖にも色々ある。ご一緒するのを遠慮したいものをあげると、

プレーの遅い人。

フェアウェイをのろのろ歩く人。

自分の打順がきておもむろにクラブを取り出す人。

ボールを打とうと構えたままなかなか打たない人。

ラフに打ち込んでも手ぶらで行き、遠くからキャディさんに「クラブをもって来て」と叫ぶひと。クラブを三本ぐらい持っていくのが常識。

空振りの練習を何回もして芝生を削り取る人。

ボールのすぐ傍でピンの方に向き力をいれて練習する人。本当に打とうとして空振りしたのか、練習スイングなのか紛らわしい。

「李下に冠を正さず」という。他人から疑いをうけやすい行為はしないほうがよいというたとえ。李の木の下で冠を直すと、李の実を盗んでいるように疑われるから。

自分のボールに目印をつけない人。意外と多い。

目印をつけるのは、自分が誤球をしないためと、他の人から誤球されないためであるが、さらには基本的なルールにも関連することである。

私にこんな失敗がある。仕事もゴルフも厳しいことで有名なお得意さんの部長氏とのゴルフでのできごと。課長氏と私のボールが同じ方向のラフに飛んでいった。行ってみると一ヤードも違わない所に二つのボールがあった。しかも同じブランド同じ番号。当時よく売れていたブランドであった。多分後ろの方が私のボールでしょうと言ってプレーを続け二人ともボギーであがった。ところが部長氏よりクレームが出された。二人ともホールマッチは負け、ストロークプレイでは失格というのである。

たしかにゴルフルールでは、プレーヤーが自己の球であると確認できないときはその球は紛失球とみなされてしまう。そんな目にあわないように、球には識別マークつけておくように勧めている。

最近、私はホームコースで知り合ったゴルフ仲間とプレイすることが多くなった。

Oさん。ゴルフもゴルフ以外でもマイペースを崩さない人。

若い時、野球や山登りで鍛えた体でボールも飛ぶが、グリーン回りのアプローチやバンカーからの寄せのうまさは心憎いほど。

珍しいことに飛行機のプラモデルの組み立てを趣味とされる。

Uさん。短身痩躯ながら二〇〇ヤードを超える飛ばし屋。この人のスイングを見ていると、ボールを飛ばすのは、腕っ節ではなく体のひねりであることがよく分かる。元々化学を専攻された技術者であるが文化人としての素養も高いものをお持ちである。ラウンド中もウィットに富んだ会話や駄洒落の類を楽しまれる。趣味は書道。洋画通でもある。学生時代から忙しい実験の合間をぬって映画館に通われたと言うから年季がはいっている。マリリン・モンロー論から黒澤明が世界の映画に与えた影響など硬軟、幅広い題材の映画随想はユニークで面白い。

Sさん。同じく短身ながら飛ばし屋。元ソフト会社の社長さんらしくゴルフの文献にお詳しい。実技の方も肩を思い切りよく回され、しかも軸が動かない教科書通りのスイングをされる。七〇歳を超えたグランドシニアながら若い人に混じり月例競技に毎回参加されるファイトと真摯さには敬服させられる。

Nさん。体に恵まれ二四〇ヤードを超える本格的な飛ばし屋。

シニアになられてゴルフ三昧の生活に入られたので、近くシングル入りされるのもまちがいない。この人が組に入るとゴルフの質が上がる。キャディさんも張り合いがあるのだろう。「ナイスショット」を連発して一生懸命やってくれる。

蛇足だが、英語通によるとゴルフでは「ナイスショット」という言葉は使わない方がいいという。この言葉には卑猥な意味があるらしい。「グッドショット」または「ファインショット」というようだ。

Fさん。プロについて練習していたこともある元Aクラス。教え方もうまい。私が調子を崩す時は前傾し過ぎのようだ。そういうときは、「高いお金を払っているゴルフ場で、頭を下げてお辞儀することはないでしょう。背筋を伸ばせ」と注意していただく。ゴルフ以外でも教わった。七〇歳近いが、経済からスポーツまで情報収集はパソコンを活用されている。私はワープロもやらないアンチパソコン派であったが、Fさんに刺激されパソコンを始めた。おかげで、生活の質が様変わりした。もちろんこの原稿もパソコンで作っている。

ゴルフのマナー＝球品とゴルフのレベルは比例するようだ。

もちろん私のゴルフ仲間の球品は、素晴らしい人ばかりである。ただ私だけがちょっと例外であるようだ。

牌品

牌品という言葉は普通の辞書にはないが、全国麻雀段位審査会の競技規定では麻雀のマナー、エチケットというような意味で使われている。あまりお目にかかることはないので、わが麻雀仲間に読んでもらいたいという思いで紹介したい。

一、競技はフェアに行う。相手に不愉快感を与える言動は慎むこと。
二、打牌は一牌で行い、卓に叩きつけたり、牌の呼称はしないこと。
三、牌の取り捨てに両手を使わないこと。
四、捨て牌は河に整理して並べ、副露牌は自己の右側に出先を明示して並べること。
五、点棒の授受は丁寧に行い、点棒のある間は借りないこと。
六、一局を終わるごとに手牌について解説をしないこと。
七、口三味線や放銃者、和了者の批判や非難をしないこと。
八、牌をパチパチ鳴らしたり無用な動作をしないこと。

私の麻雀仲間は昔の会社の先輩方で平均年齢が七七、八歳と高齢者である。最高齢が八二歳のXさん。このお年になられてもお元気で、麻雀のお相手をしていただくことに感謝している。雀歴も五〇年を超す大ベテラン。ところが意外なことにこの大ベテランの牌品にいささか問題がある。

一つには長考されることである。時には自摸らずに考えておられるのにはまいる。麻雀はリズムのゲームである。競技会では五秒以内と指導しているようだ。もっともXさんと同年齢の元プロ級の打ち手の方でも最近は遅くなられたというから大先輩に敬意を表して、この程度は大目に見なければならないかもしれない。

二つには見せ牌をされる。特にドラ牌などをちらちらされる。

ご本人にいわせると自分の手は大きいぞと親切に教えてやっているということかもしれないが、本来見せ牌をすれば即アガリ放棄とされるほど厳しいものである。大先輩といえどもこの点は許し難い。

三つには牌を捨ててられる時、牌を空中遊泳させられる。どんな牌か見えるので当りと言おうとすると引っ込められる。現役時代は思慮深く決断も速い方と思っていたが、今は逡巡を楽しんでおられるように見える。

Xさんとはちょっとちがうが、Oさんの牌品にも問題がある。

一つには目が良過ぎるのである。目が横についているのか両サイドの自摸牌が見えてしまうらしい。

二つにはお酒。麻雀屋に来たのか飲み屋に来たのかわからないぐらいお酒を飲まれる。静かに飲んでおられるうちはいいが、四合、五合となると口も滑らかになる。口三味線まがいのものも出てくる。お酒が本当にお好きなのだろう。お酒のつまみは食べられない。そのかわり人の噂話などをお酒の肴にされる。私も噂話は嫌いではないが、第三者を誹謗するに近いものになると同席者としては不愉快になる。


同じ麻雀仲間でもUさん、Yさんの牌品は立派である。お二人とも元の会社で仮に雀豪ベストテンをつくれば、それに列せられるほどの打ち手。

Uさんは現役時代には「仏のU」と自称されていたが、実際は「鬼のU」で、いじめられた人は少なくない。さすがに喜寿近くになられ昔の罪滅ぼしか、まだ現役の会社役員でハングリーでないせいか「仏のU」を演じられることもあるようになった。

Yさんは幼年学校出の元飛行機乗り。ご気性は激しいはずだが麻雀では感情を表に出されることはない。今は地域の自治会長に推されお忙しい毎日を送っておられる。

UさんもYさんも奥様サービスで海外旅行によく行かれるので最近は仲間の麻雀の

日程調整に苦労するようになった。

どんな人物か知りたければゴルフをすれば分かるといわれる。麻雀にも人物が出る。たかが麻雀と軽く見ると痛い目に遭う。

帝大出の某氏、本人はエリートのつもりでおられたが牌品があんまりよくないとの風評があった。致命的だったのは麻雀の負けをなかなか払わないというものだった。某氏は早々に出世コースから脱落していった。

牌品に問題があっても出世した人もいる。J氏は普段から口が悪いが、妙なことに、人に憎まれない得な性分の人。

J氏を中心に仕事もよくできるが、よく遊ぶグループがあった。このグループで卓を囲んでいたときの話。J氏の河には万子牌が一枚も捨てられていない。明らかに万子の清一色か混一色である。

J氏の上家のN氏は無理することはないかと言いながら筒子牌を捨てた。その瞬間J氏がその牌をチーするような動きをした。しかし暫く考えた後、チーを止めて自摸牌をそのまま河に捨てた。

これを見ていた下手のK氏が、今のうちかと言って万子牌を捨てた。とたんにJ氏がローンと言って手のうちを開いた。万子の清一色ができていた。チーしようとした筒子牌はまったく関係なかった。

J氏は、まだ聴牌していないよ、万子の清一色や混一色をやっているわけじゃないよと見せかけるために、まったく関係のない筒子牌をチーする振りを見せたのである。

言葉を使えば口三味線であるが、これは口を使わない三味線である。口三味線はルール違反とはいえないが、牌品としてはたちが悪い。時に争いの源になる。

J氏の巧妙なというかちょっと品のない偽装工作に引っかかったK氏は、頭に来て暫くはJ氏と同じ卓にはつかなかった。

この話はJ氏とあまり付き合いのなかった私の耳にも入ってきたぐらいだから、かなり流布していると思われる。J氏は順調に出世したが、この話はJ氏の雀史に汚点として残るだろう。

私は、「あいつは出世しなかったが、牌品は良かった」と言われたいと思っている。

（平成一三年六月）

二、ちょっと珍しい話

エージ・シュート

アマのゴルファーにとって、コース設計とエージ・シュートは夢のまた夢であろう。ところがこの二つをやってのけた人が身近にいた。私が以前勤めていた会社の先輩のEさんである。

Eさんは四〇歳代でシングルの腕前になられたが、五〇歳代ではプレーだけでなく、自分のゴルフ哲学にそったコースの設計も試みられるようになった。幻のコースのまま終わるかと思われたEさんの設計図は、会社の遊休地の活用策として日の目を見ることになった。

出来上がったのは、戦時中火薬工場のあった丘陵地に、その地形を巧みに生かした戦略性に富んだ面白いゴルフ場だった。九ホールながら各ホールにはグリーンとティグランドが二つずつ設けられ一八ホールの気分で楽しめるようになっていた。当時としては珍しくキャディを置かずにセルフ方式とし、手軽な料金でラウンドできるようになっていたので、地元大牟田はもとより福岡など遠方からも多数の来場者があった。ハウスなども簡素にし、投資も極力しぼられていた。Eさんは、そのゴルフ場を運営する子会社の社長に就任されたが、ゴルフ部門は不況の中でも黒字の業績が続いた。Eさんはゴルフ場の経営者としてもシングルの腕前を示されたことになる。

エージ・シュートは自分の年齢以下のストローク数でラウンドすることであるが、Eさんは七二歳の時、久留米のBSCCで行われたコンペで七一ストロークでまわり、エージ・シュートを達成された。

平常から淡々とプレイされるEさんは、この日も一八番ホールで、Eさん本人より興奮した同伴プレーヤーに告げられるまでエージ・シュートは全く意識されていなかったそうである。プレッシャーのかかった一八番もパーでホールアウトし、エージ・シュートを達成された。Eさんの感想は「意外と簡単なものだったので自分もびっくりした」というものであった。Eさんは、ご自分の感想通りその後も立て続けにエージ・シュートを達成された。Eさんの家系は母上が一〇五歳というような長寿系だったので、エージ・シュートの回数をどこまで伸ばされるかと期待された。ところがEさんは喜寿を迎えられると、すぐにプレーの場を天国に移してしまわれた。Eさんを偲んで立てられたゴルフ場の両面時計の銘板には九州グラウンドシニア選手権優勝、日本シニア選手権三位、エージ・シュート七回達成などの素晴らしい記録が刻まれている。

参考までに紹介すると、多種多様な世界一の記録を集めているギネスブックのゴルフの部にはエージ・スコアの最年長記録一〇三、最年少記録六九が載せられている。残念ながら最多記録は載っていないのでEさんの七回が世界一なのかどうか分からない。

Eさんのゴルフの技術について論評する資格は、私にはないが、Eさんが柔道五段の猛者ながら、実に柔らかなスイングをされていたのが印象に残っている。こんなことがあった。一高・東大出の理学博士であるS常務が、Eさんをつかまえて「君のように、どこに力が入っているのか分からないようなスイングでボールが飛ぶのはおかしい」と言いがかりをつけられた。有機化学の権威であったS博士も、ゴルフ理論はあまり勉強されなかったようである。ボールを遠く飛ばすのは力ではなくクラブヘッドのスピードである。クラブヘッドのスピードを出すためには肩や腕の力を抜かなければならないというのが、最近の通説である。Eさんは理想的なスイングをしておられた訳である。

Eさんの七回目のエージ・シュートを達成された時のスピーチ。「ボールを打とうと思ってはいかん。柔らかいものをソフトに、無心に円軌道の中でとらえることだ。ただそれだけです」。

Eさんとは三西開発元社長の江崎徳行氏。

Eさんの設計したゴルフ場は福岡県大牟田市にある不知火ゴルフ場のことである。

（平成九年一月）

ホールインワンもどき

ホールインワンは難しそうで意外と経験者はいるようだ。

ホールインワンがどの程度の頻度ででるものかというと、七〇〇〇ラウンドに一回の割合という保険会社のデータがある。

私の所属する習志野CCの会報に「ホールインワンおめでとう」の頁があるが、平成七年度はキング・クィーンコース（三六ホール）で年間一八人が祝福されている。年間入場者数＝ラウンド数が一二万人とすると、一二万人を一八で割って六六六六ラウンドに一回の割合ということになる。これは保険会社のデータとほぼ同じで、約七〇〇〇ラウンドに一回という数字は信用できそうだ。

平均的ゴルファーのこれまでの延べラウンド数が約七〇〇回（二回／月×一二月×三〇年）とすると、一〇人のゴルファーの合計ラウンド数が七〇〇〇ラウンドとなるから、一〇人に一人はホールインワン経験者という計算になる。

私のゴルフ仲間には、一人で二回も三回もホールインワンをやったものもいるので、実感としてはホールインワン経験者は一〇人に一人より多いように思う。

私は残念ながら、まだ正規のホールインワンの経験はないが、これより難しいというか珍しい「ホールインワンもどき」をやったことがある。私がゴルフを始めて間もない頃、埼玉の長瀞CC二番ホールの打ち上げのショートホールでの出来事。前の組がグリーンでマークをして私達の組を打たせてくれた。私達がグリーンに上がっていくと、前の組がパットをせずに拍手をしながら私達を迎えているのである。打ち上げのホールだったので最後までボールを見届けなかったが、少なくとも他の三人はグリーンを外したはず、となると、もしかして私のボールが……。その瞬間、私は嬉しさと同時に恥ずかしさで一杯になった。

前の組の人たちはホールインワンの決定的瞬間を目撃した幸運を喜び、自分たちのプレーが遅れるのも厭わず、ラッキーなプレーヤーに自らの手でカップよりボールを取り出す名誉を与えようとしてくれた。しかし私はその好意を裏切らねばならなかった。というのは、カップインしたボールは、第一打をOBした後に打ち直したものだったからである。難しさとしては、ホールインワンと同等かむしろそれ以上かも知れないが、正式のホールインワンとは言えない。私がその事を告げると、その途端前の組の人たちの態度がガラリと変わった。好意を裏切られた怒り、ホールインワンと早合点したバツの悪さのせいであろう。私を軽蔑したような目で睨みつけるのである。「穴があれば入りたい」という表現があるが、その時の私の気持ちが正にそれであった。

この恥ずかしい出来事の目撃者が、一緒にプレーしていた当時の私の上司のOさんで、二〇年以上たった今でもからかわれている。

（平成九年一月）

グリーン上の衝突

習志野CCの月例競技に参加したときの話。空港コース一一番のロングホールで辛うじて3オン。ピンまで二〇メートル以上離れていたので、ワンパット圏内に寄せるだけでいいと無心に打ったところ球はピンに一直線あわやカップインと思われた瞬間、左の方から突然現れた球が私の球に衝突、私の球は右へ大きくはじき飛ばされた。

グリーン上では①順番は遠い方から打つ②他の球が動いている間は打ってはならないというルールがある。こんな初歩的なルールを知らないで、月例競技に参加している奴がいるのかと、あきれながら左から打ってきた球の主を私は睨みつけた。ところが、相手の方もこわい顔をして私を睨んでいる。なんと相手は私より遠い所に立っているではありませんか。私の方が打つ順番を間違えていたのだ。

私は生来、そそっかしい所があると自覚していたので、またやっちゃったかと激しい自己嫌悪に襲われ、しばらくはぼう然と立ちすくんでいた。我に返り、丁重に相手に謝った上、ペナルティ二打加算を自己申告した。

相手の方は初めこそこわい顔をしていたが、もし私の球に当たらなければ、大きくピンをオーバーしていたはずの球が、ピン傍に止まったのだから怒ることはない。「珍しいこともあるものですなあ」とニコニコ。残りの短いパットを決めてパーの5。私の方は、それから更に2パット。ペナルティを加算してトリプルボギーの8。前のホールまでは快調に飛ばしてきた私もここでプッツン。残りのホールは散々な結果となってしまった。

それから数日後、仲間の酒の席でこの失敗を話した処、M氏が「ところで、その処置は、ゴルフのルール上、正しかったのか?」と妙に興味を示した。技術系ながら今春、監査役に就任したM氏は商法から企業会計原則まで勉強し、規則づいていたのである。

監査役は「閑鎖役」とも皮肉られるように閑は一杯ある。その後、M氏はゴルフルールを徹底的に調べ、更に自分の下した裁定が正しいかどうかを、所属のゴルフクラブの競技委員に確認を求めた。ところが話がドンドンエスカレートし、この競技委員が更に日本ゴルフ協会に照会したというのである。

日本ゴルフ協会からは書状で回答があった。「動いている球と動いている球との偶発的衝突について」と題するその書状は、グリーン上の衝突で考えられるあらゆるケースについて、ストロークプレイとマッチプレーに分けて丁寧に見解が示されていた。

関連する部分の要旨は次のとおりであった。

「両球（A・B）ともグリーン上に止まっており、両者が同時にプレイし、両球が衝突したケースについて、どちらのプレーヤーが他のプレーヤーの球が動いている間にストロークを行ったと確認できない場合は、規則16の1g（他の球が動いているときのプレー、2ペナルティ）は適用出来ない。従って両者とも無罰。距離に関係なくAB とも規則19の1bに従ってリプレースして再プレー」意外なことに、私のケースでは無罰でよかったのです。もっとも、元の位置に球をリプレースしないで、そのままプレーを続行したので競技では失格ということになるのでしょうか。

ゴルフのルールでは順番を間違えることは、明らかにエチケット違反で恥ずかしいことではあるが、罰まではつけていないのである。

こんなことがあってから、私は「ゴルフルールブック」をバッグに入れている。しかしそれ以前に私にとって必要なことは、そそっかしさを直すことであるが、これだけはなかなか妙薬がない。

（平成九年一一月）

天和《てんほう》と海底撈月《はいていらおゆえ》

もともとは、せっかちのはずのT氏が親。配牌がすんだのに中々捨牌しようとしない。周りが早くやれと催促するとT氏「不要な牌がない」とブツブツ。「それじゃアガっているんだろう」とからかうと、「残念ながらアガリ役がない」とT氏は真面目な顔をして言った。

親が配牌のままでアガっている状態を天和といい役満である。T氏の手はアガリ役がないどころか、役満の天和が出来ていたのだ。三〇年の雀歴を誇るT氏も天和を体験したことがなかったのである。麻雀の入門書にも「可能性はあるが実際問題としてごくまれにしか実現できません」とある。

この滅多にできない天和を徹底した合理主義者で知られるT社のM社長が出張先のパリでやっちゃったと言うのである。あまりのツキに流石のM社長も「何か不吉なことが起こるのではないか？」と逆に心配になり、日本麻雀連盟に厄払いの必要があるか問い合わせてみた。

その結果「厄払いは不要、悠々としていて大丈夫」との答えを得て安心、改めて天和記念麻雀大会を開催し、幸運を祝われた。

天和がどの程度の頻度でできるのかの実績のデータはないようである。しかし、不況下で黒字を続け、数字を尊重する経営のT社だけあって、経営企画室部長のS氏が、社長の幸運度を理論的に数字ではじき出した。天和の確率をコンピューターを利用して計算したのである。その答え、天和は親の配牌を開ける回数三三万回に一回しかできないとなった。この数字は、麻雀マニアが朝から晩まで毎日、麻雀をやり続けて一八年に一回しか天和はできないことを意味している。

計算の詳細は省くがポイントは次の通り。

まず麻雀の牌の数が全部で一三六枚、親の配牌が一四枚あることから、一三六枚中一四枚ずつの組み合わせが何通りできるかを計算する。答は四二五京（京は兆の万倍の位）次に上がりの型を計算する。全ゆる種類の上がり型数を計算すると、一二兆八、六〇〇通り。

従って、天和の確率は配牌一四枚の組合せを分母に上がり型の数を分子にして求める。その答が三三万回に一回という訳である。

朝から晩までやって、一日に親として配牌を開けるチャンスが約五〇回とすると三三万回を五〇回／日で割って六、六〇〇〇日。これを三六五日／年で割ると一八年。天和は、麻雀マニアが毎日やり続けても一八年に一回しかできないと言う訳である。

（日経アントロポス一九九三年三月号「数字に強くなる」参照）

天和は言い換えれば親の第一自摸牌による和了ということでもあるが、逆に最後の牌を自摸ってアガる海底撈月という役もある。しかしこちらの方は役満ではなく一飜のみである。

私も麻雀を覚えて四〇年近くなるが天和の体験はない。海底撈月はある。しかも役満の四暗刻でやったことがある。他家がリーチをかけていたので「暗刻切りは危ない」という格言通り、暗刻を残していたら四暗刻を聴牌し、「早いリーチは一・四索」の一索が残って頭の単騎待ち。流局直前の最後の自摸が一索で役満の、海底撈月と珍しいアガリとなった。因みに、海底牌を自摸った人が捨てた牌でアガるのは河底撈魚という。

これは「寿」というメデタイ名の麻雀屋の美人ママさんより聞いた話。常連客のOさん、その日は好調で、その半荘も一万点プラスのトップを走っていた。オーラスで親がリーチ。Oさん慎重に逃げながら流局直前に自摸ったのが、既に自分が暗刻で持っている北の四枚目。絶対の安全牌と安心して捨てたところ、親より「ロン」の一声。Oさん自分の耳を疑ったが、親が開いた手は国士無双の北待ちだった。

親の役満は四万八千点。Oさんはトップより最下位に転落のドボン。そのショックが大きすぎたのか、それから暫くOさんは「寿」に顔を見せなかったそうである。

（平成九年一一月）

戦わない五段

M化学の副社長だったKさんは、日本麻雀連盟の五段。第一線を退かれると、碁でも有段者になられた。財界人でよくある名誉○段でなく実力でとられたものである。それも実践を殆ど戦わずに、いきなり二段というのは珍しい。

真相は、奥さんがギブアップされた碁の通信教育をKさんが代わりに受講され、修了時の棋力認定試験で二段を授与されたと言う訳である。

私は、Kさんが現役を煩わさずに麻雀を楽しもうと言い出されOBだけでつくったNK会のメンバーだったので、Kさんと月一回、卓を囲んでいた。その縁で碁の方でもKさんと月に一回、盤を囲むことになった。

勉強らしい勉強もせずに段をとった私には、布石・中盤・寄せ、活死の急所など体系的に勉強されたKさんの碁からは学ぶべきものが多かった。

Kさんの碁は、実戦経験の少ない理論派ということなのでおとなしい碁を予想していた。ところが対局を重ねるにつれ、上手に対してもケンカを仕掛けてこられるなど、麻雀五段の勝負師振りを発揮されるようになった。

表面の温厚さにも拘らず、もともと負けず嫌いだったと思われるKさんは、秘かに街の碁会所に通われたらしい。そこで全日本クラスのアマ六段の若い師匠を見つけ、メキメキと腕を上げられた。碁の方も五段を目指しておられたに違いない。

ところがビジネスでも、麻雀・碁の遊びでも出世の早かったKさんはこの世を去られるのも早かった。古稀を迎えられた秋、忽然とあの世に旅立ってしまわれた。私にとっては文字通り、公私共に教えられることの多かった惜しい人を、亡くしたことになる。

実戦抜きでいきなり日本棋院の二段というKさんの記録もかなり珍しいと思われるが、それを上回る人が出た。なんと、実戦抜きでいきなり五段というのである。Aさんである。Aさんは、それ迄、麻雀・碁・競馬など遊びとは全く無縁の堅物の典型に見えた。

それが六〇歳を過ぎて大阪に単身赴任した機会に、テレビで囲碁の番組を見るようになった。放送テキストも丹念に読み、毎号掲載の問題も欠かさずに応募していた。一年経ったところで、アマでは最高の位に近い五段の棋力認定書が送られてきた。

理詰めの碁では、実戦を経験しなくても問題は解けるのである。本当の戦争に関しても、実戦を経験せず戦史を勉強しただけで軍師や参謀になった故事もある位だから、ましてや理詰めの碁では実戦を経験しない高段者が出ても不思議ではないのかもしれない。

しかし、実戦で大事なことは提示された問題を解く能力よりも、何が問題かを事前に提示する能力と思われる。

しまり屋と見られていたAさんが、二〇万円近い免許料を払って、正式に日本棋院の五段の免状を取得した。

五段とはいえ、実戦経験のないAさん、自分の実力は想像がつく。そこで、五段の名誉のためにも、今後とも実戦は打たない事を決心されたというのである。何が楽しみで碁を勉強されたのか、惜しい気もするが、律儀なAさんらしいとも思われる。


ツキ八割と言われる麻雀に対して、技八割の碁にはツキは無縁と思っていたが、Aさんに限っては碁にもツキがあるようだ。

AさんがNEC杯決勝の公開囲碁対局を見に行ったときの話。中盤で次の一手の懸賞が出た。千人近い入場者の中で正解は二〇数人。Aさんは日頃の勉強の成果か、正解者の一人になった。賞品は一名だけと言うことで、大盤解説者の小林光一九段の手で抽選が行われた。その結果なんとAさんがその一名に選ばれたのである。

Aさんの単身赴任先のワンルームマンションには、賞品として送られてきたNECの最新式のパソコンセットが据えつけられている。

パソコンのゲームソフトの開発が進み、今では麻雀、将棋からゴルフ迄実戦さながらに楽しむことができる。流石に一九路盤を使う碁では選択肢、組み合わせが多過ぎるせいか、パソコンとの実戦対局はまだできないが、詰碁、布石・中盤の次の一手・名局の再現などパソコンでかなり高いレベル迄楽しむことができるようになった。人間を相手に実戦を打たないというAさんの決心は、永久に変える必要はないかもしれない。

（平成九年一一月）

ホ、勝負事に学ぶ一　碁は気力　麻雀は技術

幻の優勝スピーチ

「私は勝負事が好きである。碁、麻雀、ゴルフなど。勝負を決めるのは、碁では気力、麻雀は技術八に運二、ゴルフコンペの優勝は運八に技術二というのが私の説である。運はパートナーに恵まれるかどうかが大きい。本日は幸いパートナーに恵まれまして……」コンペの前の晩は、子供の遠足と同じく興奮して寝つけない。

そこで優勝スピーチを考えたりする。しかし、こんな意識過剰のときに実力が十二分に発揮されるはずがない。

朝張り切って出かけるが、夕には自己嫌悪とみじめな気持ちで帰ることになる。

勝った試合には学ぶものがない。人間は自分が負けた試合よりさまざまな教訓を得るという。この機会に、勝負事についての先人の名言名句の中より、私の経験から実感できるものを紹介したい。

克己

われ人に勝つ道を知らず、われに勝つ道を知る。
　　　　　　　　　　　　　　　　　　　　柳生宗矩
人に勝つより自分に勝て。
　　　　　　　　　　嘉納治五郎（講堂館柔道創始者）
いや、ライバルは自分自身さ。プレッシャーとは自分にできないことをしようとして起こるものだからそう思ったりしないことさ。
　　　　　　　　　　　　　　　　　　　　バレステロス
剣術・柔道・ゴルフなどの達人の共通の言として、「己に勝つ」がある。本番より練習の方が好きな私は、先輩によく冷やかされた。練習場に通うより禅道場に通った方が優勝の近道だよと。克己の大事なことは痛い程わかっているが年を重ねても仲々実践できない。

碁は気力

将棋は戦いだが、碁は経済である。
　　　　　　　　　　大隈重信（早稲田創始者）
囲碁というものはいって見れば人間生活の縮図だ。ただの勝負ごとではない。
　　　　　　　　　　稲葉修（元法相）
碁は技一〇〇％のゲームと思われがちだが、自称四段の私としては謙遜の意も込めて「碁は気力」と言うことにしている。気力は棋力に通じ一寸面白い表現と気にいっている。処が江戸時代の本因坊も勝負の要因として「気力」をあげているのを知った。将軍吉宗に「碁の力が同じであれば、先に打った方が勝つのではないか」と言われて「年齢、気力、力量など全てが同様であれば先手が勝つ」と答えたという。

碁より学んだことに「相手の立場で考える」ことの有用性がある。碁の格言に「敵の急所はわが急所」があるが、行き詰まったとき相手の立場にたって発想して見ると道が開ける。考えに幅ができてくる。

又、碁で苦い経験もした。三〇歳代の頃職場に、好敵手がいて、昼休みが終わったのにも気が付かず熱戦を続けてしまった。このときは日頃寛大な上司から目を三角にして怒られたことがある。それ以来私は昼休みの碁は自分が優勢のときでも、一時五分前には「時間切れ引き分け」を宣言するように心掛けている。

麻雀は技術

麻雀は運が一〇のゲームと言うのが通説である。私は運を呼ぶ技術、つかないときの処し方が大事という意味も含めて、敢えて麻雀は技術八に運二ということにしている。技術系の雀士の言を紹介する。

技術とは自分を不利な態勢にしない努力を払う事。

阿佐田哲也

麻雀には技術が必要である。そしてその技術は無数の小さな技からできている。

それをたくさん知り場合場合で適切に使い得る人が巧者と言える。

畑正憲

麻雀は腐ったその瞬間から運命に見放されてしまう。

川崎備寛

私が麻雀から学んだことは、勝負ごとでは、泣き言を言ったり悲しい顔や苦しい表情をしてはならないということである。最近のスポーツ心理学でも悲しい表情や苦しい表情を作ってしまうと精神の状態はその表情に引きずられて変化する傾向があると指摘している。

ビジネスの面でも、自分が苦しいとき程、ネクタイをきちんと締め格好を整えなければならないという教訓に通ずる。

勝負するときの顔つきを見りゃそいつの腕はわかるな。

阿佐田哲也

人間物事に打ち込んでいるときはその緊張感と充実感が表情を凛としたものにする。私も日常いい顔つきで過ごしたいものと思う。

ハイリスクハイリターン

人の一生でも石橋を叩いて渡った人が必ず幸せになるかと言えばそうとは限らない。

灘麻太郎

麻雀からはハイリスクハイリターンということも学んだ。

キザな話だが、マネービル三原則「先ずタネ銭をつくる。若いときはハイリスクハイリターンで増やす。年をとればローリスクで運用する。」に通じるところがある。

現実には、年をとってもハイリスクハイリターンの誘惑に引かれることが多い。

雀道

麻雀は四人のゲームだけに自分一人だけ楽しむものではなく、相手に迷惑をかけない麻雀道というべきものがある。

おぼろげに敵の聴牌を知り場の形勢を知り人に迷惑をかけず押さえるべきを押さえガメるべきをガメる。これは斯界の初段なり。　久米正雄

碁も千変万化面白いが、より変化に富む麻雀は更に面白い。面白いだけに毒もある。

一つに貴重な時間を浪費する。二つに金をかけないと成立しないゲームだけに金がからみ汚くなる。

私は麻雀を末永く楽しむため最小限のルールを守ることにしている。プレーの時間を予め設定しておく。かけ金のレートを身の程に合わせ節度あるものに抑える。

最後に

勝負ごと礼讃になったが、皆さんにおすすめできるものの一番は碁。頭の刺激とな

り、闘争本能を適度に満足させ、金もかからない。今後国際的に通用する社交のゲームとして益々盛んになるであろう。

引用は世界文化社「名言名句大事典」、旺文社「名言・名句新辞典」による。

（平成三年五月）

へ、勝負事に学ぶ二　勝ちはツキ負けは技

私は勝負事が好きである。ただパチンコ、競馬はやらない。

パチンコは子供の頃遊んだ記憶はあるが、大人の遊びになったパチンコはやっていない。

競馬は見るのが好きだ。走る馬の姿が美しい。ムダのない引きしまった馬体にはゾッとする程の美しさを感じる。しかし、馬券はケチな私には買えない。当たり馬券で配当として還元されるのは売上の七五％だそうだ。因みに、宝くじは四六％のみが賞金に充てられ、四一％が地方公共団体等の収入、残り一三％は諸経費となっている。

勝ちはツキ負けは技

勝負事としては、最近は手軽にできる碁・麻雀を楽しんでいる。

「麻雀は平常心」と雀敵のT氏。「麻雀は度胸」とO氏。T氏は局面の変化に動じない冷静さ、注意力の必要を強調し、O氏は勝負所の積極果敢な攻めを重視しているものと推察する。「麻雀はツキ」という多数説に対し「麻雀は技術八に運二」というのが私の説である。こう言うと、私が相当の打手でいい戦績を挙げているようだが、実際は逆。

「技術八に運二」というのは私の負け戦から得た実感なのである。私の経験では、負けた時には、ツキがなかったというより、自分の判断の甘さ、注意力の不足、勝負処での弱気など自分の技の未熟が敗因だったと納得できることが多い。逆に勝った時はツキを感じることが多い。そこで「技術八に運二」と言ってきた訳だが、千変万化、心理戦がアヤをなす麻雀を語るには、この表現は生硬で、面白くないと考えるようになった。最近では自分の実感通り素直に「勝ちはツキ負けは技」と言うように改めた。勝負事には勝ちはツキと言える程の謙虚さ、おおらかさが必要なのだと考える。

実業界で大成功した松下幸之助の次の言葉にも通じる所がある。

仕事が成功したときは運がよかったと思い、仕事が失敗したときは努力が足りなかったと思います。

ツキは作れ

技術が同レベルの雀友と数多く打っていると戦績は大体平均してくる。ツキは平等に回ってくるものである。

処が、初心者や、相当の打手でも精神状態などにより回って来たツキを見逃したり、ツキを生かしきれない事がある。勝負事では、ツキを見逃さず流れに乗ることが大事なことである。このことは、勝負事のみならず人生夫々の局面に言えることだ。ツキの代わりに縁、機会、偶然という言葉を使っているが先人の名言を紹介する。

小人は縁に出会うて気付かず
中人は縁に出会うて縁を生かさず
大人は袖触れおうた縁をも生かす
（柳生家家訓）

誰でも機会に恵まれない者はない。ただそれを捕らえなかっただけだ。
カーネギー（米国の鉄鋼王）

壁をけとばして棚のボタ餅を落とせ。
偶然は作るものだ。
高橋是清（元大蔵大臣）

ツキとは

ツキとか運というものを正確に説明しようとすると難しい。ツキを広辞苑で引くと好運と書いてあるだけ。

私はツキとか運というものは、絶対的なものでなく相対的なものではないかと思う。同じ事象がある人には好運につながるが、別の人には悪運ということもあるのではないか。

麻雀でも同じ配牌、同じ自摸でも打手の取捨選択の違いにより全く別の結果になる。

話が横道にそれるが、私は資産もない平凡なサラリーマンの家庭に育ったせいか、人生の幸福度を金銭を中心に考える傾向があった。金持ちの家に生まれた友人を羨んだり、土地成金に義憤を感じたりしたものだ。

しかし、この頃は、人生の幸福という意味では、金持ちの家に生まれたり、土地成金になったことは、本人には必ずしもツキとか好運と言えないこともあるのではないかと思うようになった。向上する喜びが薄く、むしろ財産保全に汲汲とした消極的な生き方に流れることもあるのではないか。東西の先人の言葉を紹介する。

児孫のために美田を買わず　西郷隆盛

親の残した財産はかえって子孫をだめにする場合が多く、苦労させてこそ人間は成長するということを言ったもの。

金持ちになるためには貧しい家に生まれることである。　カーネギー金銭の本当の意味は貧しさの中で知ることができる。そして貧しさを知るものは得た金銭に振り回されることはない。

人生は気力

碁もスポーツと同じように知力体力気力の総合的な競争である。

あるレベルに達してくると知力体力で差がつきにくく気力の差で勝負が決まることが多い。「碁は気力」というのは珍説かと思っていたが、林海峯天元も「タイトルを取るのは力だけでなく気力が充実していないと取れない」と言う。

気力の大切さは、碁だけでなく勝負事全般に通じることがあるが更に、人生勝負は避けられないと気力の大切さを説いた先人の言葉を紹介したい。

電力王松永安左ヱ門の後進への忠言より抜粋。

ケンカはよろしくないが人間にはファイトがなければならない。言葉を代えて言えば競争意識だ。彼も人也我も人也の意気だ。負けじ魂だ。世の中へ出るには学歴も必要でない。門地も経験もコネもいらない。しかし、この気力だけは必要不可欠である。

大望を抱く者にとって、一生懸命もむろん大切だがどうでもいいことはどうでもいいですますだけの大きな余裕も残さなければならない。この余裕もいわば気力の一種である。

競争がいいからと言って最初から勝負にならぬ相手に競争をしかけるのはバカだ。

要は相手をひどく打ち負かすより自分の方で何としても負けないことだ。勝とう勝とうとあせらずに負けないぞとがんばることだ。負けても負けないというしぶとさが何事にも最後の勝利を占める。

（平成三年九月）

ト、勝負事に学ぶ三　人生六〇点主義

私は勝負事が好きである。最近は碁と麻雀を楽しんでいる。碁と麻雀は頭と手先を使うのでボケ防止には最適と言われる。私が碁を始めたのは一六歳の頃、大学入試に備えて頭のトレーニングのためだった。今やボケを心配する年齢になったかと、苦笑させられる。

碁と年齢の関係について、藤沢秀行九段が『勝負と芸』（岩波新書）の中で「勉強すれば年齢と関係なく強くなるというのが私の信念である」と書いていた。ところが平成三年六六歳で王座を獲得し碁界の最高齢タイトル保持の記録を更新し、自らの信念を実証して見せたのは見事であった。

この藤沢王座ですら碁の全体を百とすると六か七しか知らないと言う。とするとアマの自称四段の私が碁を語ることなどおこがましいことであるが、素人のこわいもの知らず、碁や麻雀などを通じて学んだことを先人の言葉も借りながら紹介してみたい。

「碁とは勝負である前に創造であり芸術である」

勝負にこだわる方の私は、この藤沢王座の名言に接し目のさめる思いをした。勝つから強いのではなく強いから勝つ。勝った負けたと騒ぐ前に芸を高め腕をみがけと若者を叱咤される。勝負より芸を大切にする棋士には、相手のポカで勝つと不機嫌になったり、相手の悪手にくさって優勢な碁を投げてしまったという逸話もある程だ。勝負を争うとはいえ、いい碁は双方が最善をつくしながら二人でつくるという姿勢に共感させられる。

碁を通じて学んだ処世訓をあげると、「着眼大局・着手小局」（プロジェクト推進の心構え）、「相手の急所は我が急所」（発想が行き詰まったとき相手の立場にたって発想する）、「愚形を避ける」（形の美しいものは強い。ゴタゴタした設計にはミスがある）、「定石と経験は両刃の剣」（使い方が大事）、「先人の知恵＝定石に学ばなければ碁は強くならない。しかし創造がなければ碁を打つ資格がない」（「タフでなければ生きていけない。しかし優しさがなければ生きる資格がない」をもじった)。

長い道中、最善を積み上げ創造していく点に、碁と人生に類似もあるが、碁と人生は、基本的な枠組みが異なる。

一つには、最善かどうかの基準が、碁では地の広さと単純明快であるのに対し人生では複雑である。名誉か金か色か美か自由か。果たして人生に目的はあるのか。種の保存以外に。私には分からない。

二つには、碁は人智で極め百パーセントを求める世界であるのに対し、人生では人智で極め難い領域が広く、百パーセントを求め得ない世界である。

三つには、碁は持ち時間はあるが、一局を打ち切り完了できるものであるのに対し、人生は各人持ち時間が異なる上に、未完に終わるものである。人間は生物学的生存可能年齢は一二〇歳(生殖開始年齢の約一〇倍)と言われるが、これを全うできることは殆どない。持ち時間も各人には分からず、終局を予定し得ない。

勝負事に人生訓を求めるなら碁より、山あり谷あり生臭い麻雀の方が面白いかも知れない。

「勝負事は勝率六割をよしとする」

麻雀は「勝ちはツキ、負けは技」というのが私の説である。わが雀敵雀友は麻雀に大事なものとして「平常心」「度胸」「辛抱」「KY訓練（危険予知）」などを上げる。

負けこんでいた私に雀敵のT氏が言った。「全部勝とうとしないことさ」この一言が私に立ち直りのきっかけを与えてくれた。六割も勝てばいいんだ、と肩の力が抜けた途端に、余裕が生まれ目に見えないはずの勝負の流れまで見えてくるように感じた。

六割という数字に特に根拠があった訳でない。ただ実力が伯仲していれば勝率は五割に収斂してくるはずだから、その中で六割の勝率を挙げさえすれば最終的な勝ちにつながるはずと思った訳である。実力接近のプロの世界ではプロ野球など六割で優勝という例は多い。

ところが勝率六割主義は、既に理論づけ体系化されているのを最近知った。「人間は一定量の運を持って生まれ運と引き換えに富や地位を得、運を使い尽くして死んでしまう」など独得の人生哲学で有名なギャンブラー作家の阿佐田哲也氏の九勝六敗（勝率六割）説である。『阿佐田哲也勝負語録』（サンマーク出版）より一部を紹介する。

「十四勝一敗の選手を一勝十四敗とすることはそれほどむずかしくないんだ。ところが誰とやっても九勝六敗という選手を一勝十四敗にするのは至難の技だ」「プロは六分四分のうち四分の不利が現れたときも平気なんだ。四分はわるくても六分は必ずいいはずだと確信しているんだね。」

ビジネスの世界でも勝率六割主義をとる経営者もいる。

「営業は六勝四敗を目ざせ」

「営業担当者は目先の仕事に夢中になりがち。そこで一つ失敗すると落ちこんでしまい、後の仕事にも影響が出る。営業担当者は長期的にものを考える癖をつけることが必要だ」大手印刷会社社長

勝率六割をもってよしとする考え方は人生論にも通じる。

「人生六〇点主義」

仏教学者ひろさちや氏は、何事も極端に走らず肩の力を抜いてやることが釈迦が教えた中道の姿勢であり成功への近道であると説き、『いい加減のすすめ』（太陽企画出版）の中で人生六〇点主義をすすめている。

精神科医の立場からは斎藤茂太氏が『生きるのが上手い人下手な人』（文化創作出版）の中で人生八〇パーセント主義をすすめている。

「生きるための必要条件の最たるものは対人関係をスムーズにすることだろう。その

ためには自身にも他人にも『完全無欠』なるものを要求してはいけない。生きるためには『向上心』が必要だがそれは百パーセントを望むと必ず失敗する。この世には百パーセントなどというものは存在しないからである。初めからそれを認めて生きてゆけば間違いない。私の人生哲学は八十パーセント主義といってよい」

最後に、頭で理解しても、A型の私の血はなお完全主義を目指す。

（平成四年三月）

四、囲碁会こぼれ話特選

イ、理系文系

将棋の羽生三冠に『直感力』ＰＨＰ研究所平成二二年一一月刊（帯の言葉＝自分を信じる力。無理をしない、囚われない、自己否定をしない、経験を積むほど直感力は磨かれていく。）という本がある。面白いことに、この本の出版に先駆けて、同じような題名の『直観力』海竜社平成二二年四月刊（帯の言葉＝決断の決め手・平常心・向上心・礼儀　囲碁が教えてくれた人間の基本）という本を囲碁のマイケル・エドモンド九段が出している。

マイケル・エドモンド九段は異色のアメリカ出身のプロ棋士であるが、『直観力』という本の中の一節に「アメリカで囲碁を趣味とする人といえば比較的、大学町に住む人が多かった。中でも理系の人たちが多かった。」と述べている。

私はかねがね、「囲碁は理系の人が好むゲーム」という仮説を持っていたので、「アメリカで囲碁を趣味とする人は、理系の人たちが多かった。」という記述に興味を持った。早速、日本についても「囲碁は理系の人が好むゲーム」という仮説が当てはまるか調べてみることにした。

先ずプロ棋士について。日本のプロ棋士は、日本棋院、関西棋院あわせて約四〇〇人いるが、ほとんどが院生出身で大学を卒業していないので理系文系に分けられない。大学卒も一〇数人はいるがほとんどが文系で理系は僅かに、関西棋院の坂井秀至八段と日本棋院の光永淳造六段の二人である。参考までに、坂井秀至八段は京大医学部卒業で医師免許を持ちながらプロ棋士になったという珍しい存在。光永淳造六段は東大理学部数学科卒業、坂井秀至八段と灘高校の同窓生で全国高校囲碁選手権大会団体戦優勝を経験している。

プロ棋士については理系文系を分けるデータが得られなかったが、「囲碁は理系の人が好むゲーム」という仮説を検証するのに相応しい対象が身近にあった。学士会囲碁会の会員である。

学士会囲碁会の会員を理系文系で調べた結果は二五四頁の表1の通りである。

私の予想に反し、学士会囲碁会の会員は理系文系がほぼ同数であった。学士会全会員では理系文系の割合は理系の方が多いぐらいなので、囲碁をやる人の割合は理系の方が文系より多いとはいえない。「囲碁は理系の人が好むゲーム」という仮説は成立しないことがわかった。

東大の囲碁会ＯＢ会の名簿によっても、理系文系ほぼ同数であった。

更に、「囲碁は理系の人が好むゲーム」という仮説が全く成立しないと認めざるをえない決定的な事実があった。

それは、文系大学の一橋大学囲碁部の存在であった。

大正一三年七月、本因坊一門、方円社などが大同団結して設立した日本棋院が同じ月に「東京大学囲碁連盟」を発足させたが、一橋大学の前身の東京商科大学は、発足当初の参加五校の一つとしての古い歴史を持っている。昭和一六～一八年頃には大学囲碁リーグ戦で連続優勝している。囲碁部員の中からは、学生本因坊やプロ棋士も出ている。平本弥星日本棋院六段、旧姓畠秀史、一橋大学社会学部五〇年卒。

現在、一橋大学ＯＢの如水会囲碁会と学士会囲碁会の親睦対抗戦は二八回を数えているが、通算成績は、七大学の学士会に対し如水会は一二勝一五敗一分とほぼ拮抗している。

文系大学の一橋大学囲碁部の古い歴史や一橋大学ＯＢに囲碁愛好者が多いという事実がある以上、「囲碁は理系の人が好むゲーム」という仮説は完全に否定せざるをえない。

余談になるが、私が勤めていた会社に戦前の東京商大を出られた西谷真一さんという方がおられた。学生時代は囲碁部の主将を務められ、社会人としては三井本因坊になられました。この方は、囲碁の他にも麻雀、ゴルフ、競馬など勝負事という勝負事は滅法強かった。社内で麻雀の卓を囲まれる時は、西谷さんが勝てばレートを半分にし、負ければ倍にするというようなルールでやっておられたそうだ。

ある高名な数学者が少年時代の思い出として、友達と数学の問題を解いて遊んだと書いておられた。この数学者と数学の問題を解いて一緒に遊んだのが西谷少年であった。

「囲碁は理系の人が好むゲーム」という仮説は諦めたが「囲碁は数学を得意とする人が好むゲーム」という仮説は成り立つかなと思いました。ところが学士会囲碁会に指導碁で来ていただいている日本棋院の桑原陽子六段元女流本因坊が新聞のインタビューに「高校は一年の九月でやめました。勉強は好きじゃなかったですね。プロ棋士と言うと『数学が得意でしょ』とよく言われるんですが、全然ダメでした」と答えておられました。「囲碁は数学を得意とする人が好むゲーム」という仮説も引っ込めざるをえないようだ。

私が理系文系というテーマに興味を持ったのは、高校の同窓会で卒業後三〇数年振りに会った女性に「貴方《あなた》は理系に進むと思っていました」といわれたからである。正直なところ私は進学に際し、理系か文系か考えたり悩んだりしたことはなかった。京大法学部に進学した理由は、私のライバルというより手本にしていた友人が、京大法学部を受験したのに従っただけであった。特に苦手の学科も得意な学科もなかった。

日本経済新聞の「私の履歴書」に私と同世代の元会社社長が「理工系が好きなの

表1　学士会囲碁会の理系文系別会員数

	理系	文系	中計	その他	計
学士会囲碁会	161 (49.9%)	162 (50.1%)	323 (100%)	4	327
参考 学士会全会員	33,041 (56.5%)	25,489 (43.5%)	58,530 (100%)	2,819	61,349
東大囲碁部OB会	162 (50.5%)	159 (49.5%)	321 (100%)	22	343
参考 東大卒学士会会員	17,834 (50.8%)	17,257 (49.2%)	35,091 (100%)	1,884	36,975

註1、学士会囲碁会の人員は平成24年10月末によるが一部休会退会会員を含む。
　2、東大囲碁部OBの人員は平成四年編の「東大囲碁部、OB会名簿」による。
　3、学士会全会員の人員は平成二三年編の「会員氏名録」付属資料大学別称号別
　　会員数による。
　4、理系文系の区分は次の通り
　　理系　工学、理学、医学、薬学、農学、獣医、水産、保健、歯学
　　文系　法学、経済、文学
　　その他　教養、教育、その他

表2　一部上場全業種主要会社90社社長の理系文系

	全業種	除く商業銀行保険
理系	40人（44.4%）	39人（50.6%）
文系	50人（55.6%）	38人（49.4%）
計	90人（100%）	77人（100%）

ダイヤモンド社会社職員録2011年版による

に、文系の学部ばかり受け、慶応義塾大学の経済学部に入った。企業経営に興味を持ち始め、周りを見ると経営者には文系出身が多いと思ったからだ。」と書かれていた。私も漠然と「経営者には文系出身が多い」と思った組である。実際に「経営者には文系出身が多いか」調べてみた。日比谷図書館で『日本の実業家―近代日本を創った経済人伝記目録』（社団法人日本工業倶楽部編　二〇〇三年七月二二日第一刷）という本を見つけた。

その本には、明治以降の過去における重要な実業家Business Leaders Active in Japan（1870~1990）として八〇〇人の実業家が収載されていた。八〇〇人の内大学、専門学校卒業者について理系文系別の人数を調べると次の通りであった。

理系	一二六人	二五・六％
文系	三六六人	七四・四％
計	四九二人	一〇〇％

文系が七四％を占めており「経営者には文系出身が多い」というのはほぼ事実のようだった。

ただ、『日本の実業家―近代日本を創った経済人伝記目録』は対象がちょっと古いと思われるので、ダイヤモンド社の「会社職員録」で現在の一部上場主要会社九〇社の社長の理系文系を調べてみた。その結果は表2のとおりであった。

現在の一部上場の主要会社九〇社についても、全業種では文系社長が五五%と理系の四五%を上回っている。

しかし、文系企業とみなされる商業、銀行保険を除いた製造業を主とした主要会社では、文系社長と理系社長はほぼ同数ということが分かった。

今後については、理系社長の割合が増えると私は予想している。

私が理系文系に興味を持つ理由の二つめは、文系と思われる分野での理系の活躍が著しいことである。

最初に文系の代表分野として歌をとり上げると、平成二五年の「歌会始の儀」で召人として招かれた歌人五人のうち二人が理系だった。岡井隆が慶応義塾大学医学部出身の医者、永田和宏が京大理学部出身の細胞生物学者。

昭和を代表する歌人の斎藤茂吉は東大医学部出身の医者。日本経済新聞の「歌に詠まれた絵」というコラムに斎藤茂吉について次のような記述があった。「斎藤茂吉は……ミュンヘン留学中の手帳には現地で見たゴッホの『ひまわり』などのメモがとられている。画面をスケッチし、構図や絵の具の重ね具合などを熱心に記しており、理系の観察眼や写生とは何かを追求する姿勢がうかがわれる。」理系の観察眼は歌つくりに活きていたようだ。

俳句の分野でも、理系の俳人が多く見られる。ホトトギスの四Sと称された俳人高野素十、山口誓子、阿波野青畝、水原秋桜子のうち素十と秋桜子の二人は理系で東大医学部出身の医者である。この他にも理系の著名な俳人は枚挙に暇ない。東大理学部卒業で世界的物理学者の有馬朗人、京大農学部卒業で醗酵学の権威の鮨山實、東大工学部出身の採鉱科教授の山口青邨。日本歯科医学専門学校出身の西東三鬼など。

高浜虚子は俳句における写生を重視したが、俳句に必要な自然観察眼が理科系の人の傾向と共通するところがあると思われる。

小説の分野では、有名なところでは明治の文豪森鷗外は東大医学部出身の軍医。芥川賞受賞作家としては北杜夫が東北大学医学部出身の医者。南木佳士が秋田大学医学部卒業の医者。川上弘美がお茶の水女子大学理学部卒業。

直木賞受賞作家としては新田次郎が電機学校卒業の気象学者。東野圭吾が大阪府立大学工学部電気工学科卒業。渡辺淳一が札幌医科大学卒業。ＳＦ作家の星新一は東大農学部農芸化学科卒業。

随筆の分野では「天災は忘れた頃来る」で有名な寺田寅彦が東大理科卒業の物理学者。『春宵十話』の岡潔が京大理学部卒業の数学者。

政治の分野でも海外では理系の活躍が見られる。

英国病を克服し「鐵の女」と謳われた故マーガレット・ヒルダ・サッチャーはオックスフォード大学で化学を学び、一九四七年に卒業した後、研究者の道を歩んだ。後、英国初の女性首相になった。

二〇〇五年からドイツの首相に就き、EUを引っ張るアンゲラ・メルケルは、一九七三年〜一九七八年にカールマルクス・ライプツィヒ大学（現ライプツィヒ大学）で物理学を専攻し、一九七八年〜一九九〇年は東ベルリンの科学アカデミーで理論物理学の研究を行っていた。

科学技術重視のお国柄の中国では最高指導部に理系出身者が並ぶ。江沢民元国家主席は上海交通学部卒業のエンジニア。胡錦濤前国家主席は清華大学水力エンジニアリング学部卒業。習近平現国家主席も清華大学化学工程部卒業。

朱鎔基元首相は清華大学電機製造学科卒業。温家宝前首相は北京地質学院（現・中国地質大学）卒業の地質関係の技術者。李克強現首相だけは例外で、文系の北京大学法学部卒業。

日本では戦後首相のほとんどが「文系（特に、法学部・経済学部）」から輩出されているなど文系優位が常識化していた。

二〇〇九年の政権交代に伴い民主党代表で東大工学部卒の鳩山由紀夫が首相になった。これにより戦後初の理系出身の首相が誕生した。鳩山内閣が総辞職し、その後を引き継いだ菅直人は東京工業大学卒で二代続いて理系の首相となった。理系首相の功罪はここでは触れない。

ちょっと長くなったが、文系と思われる分野でも理系出身者が活躍している例を大雑把に見てきた。

結びを急ぐと、理系文系いずれに進むか悩んでいる後輩がおれば私は迷わず次のようにアドバイスする。「先ず、理系に進みなさい。理由は、文系の分野は必要があれば卒業後でも独力で習得できるが、逆に理系の分野は独力で習得するのは難しいから」というもの。

（平成二六年三月）

ロ、囲碁と将棋

将棋会の掲示板に王将戦トーナメントの成績がはられていた。優勝戦まで勝ちあがっていたのは塩原英吾さんと野村欣司さん。興味を感じたのは両氏とも囲碁会会員であったからである。中でも塩原さんは囲碁会の棋戦にも熱心に参加されており、二年前に入会された後の通算成績は六段で七割という高い勝率をあげておられる。

将棋と囲碁の両分野で好成績をあげておられる塩原さんに棋歴、上達の道や囲碁と将棋の違いなど興味のあるお話をお聞きしたのでご紹介します塩原さんは現在満七九歳。将棋と碁を覚えたのはどちらも旧制中学の頃。将棋は勤労動員先の中島飛行機の現場の昼休み。囲碁は、埼玉県のアマで最高クラスであった校長先生がおられ、その弟子筋の数学の先生から宿直室で手ほどきを受けた。

大学二年のとき将棋部に入り直ぐ主将に就任。塩原さんが主将をつとめた東大将棋部は大学リーグ戦で六連覇をはたした。

卒業直後、当時アマは四段どまりといわれていた時代に五段の免許を授与された。社会人としては銀行名人戦に五回優勝。日本将棋連盟主催職域大会に銀行協会チームの一員として出場優勝。

珍しい思い出としては、小学生アマ名人戦に優勝された当時の万波佳奈四段と対局したことや奨励会対抗戦で三段に勝ったこと、ＮＨＫテレビに出演し、真部一男＝木村義徳戦の解説を、師事していた加藤治郎九段と共に担当したことなどがある。

学士会の将棋会に入会したのは五年ほど前だが、理事長杯を授与されたこともある。現在将棋会では最高のポイント保持。

囲碁の方は仲間がプロを志したため一時遠ざかったこともあるが、将棋に少し遅れながらも続けていた。面白いことに将棋が伸びれば囲碁も強くなっていった。

三〇年程前に日本棋院の六段の免許を取得。

囲碁会には二年前に入会。


「将棋は戦いだが、碁は経済である。」大隈重信
「碁はルールがシンプルで国際性があるが、将棋はルールが複雑で国際性に欠ける。」

「囲碁はより広い地を取った方が勝ちの相対的ゲームだが、将棋は王将という駒をとりあう絶対的な価値が付随するゲーム。」

一般的には囲碁と将棋は似ているが、ゲームとしての性格には大きな違いがあるといわれる。

しかし塩原さんは囲碁も将棋も勝負事として同じといわれる。

上達の道も同じ。将棋は将棋連盟「将棋年鑑」、囲碁は日本棋院「囲碁年鑑」のプロの実戦譜を並べることといわれる。

塩原さんのお話をお聞きして将棋の米長元名人の書かれた『碁敵《ごがたき》が泣いて口惜しがる本』（祥伝社刊）の一節に通じるものがあると感じた。

「……まず徹底してプロの実戦譜を並べ、碁のセンスを身につけることから始めました。これは将棋上達の秘訣でもあり、しっかりした土台を創るうえでも、さらに手筋や技術を習得するうえでも、まことに有益であり、結局、囲碁上達のための最短距離なのです。」

塩原さんは大事なことは「盤面全体を見て部分を戦う。」「パッと見たとき形スタイルが良くないといけない。」これは囲碁でも将棋でも同じといわれる。

塩原さんに強いて囲碁と将棋の違いをあげてもらった。

将棋は序盤から詰めまで読める。囲碁ではそれは無理。

将棋では実戦譜から得た知識で次の一手を百発百中近く当てることが出来る。囲碁では次の一手を当てることは百の内一、二である。

囲碁の定石は隅の部分に関するものだが、将棋の定跡は囲碁の定石プラス布石に相当する。

将棋より囲碁の方が幅広いといえる。

塩原さんのお話が、張栩元名人が将棋の森内名人との朝日新聞での新春対談で話していることと関連しているところがあるので紹介する。将棋は知識の集積といわれるのに対し

張栩「囲碁は知識のしめる割合が非常に少ない。知識がゼロに近くても感性や他の

部分で戦える。定石を詰め込みすぎると、かえって新しい発想が浮かばない。過去にとらわれていると新しいことに対応できないんです。

囲碁は読めばわかるというものではなく、一手先もわからないこともあるんです。囲碁は研究だけで勝負が決まることは少ない。それに覚えきれません。将棋と囲碁は本質的にぜんぜん違うゲーム。囲碁も一三路や一五路だと将棋に似てくるかもしれない。」

麻雀は運のゲームといわれるが、塩原さんにとっては、囲碁将棋と同じ。法則を考えて打てば相手の手の内や上がり牌がわかるといわれる。

ゴルフでも塩原さんは所属クラブの理事長杯をとられたことがある。ゴルフも囲碁将棋と通じるところがあるといわれる。

勝負事では勝とうと思わないことが大事。囲碁将棋は拮抗して進むもので、一方的に圧勝するということはないもの。いかにミスを少なくするかで勝負が決まる。ゴルフも同じ。

塩原さんの言われることと同じような趣旨で、米長元名人が『人間における勝負の研究』（祥伝社刊）で囲碁将棋ゴルフに通じることとして次のようなことを書いておられる。

「最善手を見つけることも大切ですが、それよりもっと大切なのが悪手を指さないことです。しかし悪手を一手さしたからといって、それが致命傷に直結するという場合は少ない。悪手を連続するから墓穴を掘る。」

先日、将棋会の掲示板に塩原さんの王将戦での優勝が報じられていた。塩原さんは同じ時期に行なわれていた囲碁会の卒業年次別戦でも入賞されていた。対局数が少ないので勝ち数を基準にした棋戦での順位は六位にとどまったが、二三勝六敗で勝率が八割に近いという好成績。塩原さんは将棋会と囲碁会の両方で優勝という珍しい記録をつくられるかもしれない。

（平成二三年三月）

八、囲碁と俳句　その一

学士会館敷地の北西隅に「日本野球発祥の地」という石碑が立っている。この地に東京大学の前身の開成学校があり、ここでアメリカ人教師が生徒に野球を教えたのが「日本の野球の始まり」と記されている。

ベースボールを野球と訳したのは、幼名を升《のぼる》といい、「野球」（のぼーる）という雅号をもっていた正岡子規であるという説がある。残念ながら、これは事実と異なるようであり、正式には野球の命名者として、第一高等中学校の野球部員中馬庚が野球殿堂入りしている。

しかし、子規が東京大学予備門時代に野球を知り、熱心だったのは事実で、野球に関係のある句や歌を多数残している。さらには、野球用語「直球」「四球」「飛球」「打者」「走者」等を、一般的に広めたのは子規の功績ともいわれている。子規は文学を通じて野球の普及に貢献したことが評価され、没後から一〇〇年後の二〇〇二年（平成一四年）に特別功労者として野球殿堂入りを果たしている。

正岡子規といえば近代俳句の祖として有名である。興味深いことに、この子規は碁も大好きで、碁の殿堂入りの候補にもなったそうだ。事実、碁を詠みこんだ俳句を数多く残している。代表的なものを紹介すると、

碁に負けて忍ぶ戀路や春の雨
下手の碁の四隅かためる日永かな
淋しげに柿食ふは碁を知らざらん
月さすや碁を打つ人の後ろまで
碁の音の林にひゞく夜寒かな

子規の友人に夏目漱石がおり、漱石は小説を書く以前から俳句を始め、子規に師事していた。漱石も碁は知っていたようで「吾輩は猫である」の中では、駄洒落合戦を

しながら碁を打っている様子をユーモラスに描いている。また、碁を詠みこんだ俳句も、数は少ないが残されている。

連翹の奥や碁を打つ石の音

盛り崩す碁石の音の夜寒し

わが学士会囲碁会員にも俳人がおられるかもしれない。学士会囲碁会が発刊した二〇〇〇年記念誌「烏鷺悠々」の中に会員の俳句もしくは俳句らしきものや短歌が見つかったので紹介します。

尾藤一郎さんの「碁キチのざれ歌」より

「参った」と三味線鳴らしてほくそ笑み

たそがれの神保町をうきうきと

戦跡を宙に並べて乗り過ごし

あの辺に打ち込みたいと星仰ぎ

膏肓に入りし病は篤かりき　烏鷺の争い夢に見るとは

佐々木康夫さんの「私の囲碁遍歴」より

　碁敵の肩越しに梅白きかな

佐野栄一さんの「精進庵」より

　茅屋に烏鷺を競えば遠蛙

　碁に倦んでいで立つ川辺風薫る

　読み止めて眼をやるあたり吾亦紅

　山紅葉われら碁打ちぞ地鶏鍋

　独り碁やいつものかたき冬籠り

長谷川英一さんの「棋譜の数」より

　会館で　今日も珍棋譜一つつくる

　それは10のX乗　幾百桁の一

　帰り路に　満天の星　棋譜に見え

　手筋芋筋　キラキラ光る

最後に囲碁会員で学士会の俳句の会「草樹会」の会員でもある北郷隆夫さんの句。

碁敵に負けて酸っぱい青リンゴ
短夜に負け碁のほてり冷めやらず
碁敵に勝って一口桜餅
秋扇ゆったり使い盤睨む
初打ちの晩の奢りは牡丹鍋

（平成二四年一月）

二、囲碁と俳句　その二

囲碁会こぼれ話に「正岡子規　俳句と碁」を掲載したところ、囲碁会会員で俳句同好会草樹会会員でもある北郷隆夫五段が学士会会報「草樹会詠草」より囲碁を詠みこんだ俳句を拾い出してくれました。
学士会会員の中で囲碁会会員の他にも碁に興味をお持ちの方が多くおられることは心強いことです。

夏至過ぎて盤上の石清しかり　　伊藤通弘（通弘）
威勢よき音させ石打つ古扇
盤上に音せぬ釣瓶落しかな
良き手筋ありて一石音涼し　　白勢陽一（一間）

数目は足りぬと扇置かれけり　塚本実（虚舟）
劫立てを扇子に問ふや名人戦　中根敬一（敬逸）
おもむろにハンカチ仕舞ひ投了す　服部素一（一放）
菊酒の酔余の囲碁となりにけり
天元はすなわち恵方初碁打つ　俵藤正克（正克）
盤上に黒石一つ冴え返る
ひとり碁を並べる夜半の霜の声　高石昌弘（昌魚）
秋扇棋譜みて番茶啜りをり
碁敵がひたすら食らふ柏餅　高島宏（鷺州）

俳句といえば俳聖松尾芭蕉がまず頭に浮かびます。芭蕉は碁を知っていたのでしょうか。ところが意外というか、当然というか芭蕉は碁を知っていたのです。それもかなりの打ち手で碁が大好きだったそうです。芭蕉が若いとき小姓として仕えた藤堂良忠が趣味の人だったので、芭蕉は俳諧と共に囲碁も教わったと想像されます。

芭蕉は連句で囲碁を詠みこんだ句を沢山作っています。有名な句としては

道すがら　美濃で打ちける　碁を忘る

芭蕉の棋力については囲碁ライターの秋山賢司氏が著書『碁のうた碁のこころ』講

談社刊で「藤沢秀行先生は棋士の勘で芭蕉の棋力は現在の県代表クラスと認定されました。芭蕉こそわが国文芸史上、最強の巨人かもしれません」と紹介されています。
「碁のうた碁のこころ」により芭蕉や江戸時代の俳人の句などを引用紹介します。

月に起臥《おきふす》　乞食《こつじき》の楽《らく》　曾良
長き夜に　碁をつづり居る　なつかしさ　翁
御簾《みす》に二人が　かはる物ごし　塵生
一輪咲し　芍薬の窓　東藤
碁の工夫　二日とぢたる　目を明《あき》て　翁
周にかへると　狐なくなり　桐葉
うつくしき　佛を御所に　賜りて　鼓蟾
つづけてかちし　囲碁の仕合　翁
暮れかけて　年の餅搗いそがしき　亨子

江戸中期の俳人で、芭蕉と並ぶスーパースターとして夏目漱石が高く評価した与謝蕪村にも囲碁を詠みこんだ句があります。

洟《はな》たれて独《ひとり》碁をうつ夜寒かな

そのほか江戸時代の句、川柳。

山寺は碁の秋里は麦の秋　一茶
短夜の碁を打分の名残かな　喜重
碁を崩す音幽《しずかなり》也夏木立　嵐山
すずしさやよき碁に勝て肱枕　雨谷
狸とはしりつつもまた碁を囲み　几董

黒石の碁笥《ごけ》を引合ひ久振り
碁敵は　憎さも憎し　なつかしさ
大三十日《みそか》　世間へ義理で　碁を休み
碁会所で　見てばかりいる　強いやつ
攻め合になると石田はみなかけ眼

最後に、珍しいことに碁と俳句の両方がプロだったという才人の松涛楼《しょうとうろう》の句を紹介します。

松涛楼は昭和初期に本因坊秀哉門下で活躍した棋士ですが、高浜虚子とも交わりがあった俳人であり、「碁より俳句のほうが評価が高い」ともいわれたそうです。

花いまや曼荼羅ふらせ盤の上

追善碁会の盤上、そこに天人が降らせるという曼陀羅華（普通はハスの花）のように桜の花びらを降らせて埋めつくせ、と詠んだ。

（平成二四年七月）

ホ、囲碁と短歌

俳句には、囲碁を題材にした作品が多くみられる。芭蕉を初めとして蕪村、子規、漱石などなど多くの俳人が囲碁を題材にした句を詠んでおります。

短歌にも囲碁を詠んだ作が、古くは古今集などに見られるが、数は多くない。

筑紫に侍りける時に、まかり通ひつつ、碁打ちける人のもとに京に帰りまうで来て遣はしける　紀友則

ふる里は見しごともあらず　斧の柄の朽ちし所ぞ恋しかりける

（『古今和歌集』巻十八）

註　「斧の柄の朽ちし所」というのは、中国・晋の王質という男が分け入った山中で仙童の囲碁に見とれていると、携えていた斧の柄が朽ちてしまい村へ帰ると知人は皆故人になっていた、という故事に由来する言葉。囲碁に熱中すると時間を忘れてしまう様子をいっている。この場合は「斧の柄の朽ちし所」で囲碁を打った筑紫のことを指している。

「ふる里」は友則の故郷、京都のこと。筑紫に国司で行っていた友則が、赴任先でともに碁を囲んだ相手を懐かしみ送った和歌。歌の意味は「帰ってきた都は、昔のようになじみ深い感じはしません。あなたと斧の柄が朽ちるほど長く囲碁を楽しんだ筑紫が恋しいことです」。

現代になると、代表的な女流歌人の馬場あき子が数多く碁の歌を詠んでおられる。幾つかをあげると

笥《け》に入《い》るる碁石のおとの秘めやかに　初《う》いごとなりし勝の羞《やさ》しさ
封じ手の眠る一夜をしみじみと銀河傾き秋深むなり
打つとなき音やはらかし沈黙の諧調ありて布石花やぐ

馬場あき子ご本人は、棋力は初段以下と謙遜されているが、碁の魅力について次のように語っておられます。

「自分が打つよりも、碁を打っている男性の姿を見るのが大好きです。どういったらいいのかしら、哲学的で思索的で………。厳しくて暖かい反面、弱さも出ますね、その姿は横から見ても後ろからみてもすてきです。」

（秋山賢司『碁のうた　碁のこころ』講談社刊より）

ところで、わが学士会囲碁会の会員に「ただごと歌の巨匠」といわれる歌人がおられます。奥村晃作初段です。奥村初段は岩波新書の永田和宏著『現代秀歌』に、短歌の新しい世界を、新しい表現を拓いた歌人の一人として取り上げられています。

奥村初段が、平成二九年九月に、満八〇歳の一年間に詠み溜めた歌の中から四八二首を選んで編まれた『八十の夏』（第十六歌集・六花書林刊）という歌集を出版されました。本の帯には次のように書かれている。

「囲碁、絵画・音楽鑑賞、そして暮らしの中心には、いつも短歌！

歌人・奥村晃作、観察者の視線が益々冴え渡る。一年間、情熱の四八二首。」

歌集『八十の夏』よりいくつかの歌を紹介します。

歌誌「未来」二月号

現役は退かず歌詠み文を書く八十九の岡井隆翁

同年の生まれの歌人馬場さんは岡井さんより体強そう

九十に近い馬場さん岡井さん本年卒寿の尾崎左永子さん

囲碁に遊ぶ

都合のつく限り碁会に出向くのは同世代の友と遊ぶためなり

学士会・高七碁会ほか二つ碁会に属し老いの遊びす

六十人総当たり戦、今日二局打ちたり、同窓の碁友・碁敵

投げるべき碁

自分なら投げるべき碁を投げないで最後まで打つ相手に負けた
投げないで時間をかけて考える相手にゆるむ手を打ち負けた
手がゆるみ逆転負けす圧倒的勝ちの碁負けた負けは負けなり

碁の神様

数うれば一目の勝ち一時間交互に石を打ち並べ来て
数えたら一目の差で勝っていて碁の神様が勝たせてくれた
石置いて弱者が強者と戦える囲碁は世界の万能ゲーム

われの楽しみ

ゴルフ・囲碁・マージャン・ウオーク八十の健康老人、日々遊んでる
高校の大先輩の平田さん、八十八を囲み囲碁を打つ
クラシックギター孤りの部屋に弾き友らと囲碁するわれの楽しみ

学士会囲碁会

敗北を認めると言い投げもせずわが手緩みて数目の負け
負け碁だと思い並べて数えたら一目の勝ち、運がよかった
数えたら一目の勝ち相方は数えて勝ちと思っていたと
強引に切断されて一方が取られてしまい大敗でした

高七囲碁会（飯田高校）

チマチマと打つのは止めてよい大場、大場と打ちて勝ちを得たりき

ひとっ皮剥けたる後は勝ち重ね五勝二敗で優勝せりき

へ、囲碁と落語

学士会の同好会では一〇〇年を超えた歴史を持つ囲碁会が会員数も三〇〇人超と最大である。次いで落語会が創立一〇年と歴史は浅いが会員数は年々増え二〇〇人に達している。

平成二七年の理事長杯授賞式では珍しいことがあった。落語会会員が三人受賞したのである。理事長杯は各同好会一名が原則であるから、こういうことはあり得ないことである。真相は、落語会が推薦したのは十時博信前落語会代表一人であったが、落語会会員の北村紀夫氏が将棋会から推薦され、落語会会員の木澤廉治氏が囲碁会から推薦されていたということであった。

落語会の一月例会では木村良正代表が、「理事長杯を受賞する秘訣は落語会に入ることである」という下げで挨拶を締めておられました。

一月のＮＨＫの囲碁番組「囲碁フォーカス」で「碁と落語」を特集しており「囲碁

に魅了された落語家」の桂歌助を紹介していました。

桂歌助は高校球児で、東京理科大学理学部数学科を卒業して桂歌丸に弟子入り、現在は落語家のほかに街道案内家としての顔も持ち、ＴＶでも水戸黄門などに出演したという変わり種。「囲碁フォーカス」では桂歌助が三段認定大会に挑戦した模様を放送していたが見事四連勝し三段の棋力を認定されていた。

桂歌助は碁の魅力は「夢中になれること。ストレスを忘れられること。集中力がつく」と答えていました。放送の最後では「碁とかけて落語と解く。その心はヨセ（寄席）が肝心です」で締めておりました。

碁を題材とした古典落語としては「笠碁」「碁泥」が有名です。

「笠碁」は囲碁をテーマにした人情噺。碁仲間が喧嘩しながらも離れられない人情の機微が鮮やかに描き出されています。

五代目小さんの十八番でした。三月の学士会落語会例会では小さんの弟子のさん喬師匠が演じていました。さん喬師匠の下げは、「お互い意地をはってすまなかったと詫び合い、自分たちはもう年配で待ったなしだと言い合いながら、碁ではこの一目待ってくれ」となっていました。

「碁泥」は、典型的な滑稽噺。碁狂いの泥棒が、ひと仕事済ませ、大きな風呂敷包みを背負って失礼しようとすると、聞こえてきたのがパチリパチリと碁石を打つ音。矢も楯もたまらくなり、音のする奥の座敷の方に忍び足。風呂敷包みを背負ったままノッソリ中に入り込むと、観戦だけでは物足らず、いつしか口出しを始める。

学士会囲碁会に入会された元東大囲碁部の主将のH九段に囲碁会の印象をお尋ねしたら、傍から口出しされる方がおられますねと苦言をいただいた。プロ棋士の場合、対局終了後必ず観戦者も加わり感想戦が行われる。編集子は、学士会囲碁会でも対局後には観戦者も加わった感想戦があってもいいのではと考えている。ただし、観戦者の口出しが歓迎されるのは、あくまでも対局後のこと、対局中の口出しは厳禁である。

（平成二七年七月）

ト、囲碁の効用

学士会囲碁会の指導碁に来ていただいている岡田結実子六段がＮＨＫの囲碁番組にご夫婦で出演しておられました。テーマは「夫婦で歩く棋士人生」というものでお二人の馴れ初めやお幸せな家庭が紹介されていました。

番組の後半では、岡田夫妻が熱心に取り組んでおられる囲碁の普及活動で重点を置いているのが、子供の習い事に囲碁を選んでもらえるように若いお母さん方に「囲碁をやると、こういう良いことがある」と教えていると話しておられました。

番組の中では「囲碁をやると、こういう良いことがある」について具体的に触れておられなかったので、岡田六段が指導碁に来られた時に、お聞きしました。

岡田六段が第一に挙げられたのは「子供のうちに碁をやるとよいことは、碁を打つことによって人間関係の経験をすること。勝つことによって相手を思いやる。負けることで打たれ強くなること。今の子供はゲームの一人遊びで、負けても簡単にリセットするので打たれ弱くなっているのが問題」ということでした。

岡田六段から、広く囲碁の効用について、東大の囲碁授業で石倉昇九段が教えられているものを参考にするようアドバイスしていただきました。よくまとめられているので二〇〇八年一月七日付読売新聞に掲載の「岡目八目」より抜粋紹介します。

『なぜ「東大で囲碁」なのか。囲碁には、学生にとって五つの効用があると考えています。

一つ目は、「考える力」を養うこと。囲碁では、基本（定石や考え方）を理解した上で、それを工夫することが必要です。これは学問にも通じ、学生が社会で生きていくうえでも大事なことです。

二つ目は、「相手にも与えるバランス感覚」を身につけること。囲碁は、陣取りゲームですが、すべて自分のものにしようとすると失敗します。相手にも与えるというバランス感覚は、周囲を見渡す力も育てます。

三つ目は、「負ける経験」をすること。コンピューター全盛期に育った子供たちは人間対人間の勝負をすることが少なくなってきています。でも、学生たちが社会に出てどういう仕事をするにしても、直面するのは人間対人間の関係です。負ける経験は、相手の立場や気持ちを理解する感性を育てます。負けた経験の少ない東大生は、社会に出た後の挫折に存外弱いもの。学生時代の「負けた経験」は、将来に役立つと思います。

四つ目は、「大局観」（広い視野でものごと見る）を育てること。

五つ目は、思い通りにいかなくてもしっかり辛抱するという「忍耐力」をつけることです。

このような効用をねらいとして、東京大学の囲碁の授業は始まりました。』

面白いのは、石倉九段も岡田六段も「負ける経験から学ぶ」ことを共に強調されていることである。

石倉九段の「囲碁の五つの効用」は新聞のコラムということで字数の制限があるせいか、後半の四つ目の「大局観」については説明が簡略化されていますが、囲碁特有で最大の効用としては「大局観」を育てることと考えられます。もっとも、将棋の羽生四冠にも『大局観』（角川書店刊）という著書があり、「今は経験を積んだ『大局観』でさまざまな角度からアプローチできるようにと思う」と書かれています。「大局観」が大事なことは囲碁将棋共通ということでしょうか。

石倉九段の囲碁の効用は学生に語りかけたものです。実際にビジネス界のリーダーは、囲碁をどう考えているのか興味があります。幸い「月刊碁ワールド」に本年一月より「ビジネス界の愛棋家に聞く『私と囲碁』」という特別企画が連載されています。そこに登場したリーダーの方々の「ビジネスに役立つ囲碁の戦略性」として要約されているものを部分的に抜粋紹介します。

小林英三日本証券金融株式会社社長（一月号より）

1、大局観を持つ

2、攻めと守りのバランスを見極める

融資や資産運用においては、一定程度のリスクを取らない限りは、リターンはえられないけれども、リスクを取りすぎても失敗します。また、「勝ち碁をかちきるむずかしさ」に通じますが、有利だと思って慢心していては勝ちきれない。ここで見極めが役に立ちます。

3、相手の考えを読む・理解する

水田廣行日本電波塔代表取締役会長（二月号より）

1、利害を超えた関係性が作れる
2、相手の哲学がわかる
3、マネジメントの本質がつかめる
村井史郎シークス株式会社代表取締役会長（三月号より）
1、最高の営業ツールになる
2、組織設計の本質が掴める
3、変化に対応する「組み合わせ力」がつく
中野里孝正株式会社玉寿司会長（四月号より）
1、人脈構築に役立つ
2、ビジネスの本質を身につけられる
先手必勝、捨石・要石、手順前後、こういった考え方は、まさに経営そのものです。
3、大局観・勝負勘が磨かれる
あわせて掲載されている「囲碁を始めようとされる方へのメッセージ」も役に立つと思われるので抜粋紹介します。

「囲碁でビジネスの神髄がわかる。ビジネスの必携。」（小林英三日本証券金融株式会社社長）

「囲碁には、人生のエッセンスがつまっています。囲碁も人生も変化するしミスをする。そして、その変化・ミスを・・・視座を変えつつ分析する訓練ができるので、ビジネスに役立ちます。」（水田廣行日本電波塔代表取締役会長）
「やはり囲碁は面白い。それは人がわかるからです。それにビジネスにも、人生にも役に立つ。」（村井史郎シークス株式会社代表取締役会長）
「囲碁は、生涯の友であり、人生の師です。」（中野里孝正株式会社玉寿司会長）
「安くて、持続性があって、面白い。こんないいゲームはありません。・・・独創性の勉強をゲーム化したといっていいかもしれません。下手な勉強よりいいでしょうね。」（神山茂株式会社ジャステック取締役会長）
（平成二七年七月）

チ、高段者に聞く

最強戦優勝者佐々木英治九段に聞く

平成二三年の最強戦優勝者の佐々木英治九段に碁歴などをお聞きしました。

佐々木英治九段は昭和五年二月生まれで満八一歳。最強戦は平成二〇年から始まった棋戦ですが、佐々木英治九段は二回目の平成二一年にも優勝されているので今回は二度目の優勝となります。

二度目の最強戦優勝おめでとうございます。振り返って印象に残っておられることは。

決勝戦をはじめ、すべての対局は厳しいものでした。特に準決勝戦の吉田さんとの碁は中盤まで、明らかに非勢でしたが、逆転で勝てたのは幸運でした。

それでは碁歴などをお伺いします。まず、碁を始められた時期や教えてくれた人などは。

昭和二〇年一五歳のときに父がルールを教えてくれた。その後兄弟や友人と時々打って碁を「知っている」つもりでいた。

昭和二五年二〇歳のときのこと、大学の夏休みのある日名古屋市内を歩いていたら、焼け残りの住宅街の一角に〇に「碁」と書いた貼り紙があった。中は和室で碁盤が四～五台。留守番の初段だという爺さんがいたので対局を申し込むと、「星目置け」という。「何を！」と思って勇ましく打ち進めたが、あちこちで石を取られて第一局は大敗。「もう一局」「もう一局」でその日は暮れた。

口惜しいから古本屋で棋書を買ってきて猛勉開始、朝と夜は碁を並べ、昼から爺さんの所へ通った。夜寝る時は天井で碁石がちらちら浮かんできた。かくして続けること五十日。手合いの方は星目を卒業するのに二週間ほどかかったが、そのあとは、置石は八、七、六、五、四と減って行った。現在の初段程度と思う。

私が最も碁に熱中した時期である。

段位を取られたのは。

昭和三五年三〇歳の頃、日経紙夕刊で毎週「次の一手」を募集していたのでハガキを出していたところ「成績優秀」ということで日本棋院に招待され記念対局の後、二段を貰った。

昭和四五年四〇歳の頃、恒例の業界内団体戦で「成績が良かった」ということで協会の予算で四段を貰った。良い時代であった。

師事したプロ棋士は。

特に師事したプロ棋士はいないが、こんなこともあった。

今から一〇数年前のあるとき、新宿の碁会所で碁を打っていたら偶々そばにいた上村邦夫プロ（九段故人）が「この人の碁はダメだ。目を二つも三つも作ってから戦争を始める。それでは大勢に遅れて勝負にならない。『目なし』と『目なし』が戦うのが碁だ。もっと石の省略、効率化を考えねば」と評した。

酒を飲んでおられたせいもあって、物の言い方は乱暴だが的確な評だと感じた。爾来このことをいつも念頭に置いている。

上達の道、方法は。

定石の習得、実戦、詰碁など一通りやってきたがこれが一番という方法はないようだ。

私の場合ここ数年に限れば

①上手と打つこと。

②プロアマを問わず上手の碁を並べる。

③自分が負けた碁を並べ返して敗因を追究する。

などである。

囲碁の力には「感覚」の分野と「読み」の分野があるが、プロの碁を鑑賞していると見よう見まね、記憶だけでも感覚が身についてくるから楽しい。

一方、「読み」の力は根気根性に左右されるので私にとっては苦手の分野である。

ご自分の棋風は。碁で心がけておられることは。

ほめ言葉でいえば、私の碁は「形が良く堅実な碁」ということになるだろう。しかし、私と親しくなった上手は口をそろえて私の碁を「亀の歩むが如き」「小笠原流」「上げハマの出ない碁」（華やかな戦闘、捨て石、コウ争いによるフリカワリなどが少ないことを意味する）などと評する。先に紹介した上村邦夫プロの評と同じ意味である。私としてはいつも「上げハマの出るような碁」を打ちたいと思っている。

碁の魅力は。

たかがゲームの一種ではないかといわれればそうだが、嫌にならず長期中断もなく今日まで続いてきた。

　何が碁の魅力かと問われて正解はできないが、ルールが単純、論理的で奥が深い、スポーツ等が体格や筋力で優劣が決まるのに対し碁は老若男女すべて対等などが良いところだと思う。


碁をやっててよかったことは。

　碁を通じて人とのつながりが増え、長続きしている。碁を打たない人から見たら随分無駄な時間を使ったことになるだろうが、碁を打つおかげで人生の晩年になっても楽しい日々が送れてよかったと思う。


お薦めの本は。

　特にありません。毎月「囲碁ワールド」は読んでいる。


碁の他にやられたことは。

　麻雀は碁以上に夢中になってやりました。麻雀で勉強、仕事、金銭、健康、家族を犠牲にしたといえる程です。

　成績は職場の仲間うちでは勝ちが多かったが、街での他流試合ではトコトンやる性格が災いしたか随分負けました。


ご嗜好は。

　ゴルフはやりましたが、つき合い程度です。

お酒は飲みません。

健康方法は。

特にないが定年後は夜遊びを止め、外食をなくした。

一方で山歩き、水泳、杉並区民農園での野菜作りを始めた。

山は当初、友人のガイドで丹沢、奥多摩などへ行ったが次第に欲が出て奥秩父、八ケ岳、北ア南アの名峰に挑戦した。多くは衝動的単独行で色々危険な目に遭ったが、今となっては懐かしい思い出である。

区民農園での野菜作りも楽しくて今日まで続いている。趣味として始めたものだが、健康にも大いに役立っているようだ。

（平成二四年三月）

最強戦優勝者川名晃九段に聞く

平成二四年の最強戦の優勝決定戦は昨年と同じく佐々木英治九段と川名晃九段の対局となりました。昨年は佐々木九段が勝ち最強戦二度目の優勝を果たされましたが、本年は川名九段が昨年の雪辱を果たし初優勝されました。

平成二四年の最強戦優勝者の川名晃九段に碁歴などお聞きしました。

川名晃九段は昭和五年九月生まれの満八一歳です。

最強戦優勝おめでとうございます。先ず今年の最強戦をふり返ってみてのご感想は。

最強戦は第一回より参加していますが、これまでの成績は昨年の準優勝が最高でした。今年初めて優勝できました。敗者復活戦を経ての優勝で通算六勝一敗でしたが、そのうち五勝は形勢不利からの逆転でしたので、優勝できたのは幸運の一語に尽きます。

それでは碁歴などをお伺いします。まず、碁を始められた時期などは。

初めて碁に接触したのは旧制高校の二年生の春（昭和二三年）でした。

そこで五目中手の死を教えられ、二眼の生きの基本がわかりました。それまでは将棋や五目並べしかやったことはなく、遅いスタートでした。その後、夏休みに鈴木為次郎の「先手必勝法」（序盤三〇手ぐらいまでの棋譜集）を並べて過ごしたところ、休み明けには学友を四目に打ち込んだ結果、囲碁が面白くなり、はずみがつきました。

大学では囲碁倶楽部に入り授業の休講の時には専ら囲碁を打っていました。

社会人となって、業界で団体戦、個人戦があり、ここで鍛えられて棋力も上がり、個人戦の優勝、銀行本因坊戦挑戦者になるなど昭和三〇年代の後半が最も棋力が充実した時期だったと思います。業界推薦により無料で四段、五段の免状を頂きました。その後は仕事や家庭も忙しくなり、六段の免状を取得（有料）したのは昭和六三年、五八歳の時でした。

好きな棋士や師事された棋士があれば。

戦後の本因坊戦九連覇の偉業を達成された高川秀格本因坊の平明流に憧れ「流水不争先」を座右銘としたこともありました。

昭和三〇年代後半によく指導していただいたのは、稲垣弘一九段（故人、当時四段）でした。二子から先の碁が多かったのですが、今でも記憶に残る言葉は「碁は辛抱の芸ですよ」ということですが、未だに私の碁に不足しているところでしょう。自分の弱点を補わず、攻めに前のめりになる性向は未だに治りません。

そのほか、杉内寿子八段の主宰する石寿会に入っていたので元女流本因坊の加藤朋子五段などの女流棋士に数多く指導碁を打ってもらいました。

六十年余の囲碁生活では多くの人と対局されてこられたでしょうが、特別に思い出のある方は。

昨年学士会囲碁会に入会された中原恒雄さんは私の師匠筋に当たり、一高時代から社会人になってからも公私とも長くつき合っています。大阪勤務の時代ご自宅に伺い酒を飲みながら徹夜で囲碁（一面手直り）を打ち、二子から五子まで打ち込まれた記憶があります。

中原恒雄さんは学生時代に大学対抗戦で東大チームの大将を務めて優勝されるなど華々しい成績を残されています。

企業人としても光ファイバー研究開発の最前線で業績をあげられました。第一線引退後も住友グループ出身の技術陣が立ち上げた「未来予測研究会」の代表として活動されています。

著書としては、未来予測研究会との共著で一〇〇年後の技術を予測した『15歳の君に見てほしい22世紀の未来―１００年後からの手紙』（徳間書店）を出版されています。

上達の道、方法は。

継続が大事と思います。棋力は目に見える形で連続して上がって行くものではないようです。努力を続けておれば、あるきっかけで一段上に飛躍できるときが来るように思います。

昔は棋書もよく読みましたが、現在はケーブルテレビで囲碁将棋ジャーナルの竜星戦などを見ています。

碁で心がけておられることは。好きな言葉は。

「勝てばもとより欣然、敗けるもまた楽し」

北宋の詩人蘇東坡の『観棋』という詩にある言葉です。詳しくは「勝てば、もとより欣然とし、敗れても、また喜ぶべし、優なるかな游《ゆう》なるかな、しばし、また爾《じ》するのみ」。

意味は「勝てば当然嬉しいし、負けても喜べばよいのだ、人生は自由自在、それだけのことよ」ということのようです。面白いことに、蘇東坡自身は「囲碁はできない」と述べており、この詩を書いた意図はまったく囲碁にはなく、主に人生の損得や成功・失敗を達観していることを示すところにあったといわれています。

事実、蘇東坡は生涯、多くの挫折を味わい、この詩を書いたのは、すでに六〇歳を超えて、海南島に配流されていたときといわれています。

碁をやっててよかったことは。碁の魅力は。

碁を続けてきてよかったことはいろいろありますが、人生順風の時ばかりではなく、その時に何よりも心の安定に役立つということでしょうか。

学士会囲碁会入会のきっかけは。

現役引退後、旧制高校同期の野口稔さんと学士会館でよく碁を打っておりました。野口さんが、先に学士会囲碁会入会し、囲碁室もリニューアルされ打ち易くなったので平成一七年に私も入会しました。野口さんは残念ながらその後亡くなりました。

学士会囲碁会には旧制高校囲碁会で対局した旧知の方が多くおられました。現在は佐々木英治九段に勧められて、九段八段の有志が参加されている名人戦リーグ（月二回）に参加しており、最近期は上位の成績を挙げています。

碁の他にやられたことは。

麻雀は旧制高校時代に覚えましたが、碁をやるようになってからは碁の方にウェイトを移しました。

現在は家内や孫たちと家庭麻雀を楽しんでいます。

ゴルフは現役の頃はおつきあいでよくやりました。ハンディキャップはアベレージ以下でした。

引退後は真鶴のセカンドハウスをベースにホームコースの湯河原C・Cで夫婦でラウンドしていましいたが、八〇歳で止めました。ドライバーが飛ばなくなりゴルフが楽しくなくなったのが止めた理由です。

ご嗜好は。

現役の頃はよく飲みましたが、現在は毎晩焼酎お湯割り一杯程度です。

健康方法は。

現在八一歳になりますが、この年齢まで病気で入院した経験がありません。

特別の健康方法というものはありませんが、現在は週に三回ほどフィットネスクラブに通い、水中ウオーキングや自転車漕ぎをやっています。

（平成二四年九月）

最高勝率賞受賞の武村八段に聞く

平成二二年度より最高勝率賞が設けられました。これは年間のランク別戦の三棋戦を通して六〇局以上対局し、最高の勝率を挙げた会員を表彰するものです。第三回となる平成二四年度の受賞者は武村泰男七段でした。武村七段のランク別戦での成績は六六局対局し五八勝八敗で勝率は八七・九%でした。

武村泰男七段は平成二三年四月に学士会囲碁会に入会されましたが、入会後の通算成績は一三六勝二四敗で、勝率も八割五分という好成績を挙げておられます。

武村泰男七段は昭和八年七月生まれの満七九歳。

カントのご研究が専門の哲学者で、一九九二年から一九九八年まで三重大学長をつとめられました。ほかに日本向老学学会理事長、鈴鹿国際大学学長等。社会活動の中で、教育、生命、死、生命倫理等の諸問題に関わっておられます。

碁のお話をお聞きする前におたずねします。武村さんが、数年前に三重大学医学部看護学科設立一〇周年の記念講演として、「看取るということ」という演題で『「個」と「普遍」の相克』というお話をされたものがインターネットで紹介されていました。興味あるテーマなのでその要旨をお話しいただけませんか。

さまざまな患者さんの共通の部分を取り出して、ある「病名」をつけることは「普遍化」する、あるいは「抽象」するということであり、医学を含めて自然科学というのは、このように「普遍化」あるいは「抽象」するという行為です。

しかし、たとえば、「がん」という同じ病名の患者さんでも、個々の患者さんによって苦しさや痛みはずいぶんと違う。そして、一人ひとりの患者さんがどのように感じ、どのように苦しんでおられるかを他人が理解することは非常に困難なことです。

看護は、患者さんを「看護学」という学問として「普遍」的に位置づけると同時に、個としての患者さんを看《み》る必要があります。このような自然科学の追求と個の理解の相克に毎日立ち向かわなければならない看護師さんやお医者さんはたいへんな仕事と思われます。

簡単に言うと、患者さんを「病気」として扱うだけではなく、全的な「人間」として接することが重要だ、ということです。

それでは、碁歴などをおききします。

碁を始められた時期、きっかけは。碁を誰に習われましたか。

大戦末期、小学校六年生の時に強制立ち退きに遭い、船橋の小さい家に移りましたが、どういうわけか折り畳み盤があって父が教えてくれました。父の腕は今でいえば五、六級でしょうか、時ならずして父より強くなりました。しかし終戦後も父より強い人に出会うこともなく過ぎました。近くに小さな碁会所もあったのですが、行きはじめてすぐつぶれました。その後も私が通うようになるとつぶれる、というのが近くの碁会所の運命だったようです。

碁について、特別の思い出はありますか。

碁敵というような人がおられますか。

高校一年の時でしたか、友達に手作りの碁罫紙で教えだしたら、あっという間に学校中に広まりました。授業中でも夢中で先生方も困ったでしょうな。だから高校の同級生で碁を知っている人は皆私の弟子孫弟子ひ孫弟子です。

碁敵というのは特に意識した人はいませんが、いちばん集中して打ったのは、あるとき三重大学の事務局長（大学での事務方のトップ・・以下大学本部の部長、課長まで文部省からの出向）として赴任してこられた黒崎さんという方ですか。文部省随一の打ち手が来るぞ、というので待ち構えていたわけです。昼休みに打つのですが三連勝で手直りという約束でした。黒崎さんが異動で三重大を去られるまで、総計二百数十局（と黒崎さんは言います）。先に打ち込まれたり、二子に打ち込んだりにぎやかでしたが、結局最後は互先に戻ってめでたしめでたしとなりました。

師事したプロ棋士がおられますか。

プロの先生で一番多くお願いしたのは、三重県出身の故田中満生先生（中部総本部所属、退役三段）でした。三重に四四年間いましたご縁によりますが、先まで行きました。

お好きなプロ棋士は。その理由など。

習いたてのころ父がよく「呉、木谷」の話をしていました。考えてみると私の生まれた昭和八年に新布石が生まれたのですね。そのせいか呉、木谷の両先生は好きですね。

碁で心がけておられることは。

現役のころは碁を打つ暇がなくて碁会も年に数度という感じでしたが、あるとき、負けても悔しくない自分に気が付きました。これが認知症の始まりというものか、と感じ、それ以後どんな対局も（八子九子の碁も含めて）全力を尽くすことに決めました。そのせいか今でも少しずつ腕も上がっているようです。

学士会入会後の通算勝率が八割五分と好成績をあげておられますが、上達の秘訣がありますか。

お薦めいただける勉強方法や本などがあればご紹介ください。

今も申し上げたことですが、その都度一所懸命に打つ、ということでしょうか。怠惰なもので昔から棋譜を並べるなどということはあまりしませんが、多分棋譜並べは最も有効な上達法だと思いますよ。

もっとも長年購読してきた雑誌の付録がかなりの量になって、それを厠上、床上で読んでいます。鞍（今なら電車ですか）上と言いたいのですが、地方にいて電車に乗ることも少なかったのでこれはなかったですね。
　碁を覚えたころ、家に雁金八段著『囲碁大観』が転がっていてこれはよく読みました。
　というより、今のように本があふれている時代ではなかったですから、あらゆる印刷物を繰り返し読みふけったわけで、その中に上記の本があったということです。

碁の免状を取られた時期は。

　三段の飛びつき免状をいただいたのは何十年も前のことですが、六段をいただいたのは一七、八年まえ中部総本部での大会で連勝したときですね。

碁をやっていてよかったことは。

　生来非社交的なものですから、碁を通じての交流の広がりはありがたかったですね。

学士会囲碁会に入会されたきっかけは。

学士会囲碁会の印象は。

　学士会囲碁会の存在は雁金先生が顧問でいらっしゃる時分から知っていたのですが、東京に帰ってきて、さて碁でもまたはじめようか、と思ったときに真っ先に頭に浮かびました。たくさんの方がいらして快適ですね。よく碁会所で見かけるマナーの悪さは全然ないし、相手探しもルールがきちんとしていて「非社交的な」自分も気を使わないで済むのもありがたいですね。

お好きな言葉は。碁に限らず。

いろいろありますが、今頭に浮かぶのは論語の言葉ですか。「君子之過也如日月之蝕焉／小人之過也必文」（君子の過つや日月の蝕の如し／小人の過つや必ず文（かざ）る）

私のような小人は失敗するとすぐ言い訳をしたり取り繕ってなんとか隠そうとしますが、君子はそんなことをしませんからその失敗はたちまちオープンになります。日食月食が誰にでも見えるのと同じで。

碁以外のご趣味がありますか。

俳句（俳号　一銭）、川柳（柳号　一呆）、短歌、尺八（竹号　翠芳）、書（雅号　泰南）、絵画鑑賞、読書（専門は哲学となっていますが、最初は理Ⅰに入ったので、理系文系を問わず何でも—政治経済を除き—関心があります。小説も推理小説、歴史小説、少年少女小説に至るまで手当たり次第。もし島流しに遭って、一冊だけ本を持っていっても良い、ということになればためらわずトーマス・マン『魔の山』にするでしょう）。

多彩なご趣味をお持ちですね。できれば武村さんのおつくりになった俳句川柳短歌を

いくつかご紹介いただけませんか。

作ったものを二つ三つ披露せよとのお言葉に従い、恥を忍んでご紹介します。

「俳句」

高校生の孫が居合を習って刀を振り回しているのが結構さまになっています（現在三段）。

剣鳴って石垣のぼる初嵐　一銭

長いこと三重県の自閉症者の施設の後援会長を仰せつかっていましたが、家族の方の悩みは大変深いものがあります。自閉症という語が定着したのはそう古いことではなく、施設を作るにも国の認可を得るのが大変だったようです。この施設は全国初のものです。

自閉児の背にもやはらかく春の雪　一銭

「川柳」

お金の取り扱いと暴力的指導で全柔連が揺れています。時事川柳です。もちろんあの「色男金と力はなかりけり」を踏まえていますが。

色ならぬ金と力が荒れまくり　一呆

高齢者になったのはかなり前ですが、最初は優先席に座るのも遠慮していました。今では大威張りですが喜んでいいのか。

優先席にいる資格ある情けなさ　一呆

「短歌」

すこし前ですが、枯葉の舞う寒い街に買い物に出て、心は急げどもただヨタヨタといった当方を、若い人は軽やかに抜いていきます。なにくそと思ってももちろん足はついていきません。

カラカラと枯葉駆けゆく下町を急ぐヤングの足長きこと　泰男

嗜好。お酒や煙草などは。

誠に残念ながら酒に弱くコップいっぱいのビールといったところ。煙草は昔ちょっと吸ったくらい。要するに経済的にできているのです。

特別の健康方法がおありですか。

あれば教えていただきたいものです。何しろ八年前の軽い脳梗塞の後遺症で左手が痺れているし（幸い運動能力には……碁力にも……響きませんでした）、軽い糖尿病はあるし、首、膝、腰は痛いし、で、生きるのもなかなか大変だ、と実感している毎日なのです。

（平成二五年七月）

理事長杯二回受賞の高橋敏忠九段に聞く

昭和四四年より、当時の南原理事長の発意により、学士会各同好会の年度最優秀成績者に理事長杯が授与されることになった。学士会囲碁会会員にとっても理事長杯の受賞は最も名誉のものと受け取られていると思われます。その理事長杯を二回受賞された人が、現在の会員のなかで三人おられます。高橋敏忠九段、佐々木康夫七段、久保敏行八段の御三方です。

今回はその中でもっとも早く昭和四九年に受賞された高橋敏忠九段に碁歴などをお聞きしました。

高橋敏忠九段は昭和五年一月生まれの満八二歳。

学士会囲碁会には昭和四四年入会で、在会年数四三年は、松本雄三元委員長の五〇年に次いで二番目の長さで、囲碁会の大長老です。今でも棋戦に参加していただく数少ない九段のお一人です。

碁を始められた時期、きっかけは。

碁を始めたきっかけは、碁が好きな友人がいたからです。

昭和二二年頃、旧制都立高校二年生、満一七歳の時でした。

註、旧制都立高校は中高一貫の七年制高校です。昭和一八年に東京市と東京府が合併して東京都になりました。合併以前は府立高校と呼ばれていました。同窓会は府立高校を用いております。

碁を誰に習われましたか。

旧制都立高校で数学を担当しておられた三輪田輪三先生が碁の高段者というので押しかけて行き、井目から教えてもらいました。

三輪田輪三先生のお名前は、上から読んでも下から読んでも同じという珍しいものですが、旧制山形高校の校長をされ、戦時中教員不足の旧制都立高校で数学を教えておられた。学士会囲碁会ともご縁が深く昭和初期の有段者三名のうちのお一人で学士会囲碁会の発展に尽くされました。

三輪田先生から昭和二八年頃お聞きした話です。接収されていた学士会館がGHQから返還されて戦後の学士会囲碁会が再開されるについて、発起人の方々が三輪田先生の意見を聞きに来られたそうです。その時に先生は「学士会囲碁会の師範は瓊韻《ケイイン》社の雁金準一九段が一人で頑張っているが、今の碁界の趨勢を見ると、瓊韻《ケイイン》社もいずれは日本棋院に吸収されると思われる。ただ、今までの雁金準一九段に対する恩義があるから、たとえば土曜日は雁金準一九段、水曜日は日本棋院にしたらどうだろう。（当時は水、土が研修日）」と意見をいわれたそうです。先生の意見は直ぐには実現しなかったようですが、半世紀後に先生の弟子である松本雄三さんが委員長になった時に先生の意見が実現しました。先生の予言に因縁を感じました。

註、瓊韻《ケイイン》社は学士会囲碁会の初代師範をつとめた雁金準一師が創設した囲碁の組織。瓊韻《ケイイン》とは石のきれいな音というような意味。

碁について、特別の思い出はありますか。

東大囲碁部の先鋒として東都大学囲碁リーグ戦に出場し、全勝して日本棋院の一級の認定状をもらったことです。チームとしても優勝しました。

私はいつも碁を一局打つと、三回ぐらい負けた気分になりますが、一度だけ一局打って三回勝ったような気分になったことがあります。一〇年ぐらい前に旧制高校囲碁会で日本棋院のジャンボ大会に出場した時、我がチームが二勝一三敗で負けました。その時、一高の住谷さんと私が勝ちました。本来ならば仲間が負けたので悲しむところですが、このときだけは三〜四回勝ったような気分になりました。どうしてでしょうか。

師事したプロ棋士がいますか。

加納嘉徳九段（故人）勤務していた特許庁の本省である通産省に教えに来ておられました。

中岡二郎七段（故人）東大囲碁部で教えておられた縁で中岡会に入っていました。

中岡先生の弟子だった酒井猛九段にも教わりました。

山本正人七段　自宅の近くに道場があった。

お好きなプロ棋士は。

私が碁を覚えたときは呉清源の全盛時代でしたので呉清源が好きです。軽い碁で、大勢に明るいところが魅力でした。

心がけておられることは。上達の秘訣は。

加納先生に言われたことで記憶に残っているのは、「我々プロでも全部読んでいるわけではありません。通常は筋とか形で打っています」ということです。

また、加納先生にどうしたら強くなるかを聞きましたら「あなたはもっと苦しんで碁を打たなければ上達しません」と言われました。ただでさえ住みにくいこの世のなかで、生活に疲れた上に碁にまで苦しむことはないと思い上達することを諦めました。会員の皆様と楽しく碁を打ちたいと思いますので、よろしくお願いします。

酒井先生からは「あなたは布石感覚だけは良い」と言われ、「だけは」を無くすように心がけておりますが、中々無くなりません。

私は読み書きが不得意なので、本はあまり読みません。詰め碁の本を見る程度です。テレビ碁をみたり、プロの先生に疑問点を聞いたりします。

碁の免状を取られた時期は。

二八歳の頃、二段をとりました。

日本棋院と瓊韻《ケイイン》社両方の六段の免状を持っていたこともあります。

平成一四年七〇歳の頃、中岡先生の推薦で七段の免状をもらいました。その後八段の推薦もありましたが、正直なところ高額のお金がかかるので辞退しました。

碁をやっていてよかったことは。

碁を知ったので、つき合いが広くなり、その分色々な知識を吸収でき、更に物事について色々な考え方があることを知ることができました。

碁以外のご趣味がありますか。

趣味は、ドライブと考古学（特に中国）です。

自動車の免許をとったのは一六歳の時です。燃料が木炭だったころです。ガソリン統制が廃止されたのは、昭和二七年です。動く物が好きで、大学ではモーター同好会に入っていました。

満八二歳の今でも運転していますが、高速道路の標識が見にくくなったので、そろそろ免許を返上しなければならないかとも考えています。

考古学とは珍しいですね。

特に中国に興味を持っています。

たとえば、祖先崇拝が何故日本に定着したのか。その起源を探ると、中国の殷王朝の甲骨文に見出されるのです。殷王朝は周の武王に滅ぼされましたが（紀元前一〇二七年）、その祖先崇拝の思想は中国東北地区、朝鮮を経て日本にたどりついたと考えられます。瀋陽の愛親覚羅氏の故宮に、祖先に犠牲を捧げた旨の解説がありました。

中国や韓国、日本の神話には祖先崇拝の話はないので、それより前に神話ができたものと思っております。

嗜好。お酒や煙草などは。

タバコは二〇年ぐらい前に心臓に悪いといわれ止めました。碁を打つと吸いたくなるので、その時はポッキーをポキポキ食べていました。

私はお酒と碁と女性に弱いので、お酒は飲めませんでした。「吾食う、故に吾あり」の口ですので飯を食いすぎて太ります。弱い酒を飲めばその分食事が少なくなると言われて、飲むことにしました。清酒一合弱程度です。その時は、体重が二キロぐらい減りました。

満八二歳になられてもドライブに出かけられるなどお元気ですね。特別の健康方法がおありですか。

私は予定調和説の信者で、私の運命は全て神の定めるところでありと考えていますので、特別の健康法はしておりません。強いて言えばなるべく歩くようにしています。

（平成二五年三月）

理事長杯受賞者後藤宏雄六段に聞く

平成二二年の理事長杯受賞者の後藤宏雄六段に碁歴などをお聞きしました。

参考までに後藤宏雄六段の平成二二年の成績をご紹介すると、公式五棋戦のうち優勝が三回という好成績をあげられました。

後藤宏雄六段は大正一四年八月生まれで八六歳とご高齢ですが、平成二二年の年間対局数は二四八局と全会員中二位という多数の対局をこなされました。

特筆すべきは、同年輩で争う卒業年次別戦では特に強みを見せておられ、A組で平成十九年以来最近四年間はすべて優勝されています。

碁を始められたきっかけ、時期は。

戦後やることがなく大学の研究室で見よう見まねで碁を打ち始めました。

段位をとられたのは。

昭和四九年、四九歳のとき日本棋院の三段。平成六年、六九歳のとき、学士会囲碁会入会直後に当時師範だった渡辺昇吉九段が主催する瓊韻《ケイイン》社から六段をもらいました。

瓊韻《ケイイン》社は学士会囲碁会の初代師範をつとめた雁金準一師が創設した囲碁の組織。渡辺昇吉九段は雁金準一の娘婿。瓊韻《ケイイン》とは石のきれいな音というような意味。

師事した棋士は。

六〇歳代に仕事の縁で入った囲碁クラブで中村秀仁九段に一〇年ほど教わりました。

珍しい経験としては、まだ中学生だった高尾紳路九段に五子で打ってもらっていました。高尾九段のお父さんが同じ会社におられた縁です。

好きな棋士は。

呉清源。小林光一九段。

呉清源が発表した「二一世紀の碁」は魅力的です。「六合《リクゴウ》の碁」とも呼ばれるが、六合《リクゴウ》とは天地と四方、全宇宙のこと。囲碁は調和を目指すものとして「碁盤全体を見て打つ」ことを説いています。

小林光一九段は昭和六一年に棋聖、名人、十段、天元の四冠に。「小林流」の布石が有名です。小林流は中国流同様小目からのシマリを省略した足早な布石で、発展性攻撃性を併せ持つ。私の布石はこの小林流、中国流を基本としています。

上達の道は。

特にありませんが、上手と打つことでしょうか。

碁で心がけておられることは。

対局態度が大事と考えています。対局相手に対する思いやりが基本と思います。

碁をやってよかったこと、碁の魅力は。

朋友が沢山出来たこと。「碁をやれば百事を忘れる。」

お薦めの本は。

「兵法孫子」碁の本ではありませんが、碁に通じるものがあると思います。

たとえば「敵を知り己《オノレ》を知らば百戦危からず。敵を知らずして己を知らば一勝一負。敵を知らず己を知らざれば戦う毎に必ず殆《アヤウ》し。」

好きな言葉、格言など。

「先憂後楽」 常に民に先立って国のことを心配し、民が楽しんだ後に自分が楽しむこと。為政者の心得を述べた言葉。転じて、先に苦労・苦難を体験した者は、後に安楽になれるということ。

「桃李不言下自成蹊」 意味は「桃や李《すもも》は、口に出してものを言うわけではないが、美しい花やおいしい実があるから自然と人がやって来て、そこに小道（蹊）ができる。つまり、桃や李は、人格のある人のたとえで、そういう徳のある人には、その徳を慕って人々が集まってくる。」ということです

「人生意気に感ず、功名誰か復《マ》た論ぜん」 唐詩選の巻頭にあげられている五言古詩「述懐」の末尾の句。男子たるもの、自分を認めてくれた相手の心意気にこそ応えて身を処するもの、手柄を立て名を揚げることなど誰が問題としようか。「士は己を知る者の為に死す」（史記）ということ。

お酒は。

若い頃はよく飲みました。酒にまつわる武勇伝もありましたが、七八歳のとき、食道がんになり、それ以後は慎んでおります。

健康法は。

健康法は学士会囲碁会に来ること。というのは、一つには学士会館に来る為にかな

りの距離を歩くことになる。一日一万歩は無理でも三千歩を目標としています。

二つには碁を打つことは脳トレーニングになります。

高齢者の認知症の予防または脳機能の改善などの研究に取り組んでいる東北大学の川島教授が著書の中で単純計算が脳を鍛えるなどと述べられている。「学習療法」を一般の人向けにアレンジした本「脳を鍛える大人の計算ドリル」が有名。

毎日新聞の夕刊「脳トレ……皆伝しんあたま道場」シリーズにも碁石を数える問題が出されている。碁の形勢判断は、まさに「脳トレ」を実践していることになるのではないか。碁は脳と手が連動して働くので「脳トレ」には特に良いそうです。

基礎体力低下防止のためには、兵学校で習った海軍体操を今でも朝晩やっています。海軍体操は狭い艦内での運動不足を補うために考案されたもので全身の筋力アップに効果があります。


（平成二三年一一月）

ランダム戦優勝者長谷川正好七段に聞く

平成二四年度より公式棋戦後半の参加者を増やす趣旨で通年ランダム戦（落番リーグ戦）を始めました。第一回の優勝者は、七五勝三八敗の長谷川正好七段でした。

長谷川正好七段に碁歴などについてお聞きしました。

長谷川正好七段は昭和七年七月生まれの満八一歳。平成二〇年度の理事長杯受賞者。そのほか、コンピューターの記録では平成一九年以来の累計対局数一四四九局と勝数八二六勝は現在在籍の学士会囲碁会会員中最多の成績です。

それでは囲碁との出逢いからお聞きします。おいくつの時。教えてくれた人など。

一九四五年中学に入学した時、同級生になった梅津洋という親友に、囲碁は勿論、マージャン、花札まで一応教わりました。余談ですが、この人の葬儀にパッタリ囲碁会の野呂英夫さんに出くわし驚きましたが、同じ会社の社宅で一緒だったそうです。

碁について、特別の思い出はありますか。碁敵というような人がおられますか。

学士会囲碁会の最高齢メンバーだった民社党の元代議士和田耕作さんは忘れ難い方です。一九六八年に東京に出てきた当時は、方南町囲碁クラブに出入りしていました。和田さんとは、そこで初めてお会いしました。大変良い碁を打たれた方で、ご存じの方も多い筈です。

方南町囲碁クラブでの和田さんのご様子を話すと、缶ビールを開け、歌を歌いながらパチリパチリです。「貴方もどうぞ」と言われ、ご相伴させて頂くのですが、与謝野鉄幹の「妻をめとらば才たけて」パチリ、「みめ美わしく情ある」パチリ、「友をえらばば書を読みて、六分の侠気四分の熱」パチリです。

亡くなられた後、何方《どなた》かが和田さんの著書を月刊囲碁雑誌と一緒に並べてくれたのを拝借して読ませて頂きました。その中の一か所を紹介しますと、「戦後シベリヤ抑留から帰ってくる船中で、憲法前文を読み、そこで『諸国民の公正と信義に信頼して』と書かれているのを見てこれはいかんと思った。それは帰国する際、ソ連の人から『お前たち先に帰っておれ。その内、我々が行って解放してやるから』と言われてきたからだ」という趣旨のものでした。

碁敵というような人は居りません。何方でも相手をして頂ける方と楽しく打っております。

お好きなプロ棋士は。その理由など。

武宮九段です。自分の打っていた碁が似ていたからでしょう。

碁で心がけておられることは。長谷川さんは早打ちでは学士会囲碁会で一番ですね。

碁石は打つ時だけ、手に持つこと。

方南町囲碁クラブで両手に碁石を持って打っていたことがあり、「ジャラジャラとうるさい」と叱られたことがありました。あるメンバーの方にこのことを言いましたら「手を縛っておけ」と言われました。碁笥を左に置いたこともありますが、「左ぎっちょですか」と言われたりしました。悪い癖はなかなか治りませんね。

考えて打つこと。

碁を覚えたての頃は一局に三時間も時間を掛けた記憶があります。方南町囲碁クラブで「早く打ちなさい」と、叱られたこともありました。早碁になったのは、「長谷川さんでも早く打てるのですね」と言われたので、覚えていますが、六〇歳台のような気がします。「勘が狂う」とも言われ、迷惑をお掛けしております。

コンピューターの記録では平成一九年以来の累計対局数一四四九局と勝数八二六勝は現在在籍の学士会囲碁会会員中最多の成績です。

お薦めいただける勉強方法や本などがあればご紹介ください。

囲碁の本は乱読しており、ひところは囲碁の専門書店を開くといって笑い話にしておりました。今現在は影山利郎著『アマの碁ここが悪い』（創元社刊）を読んでいるところです。

碁の免状を取られた時期は。

一九六五年三三歳の時に初段の免状をとりました。

碁をやっていてよかったことは。

楽しいことです。また、大いにリラックス・気分転換できることです。ＮＨＫ囲碁講座を見ながら寝てしまうことが時折ある状態です。

学士会囲碁会に入会されたきっかけは。

学士会入会を勧められたのがきっかけでした。足の便も良いので囲碁会に入るのを主目的として学士会に入会しました。

学士会囲碁会の印象は。

和田耕作さんも言っておられましたが、このように楽しい囲碁クラブは他に知りません。三〇〇名になんなんとする多士済々のメンバーで、相手に事欠きません。

碁以外のご趣味がありますか。

ＣＤの編集コレクションです。

電車通勤中の読書が目に困難を感じる状況になったため、テープ録音資料を聴くことに切り替えたことが始まりです。少しして、ネットワークウォークマンやアイポッド等という携帯機器に録音して聞けるものが出てきました。音楽、講演、朗読、落語などを録音し利用を始めました。初めはＣＤの中の好みでないものを削除することから始まり、その内、並べ替えを行うようになりました。いわゆる演出です。歌舞伎の演出も悲しい浅野内匠頭の切腹の場面から、一転して京都花街での大石内蔵助の遊興の場面へと変わる巧みな演出をするそうです。それと同様で、女性歌手と男性歌手を交互に聞かせるなどの演出が可能です。

ドイツ人でしたが日本の印籠を集めている人が居ました。欧米では、ある年齢に達した人でコレクションを持たない人は馬鹿にされると聞いたことがあります。これこれと思って、このＣＤコレクション作成を趣味としています。

落語では古今亭志ん生、講演では小林秀雄、朗読では樋口一葉のものや、東北弁で長岡輝子さんが朗読した宮沢賢治のもの、勿論、音楽では美空ひばり、エルビス・プレスリーなどを集めて、二〇メガの容量（CD五〇〇枚程度）を満杯にしました。携帯機器を購入すれば、後は図書館に山ほどあるCDを借用すればよいのですから、費用は一切掛かりません。念のため。

嗜好。お酒や煙草などは。

お酒は少々。煙草はやりません。

特別の健康方法がおありですか。

一つは中山式快癒器を常時、持ち歩いて、背骨両脇の筋肉マッサージをしております。これはデパートの健康器具売り場で、二〇〇〇円程度で買えるものです。何方か著名な女性も使用しているという記事がありました。自宅でソファーに座ってテレビを見ながら使用するのも快適です。

二つは、一〇〇歳になられても現役の聖路加病院の日野原重明さんが薦めるもので、深呼吸による酸素供給です。先生は、「呼吸」と言うように「呼」が先で、それも吐き終った後、さらに腹圧を掛けて残りを吐き出す。そうすれば、「吸」の方は自然に行われるのだと、先ほどお薦めした講演CD中で先生が教えています。

この方法は、がん細胞の発生・分裂・増殖の抑制にもなることを、安保徹新潟大学大学院教授が学士会の午餐会の講演「エネルギー生成系で知る病気の成り立ち」で述べておられます。（会報二〇一一年－VI号掲載）

（平成二五年九月）

前委員長小川八段に聞く

前委員長の小川正八段が久し振りに囲碁室に顔をみせられましたのでお話をお聞きしました。小川八段は大正一三年九月生まれの満八六歳、学士会囲碁会への入会は昭和五八年四月で在籍は二八年に及ぶ長老です。平成一八年から二一年まで委員長をつとめられました。

滝沢現委員長は小川前委員長のお人柄について次のように語っておられます。

「『大所から事を見て熟慮断行』という言葉は小川さんにふさわしいものです。この熟慮ですが傍目には、なかなか結論をださず優柔不断ともみえるほどでした。しかし結論に達するとその内容は練り上げられておりいくつもの対応策を用意されていました。

実際のシーンでは迫力に富んだ一喝や、穏やかながらゆずらぬ決然たる態度が印象的でした。

自主運営への転換期でしたから、ご心労は相当なものであったと推察しています」

病気をされたということですが、差支えなければお聞かせください。

平成二二年六月に突然左手足に麻痺が起こり救急車で病院に運ばれた。病名は心原性脳梗塞症。巨人の長島名誉監督が患った病気と同種類のものです。幸いなことに私の場合は、詰まった場所がよかったのか自力で血栓が飛んでくれ脳梗塞は一過性ですみました。念のためということで一週間入院したが言語障害や手足の麻痺という後遺症は出なかった。しかし再発可能性が大ということで、血を固めないように薬を服用しましたが、その薬のせいで八月に十二指腸より出血し、再度一〇日間入院した。

若い頃から体は丈夫の方だったが、さすがに二度の入院で体に自信をなくしました。二ヶ月ほど外出もひかえ、碁もほとんど打てない状況だった。たまに碁を打っても、考えることが面倒になったり、粘りがなくなったと感じていた。しかし一二月にはいって、中島美絵子二段に指導碁を打ってもらったところ、二目を置いてでしたが快勝することができた。碁の神経回路は無事だったようだ。これからも勝ち負けにこだわらず、プロセスを楽しみ、いい碁を打ちたいと考えている。

碁の話に戻りますが、碁を始めた時期、きっかけなどをお聞かせください。

碁のルールは旧制高校時代に教わった。大学には昭和一八年に入学し二一年に卒業したが、喰うのが精一杯の時代で囲碁部などなかった。

応用化学を出てセメント会社に就職。最初の配属先の本社で組合活動に熱心だったせいか、本社から、いわば左遷みたいな形で下田の工場に移った。下田の町は碁が盛んなところだった。碁が好きな人強い人が多かったので私も碁を打つようになった。昭和二四年二五歳の頃である。会社帰りに碁会所で碁を打ち、それから酒を飲みに行くという生活をくりかえしていた。

たまたま職場に海軍兵学校出で後に静岡県本因坊になった男がおり、井目で打ってもらった。ところが盤上のほとんどの石をとられてしまい棋力の差の大きさに驚きもしたが発奮もし真面目に碁を打つようになった。

下田には五年間いたが最後の頃は師匠格のその男に三目で打てるようになっていた。私の碁の人生は下田に始まったといえる。

師事したプロ棋士、免許取得の時期は。

数か所の地方勤務を終え本社に戻った四三歳の頃、工藤紀夫九段の推薦で初段をもらった。

工藤紀夫九段には四目で指導碁を打ってもらっていた。工藤九段に対して勝率はよいのに、戦いを好まず理詰めの碁のせいか、工藤九段からは「あなたは強くならないでしょう」といわれていた。

上達の道、方法は。

本格的に碁を勉強したのは六四歳で会社を卒業してからです。手筋についてあらゆる本を読んだ。強くなるためには詰碁を勉強すべきだといわれるが、詰め碁は好きでないのでやらない。棋譜を並べることもしません。

碁で心がけておられること、大事にしておられることは。

いい碁を打つ。勝ち負けにこだわらずプロセスを楽しむ。
攻めながら得を計る。攻めるが無理に取らないようにしております。

碁をやっててよかったこと。

碁を通じて、一つには「世の中には色々な考えがある。絶対これが正しいということはない」ということを知った。

二つには「物事の軽重の考え方。何が大事で、何が大事でないか」が身についた。

これらはビジネスに通じるものがあった。

お薦めの本。

牛窪義高『碁の戦術』『碁は戦略』

碁以外にやられたことは。

将棋　碁では八段格となり棋戦でしばしば優勝したりしたので、子供の頃やっていた将棋でもやるかということで、ひところ将棋をやっていた。棋力は三段格といったところでしょうか。

ゴルフ　最盛期は八〇～八五位でラウンドしていた。飛距離は出る方で、NECプロアマで岡本綾子プロと一緒にラウンドする機会があったが、ドライバーはほとんど同じ距離であった。アプローチなどの小技やパットが苦手でシングルまでにはいかなかった。ゴルフは飛ばなくなったので七〇歳ぐらいでやめた。

麻雀　地方工場勤務のときよくやった。勝負事でカッとならないので麻雀は性格的に向いていたようだった。月毎の清算でほとんど負けはなかった。ほとんどの勝負事は悪いときに辛抱できる人が勝つ。カッとなる人は負ける。

柔道　旧制高校では理系文系対抗戦では大将ででていた。得意技は跳ね腰からの巻き込み。

嗜好は。

お酒　家での晩酌はやらない。一人で飲むのが好きで外出したときなどに一～二合の酒を楽しんでいる。

タバコ　若い頃からやらない。

学士会囲碁会での入賞歴など。

平成八年に理事長杯を受賞。

委員長として心がけられたことは。

一つには囲碁会の自主運営移行を軌道にのせること。委員の分担をはっきりさせ委員会の組織化をはかった。

二つには低段者も囲碁会に入り易くするという方針をだした。この方針を滝沢現委員長が低段者の定例的な勉強会を始めるなど熱心に推進している。最近は低段者級位者の入会が増えてきていると聞いて喜んでいる。

三つにはプロ棋士の指導碁の体制整備。女流棋士による充実した指導碁は囲碁会の特色になっている。

四つには囲碁会の全体的な雰囲気をよくすることなど。

（平成二三年九月）

囲碁型思考法

囲碁会の前委員長の小川八段に「碁をやっててよかったこと」をお聞きしたところ「碁を通じて、

一つには『世の中には色々な考えがある。絶対これが正しいということはない。』ということを知った。

二つには『物事の軽重の考え方。何が大事で、何が大事でないか。』が身についた。

これらはビジネスに通じるものがあった。」

と語られた。

このお話に通じることとして日経新聞の「私の履歴書」（平成二三年一〇月二九日付日経新聞）に、新規製品の開発や企業の建て直しで実績をあげたある経営者が、間違いのない判断を下すための思考方法の第一に、「囲碁型思考法」をあげておられた。興味あることには「囲碁型」の他にも「マージャン型」「競馬型」の思考法も、問題や局面によって使い分けてきたと述べておられたことである。参考になるので、以下に抜粋紹介する。

「……常に複雑な連立方程式を解かなければならない経営者が間違いのない判断を下すためにはどうするか。私は三つの思考法を使い分けてきた。

第一は緻密で合理性の高い囲碁型の思考だ。既存事業を先々増設するのか縮小していくのかなど、理詰めの判断が必要なときに採用する。

第二はマージャン型で、振り込まないこと、降りる勇気を持つことも必要だ。同業他社や顧客業界への対応のように、多方面に配慮しながら判断するときに有効だろう。

第三が競馬型。徹底的な事前研究と情報分析でリスクを評価し………。手の内を明かすのはこれくらいにしよう。」

（平成二四年五月）

囲碁会の最高齢者

囲碁会会員の年齢構成は高く平均年齢は七月末現在で七五・三歳となっています。最高齢者は大正五年五月二三日生まれで満九四歳の初谷良蔵四段です。昨年までは元気に囲碁室に顔を出されていましたが最近棋戦に参加されていないのは残念です。

現役で囲碁を楽しまれている最高齢者は大正七年七月二三日生まれで満九二歳の菊池純一郎九段です。菊池九段は棋力の方も学士会囲碁会の第一回の最強位戦で優勝された第一人者です。本年八月に行なわれた如水会との親睦囲碁大会でも大将で出場されて二勝一敗の好成績をあげられました。

菊池九段は齢を重ねても棋力は落ちるどころか、むしろ大局観は向上しているといわています。

菊池九段に碁歴や碁の上達への道など興味ある話をお聞きしましたので紹介します。

菊池九段は若い頃は呉清源、林海峰の後援会「清峰会」で多くのプロ棋士と対局し、腕を磨かれたそうです。呉清源、林海峰との二子での対局も数十局に及んだとのこと。思い出としては、瀬越憲作九段との対局で二子で勝ちが続き、瀬越九段から「次回から先でいいでしょう」といわれるまでになったこと。残念なことに、その直後瀬越九段が亡くなり先での対局は実現しなかった。

菊池九段が心がけておられることは「大局を見よ。最終は地」「おかしな形で活きる位なら死んだ方がいい。石を取られても振り替わればいい」などです。

上達の道は、「碁を打つだけでは駄目、本を読むことだ」と言われます。菊池九段が多く読まれたのは本因坊秀哉。学士会の元師範安部吉輝九段の「プロの一手」など。

菊池九段の日課は碁会所通い。楽しみは碁を打ちながら毎日三合のお酒を飲むこと。残念ながら学士会の囲碁室ではお酒を飲みながらの対局は遠慮していただいていますが、これからもお元気で後輩に胸を貸していただきたいと思います。

（平成二二年一一月）

最多勝利者木澤廉治七段に聞く

昨年の最多勝利者木澤廉治七段に碁歴などをお聞きした。

木澤廉治七段の昨年の五公式戦での成績は二二〇局対局し一二四勝九六敗で最多勝利と最多対局でした。入賞も優勝三回、三位二回と最高の成績をあげられました。昭和九年生まれの満八〇歳。

なお、木澤廉治七段は囲碁会運営委員会の副委員長として数々の改革に寄与されたことをご紹介します。

「囲碁会だより」が、以前は、棋戦やイベント実施の紹介だけでしたが、何時の頃からか内容が豊かで面白くなりました。これは、木澤七段が担当してからのことで、嬉しいことに「囲碁会だより」を読んで入会してくる人が増えました。また、囲碁会の運営では、対局者を公平に決める対局ロール板の設定や対局者がいない者のために通年ランダム戦（落番リーグ戦）開設、古くなった運営規則の改定等々、エネルギッシュに活動しておられます。

碁を始められた時期、きっかけは。碁を誰に習われましたか。

高校時代に同級生T君に教わりました。学校に碁盤を持って行けないので、ノートに線を引き白丸黒丸を描きこんで碁を打ったりしました。授業時間中も隣席のT君とこっそりと打つほど熱中しました。卒業の時は五級位になっていたのでしょうか。

大学に入学後、囲碁部に入ろうと勇躍して囲碁部室を訪れました。ところが、当時の京大囲碁部には高坂正堯（後京大教授国際政治学）などアマの強豪がそろっており、あまりにも力の差があることを知り囲碁部への入部はあきらめました。結局部活としては、初心者歓迎という柔道部に入りました。こちらの方は卒業の時、講道館の二段免状をもらいました。

碁敵というような人がおられますか。

碁敵というより師匠というべきでしょうが、最も多く対局した相手は高校の同窓のT君です。T君とは、高校の同窓では唯一人の工学博士で、造船会社で開発担当役員をつとめた田中昇君（京大応用物理昭和三二年卒）のことです。

高校卒業して四〇数年後、お互いが第一戦をリタイアして再び碁を打つようになりました。場所は学士会館、毎月第三金曜日。二人の対局は平成一一年二月から平成二〇年五月まで続きました。残念ながら田中君が奥様の介護をすることになり中止せざるを得ませんでした。

二人の対局総数は三六四局。対戦成績は途中で師匠に黒石を持たせたこともありましたが、点数制で毎局手直りとしたこともあり、結局は五分五分の引き分けでした。田中君は日本棋院の五段免状を持っていましたので当時初段免状の私が善戦したということでしょうか。

碁について、特別の思い出がありますか。

昨年台湾のアマとの親善囲碁会に参加したことです。

七大学柔道部出身者は七柔会という組織を作っており、その囲碁部会は関東では年に二回、学士会館などで大会をやり、毎回二〇人ほどの囲碁愛好者が集まります。関西七柔会は関東より熱心で毎月三〇人ほどが集まり、打つ飲むの会が続いています。関この関西七柔会の活動は国内にとどまらず、海外遠征を行なうなど国際化しており、関東、中部、九州の有志を含めた関西七柔会の日台囲碁親善交流は昨年で一五年となりました。

私は昨年、初めて参加しました。台湾のメンバーは柔道とは関係ないが、元将軍、市会議長、会社社長、医者、元校長、教師、碁「指導老師」など多彩です。台湾のアマの囲碁の実力は高く、日本側は段位を二段落として挑戦したが、対戦成績は台湾側の圧勝でした。なお、私は四段で対局し、三勝二敗でした。

参考になるのは、日本の段位が実力、名誉を問わず同じ「〇段」に対し、台湾では名誉の場合「誉○段」と表示されることです。

師事するプロ棋士がいますか。

大野伸行七段。北海道出身。昭和三二年生まれ。

元の会社の産業医が主宰をしていた稲村会で教わっています。主宰者が北大出身で稲村会には北大の囲碁部OBなどがおりレベルが高い。私は大野七段には五目でも簡単に勝てませんが、「本格派」などと嬉しいことを言ってもらい励みになっています。

上達の秘訣がありますか。

お薦めいただける勉強方法や本などがあればご紹介ください。

上達の秘訣は私の方がお聞きしたいほどです。

かつて、お聞きしたことのある最強戦の第一回の優勝者の菊池純一郎九段（故人享年九四歳）のお話は参考になりました。

「上達の道は『碁を打つだけでは駄目、本を読むことだ』。

心がけていることは『大局を見よ、最終は地』『おかしな形で活きる位なら死んだ方がいい。石を取られても振り替わればいい』」

私はもともと、実戦派で本はほとんど読んだことがありませんでした。ところが、7dに昇ランクした後、全く勝てなくなったのを契機に本を読むようになりました。おかげで、6dに降ランク後、再度7dに復帰し優勝もできるようになりました。

将棋の米長元名人に『碁敵が泣いて口惜しがる本』という本があります。私にも「碁敵に教えたくない本」があります。次の三冊です。

まず布石については、小松英樹著『基礎からわかる白番布石の教科書』（マイナビ社刊）。

「黒番だとうまく打てるのに、白番は苦手」の私には「ゆったりした展開に持ち込む」などの鐵則を説く本書は心強い味方です。

中盤については、日本棋院囲碁文庫即効上達シリーズ5『打ち込み読本』（日本棋院刊）。

焼きもち屋の私には相手の地が広く見え、無理な打ち込みをしていました。ところが、本書で打ち込みの知識を身につければ、相手の地を楽に荒らすことができるようになりました。その結果、相手の大模様のプレッシャーに負けることなく、落ち着いて対局を進めることができます。本書は最も碁敵に教えたくない本です。

ヨセについては、淡路修三著『ヨセがやさしくなる淡路語録』（NHK出版刊）

ヨセは碁の最後の仕上げです。最強戦三回優勝の佐々木英治九段の強さのひとつは「ヨセの強さ」と思われます。本書はNHK囲碁講座「淡路修三の楽しく学べるヨセ」の講座を再編成されたものです。文字通り楽しくヨセが学べます。

おまけに、もう一冊。学士会囲碁会の指導碁に来ていただいていた万波佳奈四段の書かれた本『万波姉妹の明日は勝てるマジカル手筋』（NHK出版刊）。「手筋」を自由自在に使いこなすことは碁打ちの憧れです。本書も同題名のNHK囲碁講座を実戦に役立つように再編成されたものです。本書をマスターすれば碁が楽しくなるはずです。

学士会囲碁会に入会されたきっかけは。

学士会囲碁会の存在は早くから知っていましたが、一〇〇年以上の歴史を持ち、美濃部達吉、鳩山一郎、荒木万寿夫などそうそうたる先輩方が名を連ねておられたということで私には無縁と思っていました。また、学士会に入会するためには高額の入会金がいると思っていました。

ところが、関東七柔会の先輩より、学士会への入会金は不要、年会費も年額四〇〇〇円だけと教えてもらいました。囲碁会も、高段者だけの閉鎖的な会ではなく、初心者も歓迎する開放的な会と聞き学士会囲碁会に平成一八年に入会しました。

囲碁会はその後私の生活の中で大きなウエイトを占めることになりました。平成二一年には理事長杯を受賞しました。平成二一年十一月からは委員となり、週三回学士会館に通っています。

囲碁会だけでなく、想定外のこととして、学士会に入ったメリットがありました。年六回送られてくる学士会会報は読み甲斐があります。内容が、豊富なのです。最新の話題、政治経済サイエンス歴史文学など興味深い内容に満ち満ちています。短歌俳句囲碁落語会などの同好会だよりも面白く読めます。

お好きな言葉は。

「勝てばもとより欣然、敗けるもまた楽し」

北宋の詩人蘇東坡の『観棋』という詩にある言葉です。

最強戦二回優勝の川名晃九段に教わりました。

囲碁のほかにご趣味がありますか。

趣味　麻雀、ゴルフ（習志野ＣＣ会員Ｈｄ25）、柔道（二段）

　　マジック、俳画、落語鑑賞

著書　エッセイ集『反面教師』（文芸社刊五刷）

特別の健康方法がありますか。

傘寿を超えましたが病気がなかったわけではありません。産婦人科と小児科以外は全ての科にかかりました。友人からは「病気の総合商社」といわれています。

「願わくは百病息災老いの春」が望みです。

特別の健康法はありません。結果的に、週三回学士会館に通うのが健康法です。千葉の方からＪＲを使っていますが、駅の階段を上ったり下りたり、水道橋駅から学士会館までの往復を早足で歩くのがいい運動になっているようです。

囲碁は認知症の予防にいいといわれます。しかし、学士会会員の歌人奥村晃作初段が「勝つことは相手を負かすことなれば遊びと言えど囲碁はすさまじ」と歌われるように、囲碁はすさまじで結構ストレスもあるものです。

本年一月に学士会落語会に入会しました。

最近の医学では「笑いの効用」がまじめに論議されているようです。たとえば認知症予防、リュウマチ、がんなどで笑いの効用があることが検証されているようです。

私は産婦人科と小児科以外の全ての科にかかったと思っていましたが、正確には精神科にはかかっていませんでした。

学士会落語会に入りましたので、いままでの私に欠けていた「笑う」機会が増えることと思います。囲碁会と落語会の二本立てで当分精神科のお世話にはならなくていいようです。

リ、どうすれば強くなりますか

「碁は生きと死にとヨセが大切です」

これは、昨年百歳で亡くなった呉清源が、かつて「どうすれば強くなりますか」という質問に答えた言葉として、日経新聞の碁観戦記で紹介されていた。

同じ質問を、指導碁の先生にしてみました。結果は次の通り。

岡田結美子六段「ひと目で出来るやさしい詰碁」
桑原陽子六段「実戦を多く。打った碁は必ず反省する」
宮崎志摩子五段「碁が強くなるためには読みの力が大事です。読みの力をつけるためには、簡単な詰碁を数多く解くことです」
知念かおり四段「私の場合は棋譜を並べることでした」
中島美絵子二段「プロの棋譜を初手から三〇手まで並べる。自分の碁については、対局終了後、一カ所にしぼって反省する」

学士会囲碁会の最強戦優勝者にもお聞きしたものがありますので紹介します。
菊池純一郎九段（第一回平成二〇年優勝者故人）
「上達の道は『碁を打つだけでは駄目、本を読むことだ』。心がけていることは『大局を見よ、最終は地』『おかしな形で活きる位なら死んだ方がいい。石を取られても振り替わればいい』などです」
佐々木英治九段（第二回第四回第六回優勝者）
「定石の習得、実戦、詰碁など一通りやってきたが、これが一番という方法はないようだ。私の場合ここ数年に限れば、
①上手と打つこと

②プロアマを問わず上手の碁を並べる
③自分が負けた碁を並べ返して敗因を追究する
などである。

囲碁の力には感覚の分野と読みの分野があるが、プロの碁を鑑賞していると見よう見まね、記憶だけでも感覚が身についてくるから楽しい。一方読みの力は根気根性に左右されるので私にとっては苦手の分野である」

川名晃九段（第五回第七回優勝者）

「継続が大事と思います。棋力は目に見える形で連続して上がってゆくものではないようです。努力を続けておれば、あるきっかけで一段上に飛躍できるときが来るよう思います」

本多谷雄九段（第三回優勝者）

「上手と打つこと。心がけていることは『本手を探して打つこと』。自分の碁が汚れていると思ったときには、秀策の碁を並べて修正するようにしています」

プロ棋士による碁上達のアドバイスを纏めたものがあったので紹介します。

関西棋院が創立三五周年記念として出版した創作詰碁集「116の衆妙」に所属棋士全員のプロフィールが紹介されている。そのなかに棋士それぞれによる碁上達のアドバイスが掲載されている。それによると多くの棋士が「詰碁」をあげている。これで、多くの棋士が、「生き死に」を読む力が身に付く最良の方法は詰碁と考えていることが分かる。

詰碁の他にあげられていたアドバイスに次のようなものがありました。

「碁の上達は、まず打つこと。実戦で鍛えたり、打ち碁を並べること。専門家に理論的な面を教わることです」「地を囲おうとするのではなく、石の攻防に重点をおく」「①こだわりを捨てる②大局を見渡す③手を抜く所を極める」「基本的な考え方（石の方向とか石の強弱）を身につける」「天元（中央）を見ながら碁を打つ」「定石などにとらわれず、自由に楽しく打ってほしい」「得意な形をもつ」「難しい手から逃げないこと」「何時も自分の棋風だけで打たないで、たまには冒険してみる」「ヨセの勉強」「攻撃は最大の守りです」「惰性で打たないで一局ずつ新しい心で」「楽しく打つこと。碁を通じて、交友を広げてください。」「親しい碁敵を持つこと」「毎日、碁石に触れること」「なるべくきれいな盤石を持ち、絶えず練習することが一番」「プロの実戦譜を並べること」「一局一局を大事に打つこと」「読んで打つ習慣をつけること」「局後の反省を大切に」「二子強い人を目標に」

（平成二七年三月）

ヌ、きれいに負けたい

平成二四年九月に学士会囲碁会に入会された佐藤鐵雄五段に入会の動機をおたずねしたところ、直接のきっかけは滝沢委員長に声を掛けていただいたことというお答えでした。ところが、後日「入会の本当の理由を考えてみますと、幼少の頃より大好きだった碁に最後までつき合ってみたいということだったような気がします。」という付箋をつけて、いかに碁がお好きかが分かるエッセイ集「鐵ちゃん」を届けていただきました。

エッセイ集「鐵ちゃん」には碁を題材にしたエッセイが数多く収められていました。そのなかの「新囲碁講座—初心者のための心得十ケ条—」は参考になるのでご紹介すると

1、「柔」の精神「勝つと思えば負けよ」
2、欲張るなかれ
3、相手の身になって考える
4、手は大きい順に
5、「待った」はしない、させない
6、石を捨てよ
7、泣いてはいけない

8、劫をおそれるな
9、碁はゆったり愉しみたい
10、きれいに負けたい
各条にそれぞれ説得力のある文章で綴られた説明がついているが、ここでは最後の「きれいに負けたい」を引用紹介します。

『一通り碁の説明のルールの説明を受けたアインシュタインは「碁は何時終わるのか」と質問してきたと言う。さすがに鋭いところを突くものである。私も数え切れないほど碁を打っているが、その終わり方はいつも曖昧である。途中で一方が投了するときは別として、終局に近づいて、どちらかが「もうありませんね」と声をかけ、それに対して相手が「そうですね」と同意して碁が終わるのが普通である。それで特段不自由をおぼえないから「何時終わるのか」などと改めて意識することもないのだが、考えてみると相戦う両者の「合意」という極めて頼り無いものに戦いの終結が依存しているとは実に珍しいゲームというべきである。アインシュタインはそこに不安を感じたのに違いない。

現に碁会所で初心者、特に老人同士の碁によく見かける情景だが、一方が「もうないね」と言ったのに、相手は返事をしない。聞こえない振りをしているのである。変だなと思って盤面を覗いてみると、形勢は圧倒的に悪いけれど追い落としのような筋が残っていたりすることが多い。しかし今のところ残念ながらダメが空いていて手にならない。そのダメを相手がウッカリして詰めてくれるのを期待しているのである。だから返事をしない。いくら碁は相手のミスがなければ勝てないゲームだとはいえ、その期におよんでまでそれを待っているのは勝負への拘りすぎというべきであろう。そう思って尚も成り行きを眺めていると、黙々とダメを詰めている。そうなれば相手もそれに応ぜざるを得ない。自分は問題の箇所からなるべく離れた所を詰めている。そこは相手に詰めさせて手が生じたら一気に襲いかかろうとの魂胆である。その老人の眼を見ていると、勝負への執着と生への執着とがオーバーラップして侘しくなってくることさえある。人生はともかく、碁はやり直しがきくのにと思いつつこちらは黙って盤側を離れることになる。』

日本ルールでは終局に関するルールがやや煩雑である。そこで、例えば、お互いの合意が成立していないのに終局が成立していると勘違いし、駄目詰めに対して必要な着手（手入れという）をせずに石をとられてしまい、終局していたかどうかで争いになってしまうといったトラブルが後を絶たない。こういったトラブルはアマチュアだけでなくプロでも起こり得る。

実際に、プロの棋士の対局でも終局間際のダメ詰めがらみのトラブルが起こったことがある。棋聖戦で有名な「ダメつめ事件」が起こった。二〇〇二年王立誠二冠（棋聖・十段）に柳時薫七段が挑戦した第二六期棋聖戦七番勝負第五局において、終局したと思っていた柳時熏は「駄目詰め」の作業に入っていたが、王立誠は終局とは思っておらず柳時熏の石六子を取ってしまった。終局していないのなら柳時熏は取られないように「手入れ」すべきで、終局しているなら順序関係なくお互いの地にならない駄目を詰めるだけだったため柳時熏は手入れを怠った。これにより王立誠の逆転勝利となり、行為の正当性を巡り囲碁界に論争を巻き起こした。（ウィキペディア「囲碁のルール」より）

この事件について柳時薫七段の言葉がNHK囲碁講座テキストの「シリーズ棋士に聞く　敗れざる棋士たち」で紹介されていました。

『あれは僕の不注意に原因があります。囲碁は終局のルールにあいまいな部分があり、その点があの場面で表面に出てきてしまったと言うこと。でも根本としては、最後まで集中していなかった僕が悪いのです。（中略）もし僕が本当に強かったら、あのあと二連勝できていたと思います。それができずに第六局も負けてしまったのですから、当時の僕にはまだ「棋聖になる資格」がなかったということなのです。だから今は「しかたがなかった」とすっきりしています。』（NHK囲碁講座テキスト二〇一三年五月号）

学士会囲碁会の棋戦でも時に終局がらみのトラブルがある。

N七段とK六段との対局で、ダメ詰めが終わってみたら黒が打つと白は攻め取りをせざる得ないことにK六段が気づいた。すかさずK六段が手をつけて行った。勝負はK六段の勝ちとなった。碁石を碁笥に片付けた後、温厚冷静なN七段が一言いわれた。「ああいう場面では、相手に手入れをしてくださいというものです」と。K六段は自分の未熟さに恥ずかしい思いをしました。その後、K六段は「六段の技と品格」を目標にされているそうです。

早打ちのS七段と長考派というか、なかなか投げないC六段が対局されていた。そのうちに「私はこんな碁を打ち続ける気はしない」というS七段の声が聞こえた。覗いてみると、C六段の大石が死んでおり、盤面で数十目の大差がある。しかしC六段は投げる気配が無い。ご高齢で耳が悪いこともありS七段の声にもびくともされない。さすがに周囲のひとが、「勝っている方が投げることはないでしょう」ととりなしたが後味の悪さが残った。

A五段とN二段の対局でも「大差がついている、しかも段差があり低段者の方が負けている局面でも、まだ打ち続けるのか」とA五段が露骨な嫌味をいわれていたことがある。相手が円満なN二段だったのでそのまま終わったが、場合によっては喧嘩になるところであった。

大差がついていても投げない方は多い。確かに、ヨセの巧拙で数十目ぐらいの差がつくこともあるので、一概に大差があるから投げなさいというわけにもいかない。勿論、囲碁規約でも何目以上の差があれば終局と言う規定は無い。プロの対局でも投げるきっかけを逸したため大差のまま最後まで打つ例もたまにあるが、基本的には投げるタイミングを誤らないのもプロの技の内と思われる。

「きれいに負けたい」は初心者に限らない心得と思われるがどうでしょうか。

（平成二五年一一月）

ル、囲碁会こぼれ話　碁を楽しむ態度について

最近入会された方に学士会囲碁会の印象をお聞きすると多くの方が会員のマナーがよいといわれます。かつて満九九歳でお亡くなりになるまで学士会囲碁会に週三回通ってこられた和田耕作さんも学士会囲碁会について「このように楽しい囲碁クラブは他に知りません」と仰っていたそうです。しかし、はたして学士会囲碁会の会員のマナーに問題はないのか。

学士会囲碁会としてはちょっと恥ずかしい話ですが、対局順位や対局マナーに関してのもめ事がたまにありました。

そこで、もめ事の防止と学士会囲碁会の品位向上をはかるため、二年ほど前に委員

会として次のような「対局順位ボードと対局マナー」という掲示案を作成したことがあります。

無用な方が多いでしょうが、参考までにご一読願います。

対局順位ボードと対局マナー

対局順位ボード（ロール）の使用

公式棋戦（リーグ戦）での進行をスムーズに行うためと公平を期すために名札入れの上に赤、青、黄の対局ボードを用意しています。対局を希望する人は自分が所属する色のロール上に名札を上から順番にかけてください。この優先順位に従って対局を進めましょう。詳しいルールはボード脇の掲示を参考にしてください。

1　対局はお静かに

囲碁の別名「手談」はご存知のはず。適度のコミュニケーションは好ましいものですが、大声での奇声、口三味線はやめましょう。囲碁会の品位が問われます。

2　碁石をジャラジャラさせない

着手が決まるまで、碁石を持つ必要はないですね。相手の集中を妨げかねません。

3　まった・はがしは禁物

対局での最大のトラブルのもとが、まった・はがしです。考慮は慎重に、一度盤上に置いた石はもう動かせません。

4　長考もほどほどに

対局中に考えるのは、楽しくもあり、苦しくもありですが、時間は有限です。あまり相手を待たせすぎないよう心がけましょう。

現在はこれを簡略化して「囲碁会の対局マナー」というカードを毎年年頭に会員に配布しています。名刺型のカードの表に年度棋戦スケジュールを、裏に「囲碁会の対局マナー」が印刷されています。名札ボックスの上に置いてあります。

第一項の「対局はお静かに」にからむ話題をご紹介します。

学士会囲碁会の対局室で見られた風景。「負けた、負けた、負けた」というつぶやきと言うより歌うような大声が響いた。この「負けた、負けた」がくりかえされたので、さすがに「やかましいですよ」と言う声がでた。「負けた、負けた、負けた」の大声の主は最長老のS六段。九〇歳というお歳なので耳が遠くご本人は大声を出していると言う自覚がないのかと善意に解したが、どうもそうではないらしい。碁は静寂の中で打つものではなく、わいわいがやがやと楽しみながら打つものだと言う考えをお持ちの確信犯のようだ。

S六段が旧制制高校囲碁会発行「白線囲碁よもやま噺」に「教養と趣味」と題された随想の中で碁を楽しむ態度について書かれたものがある。賛否両論があると思われるのでご紹介します。

さて話は変わって碁を楽しむ態度について一言。勝負であるからには真剣に真面目に威儀を正して打つべきではあろうが、プロではないのだから楽しみを主にして適度に打つことも許されよう。碁を打ちながら相手と語り、興ずるのも一つの楽しみ方だと思われる。

「恐れ入り谷の鬼子母神」と言って参ってみせるのが品がないとも思えない。

「マヅイマヅイと故郷《くに》からたより」もよく使われる。

加藤正夫九段が「バカダッタの盗賊」と自ら嘆ずるのは、アラビアンナイトの「バグダッドの盗賊」からきたものであることは明らかだ。

「とりあえずこう打っておこう」

「とりあえず手向山か」という場合は、菅原道真の歌「このたびは幣《ぬさ》もとりあえず手向山、紅葉の錦神のまにまに」が背景にある。

「あっソーカ」と叫んで打つ手が止まる。相手が「草加、越谷、千住の先」と合いの手をいれても失礼ではなかろう。

「ソーカ」を「サウカ」と云えばおかしいかもしらないが昔はそのように書いてソーカと読ませていたと知るべきだろう。

「これも取られて惨澹たることになった、ああサンタルチーア」といえばイタリア歌曲サンタルチーアを思い出して周りの人も笑うであろう。

最後に万策尽きて投げるに際し、「めえりやした（参りました）」と頭を下げれば相手はニッと微笑《ほほえ》むわけだ。

碁は知的教養であり、ボケ防止の妙薬であり、余生を楽しむ趣味である。

皆さんのご感想はいかがでしょうか。

（平成二五年一一月）

五、あとがき

平成一〇年に最初のエッセイ集『男運』を出版した。次いで、平成二十六年にエッセイ集『反面教師』を出版した。

その後『反面教師』を出版した縁で三回の講演会を行った。今回は平成三十年四月にビューティフルエージング協会のお話の会の講演のために準備した講演原稿を中心に、これまで書いてきたものを選び出し「人生いろいろ 面白きかな人生」という本にして出版することにした。

第一章は「人生いろいろ 面白きかな人生」講演原稿。

第二章は第一章を補うものとして健康・お金・人生哲学に関するものをまとめた。

第三章は私の趣味のうちペットとゴルフ・碁・麻雀に関するものをまとめた。

第四章は学士会会報に私が編集者として掲載した囲碁会こぼれ話のうちより興味を持っていただけそうなものを選びだし収録させていただいた。

平成一〇年六月に初めて出版したエッセイ集『男運』と平成二十六年に出版したエッセイ集『反面教師』には多くの先輩、知人より感想をいただいた。本を出版する